XXL

Titre original : *Massive*
Copyright © Julia Bell, 2002
Publié en Grande-Bretagne, par Macmillan Children's Books, Londres

Pour l'édition française :
© 2004, Éditions Milan, pour le texte
300 rue Léon-Joulin, 31101 Toulouse Cedex 9, France
Loi 49-956 du 16 juillet 1949
sur les publications destinées à la jeunesse
ISBN : 2-7459-1426-X
www.editionsmilan.com

Julia Bell

XXL

Traduit de l'anglais
par Emmanuelle Pingault

MILAN

Total respect aux amis et à la famille :
Famille Bell, Rachel Bradford, Maggie Braley, Lesa Carniegie, Louise d'Arcens, Bex Farley, Jackie Gay, Ness Harbar, Emma Hargrave, Mo Herdman, Laura Hird, Tina Jackson, JpJ, Paschal Kane, Penny et Dave Rendall, Michèle Roberts, Jerry Sheldon, Ali Smith, Barbara Watts et Sara Wingate Gray.

Et chapeau au Tindal Street Fiction Group, à mon éditrice Sarah Davis, ainsi qu'à mon agent Annette Green, pour sa patience et son soutien.

« *Il est certain que mon âme est entièrement et véritablement distincte de mon corps, et qu'elle peut être ou exister sans
lui.* »

Descartes, *Méditations.*

1

–Si j'étais aussi grosse qu'elle, je me tuerais, dit Maman en montrant du doigt une photo de Marilyn Monroe dans son magazine.

Je suis dans la cuisine, en train de faire griller du pain. Si je ne le surveille pas, il va cramer. Maman n'achète que du pain danois à faible teneur en sel, le genre qui contient plus d'air que de farine. Son nouveau régime l'autorise à en manger deux tranches au petit déjeuner, avec 30 grammes de Spécial K dans un bol de lait écrémé.

–Tu me préviendrais, hein ? Si j'étais grosse comme ça ?

Je me tourne vers elle, je vois ses os à travers ses vêtements. Je mens :

–Évidemment.

Elle me regarde tartiner mon pain grillé de margarine allégée.

–N'en mets pas tant, Carmen.

Je m'appelle Carmen parce que ma mère se plaît à penser qu'elle a du sang espagnol. Sans compter que, pendant mes six premiers mois, je poussais des hurlements à vous rendre sourd, «comme l'autre chanteuse d'opéra, là, tu sais».

– T'as pas de chance, me dit-elle de temps en temps, en me regardant des pieds à la tête et en jaugeant ma poitrine déjà rebondie, mes hanches épaisses et mes taches de rousseur. Tu finiras par prendre un profil de Méditerranéenne, comme ta mémé. Va falloir que tu passes ta vie à surveiller ton poids.

À quatorze ans, me voilà déjà fixée sur mon destin. Si elle voulait que je sois grande et maigre, elle avait qu'à me donner un autre prénom.

J'ai toujours connu Maman au régime. Elle a plus de bouquins là-dessus que la bibliothèque municipale. Toute une étagère, au-dessus de la cuisinière. Régimes pour les hanches et les cuisses, pour la poitrine, pour maigrir rapidement, se tonifier, se remodeler. Livres signés par des célébrités, des médecins, des sportifs, des fanatiques. Ils recommandent de ne manger que des pamplemousses, du yaourt, du lait écrémé, des milk-shakes, du poisson, du chou ou des fèves.

Ne grignotez pas entre les repas! Ils disent tous ça. Rien entre les repas! Si on craque, il vaut mieux prendre un chewing-gum, un verre d'eau ou une carotte crue. Pas de chips, pas de chocolat, pas de Coca, pas de frites, pas de calories.

Maman se plaît à penser qu'on suit toutes les deux le même régime. Elle perd du poids, mais moi, je ne bouge pas, sauf quand je prends quelques kilos. Elle ne comprend pas, elle dit que ça doit être à cause d'un mauvais métabolisme, que je suis condamnée. Ce qu'elle ne voit pas, c'est que je n'obéis pas aux règles. Que je mange des frites et des Big Mac. Que je grignote, quoi.

Des listes d'aliments, de poids et de portions sont collées sur le frigo et renouvelées tous les jours.

Cette semaine, c'est le *Power Diet*. Slogan : *La force est en vous !*

Voilà ce que ça dit pour aujourd'hui :

PETIT DÉJEUNER
La moitié d'un pamplemousse/30 g de Spécial K
2 tranches de pain grillé
1/2 cuillerée à café de beurre allégé
DÉJEUNER
Bouillon
225 g de carottes (rincées)
DÎNER
1 Power Shake (saveur vanille)
En-cas
Assortiment de fruits secs (50 g)

Ces listes sont maintenues par des magnets sur lesquels figurent des slogans : *Il faut savoir résister ! Une minute dans la bouche, dix ans sur les hanches !* Elle achète ça par correspondance à une boîte américaine.

Le livret *Power Diet* est vendu avec un mois de Power Shakes et une boîte de fiches de recettes de repas FTC (à faible teneur en calories), pour la plupart à base de carottes et de riz complet.

À en croire l'emballage, c'est la NASA qui a mis au point les Power Shakes pour que ses astronautes aient un substitut de repas. Les sachets en alu contiennent un liquide épais et visqueux, riche en vitamines et sels minéraux, qu'il suffit de diluer dans un peu d'eau. Quand elle a reçu le paquet, envoyé de Californie par DHL, Maman m'a permis d'y goûter. Loin d'être un milk-shake onctueux et mousseux, c'était un mélange trop dilué qui laissait un arrière-goût métallique assez bizarre. Ça remplace un repas, mais il ne faut pas en consommer plus de trois par semaine. Maman en prend un à la place de pratiquement chaque repas.

Elle ferme son magazine et ouvre le manuel *Power Diet*. Il est truffé de phrases optimistes, de slogans qui permettent de voir les choses «sous un angle positif».

La beauté est en vous. Elle sourit.

– Voilà. Ça aide, non?

Papa arrive, l'air fatigué, les vêtements froissés. On dirait qu'il a encore passé la nuit dans le garage.

– T'as dormi avec tes ordinateurs, pas vrai? demande Maman en le regardant de travers.

Il a installé son atelier dans le garage parce que Maman ne voulait pas qu'il déballe son bazar dans la maison : «Je ne supporte pas ce foutoir, Brian. Il y a toujours des petits bouts de câble qui se coincent dans la moquette et qui font filer mes collants.»

Il pousse un grognement et ouvre le frigo.

– Qui veut des œufs sur le plat?

– Moi, s'te p', lui dis-je.

– Brian, fait Maman sans lever les yeux, nous sommes censées suivre un régime. Comment Carmen va-t-elle prendre de bonnes habitudes si tu lui donnes tout le temps à manger?

Il ne répond pas et allume le gaz.

Papa ignore les régimes de Maman, il ronchonne contre ces trucs de tarés qui finiront par la rendre malade. «Tes régimes ne t'embellissent pas, Maria.»

Ça la fait râler, elle dit que ce n'est pas juste de devoir lui acheter des aliments bourrés de matières grasses alors qu'elle suit un régime, elle. Dans le frigo, il y a trois étagères bien distinctes. En haut, les petits pots de Maman : des Tupperware pleins de bâtonnets de carotte et de céleri, de riz à l'eau, de blanc de poulet sans la peau, de quartiers de citron, de moitiés de pamplemousse, de fromage blanc et de yaourts zéro pour cent. Mon étagère, ce serait celle du milieu si Papa ne mélangeait pas toujours tout. Il range ses restes de plats préparés sur mon étagère, près des portions Weight Watchers et des pâtes à tartiner basses calories. En général, Maman ne relève pas, elle se contente de remettre le beurre sur l'étagère du bas en grognant contre cet incapable, même pas fichu de nourrir sainement une famille.

Sur son étagère, il prend une boîte d'œufs bio gros calibre et me demande si je les veux cuits sur une seule face ou des deux côtés.

– À l'américaine, *man*.

C'est un petit gag entre nous, on se la joue façon US.

– Tu es vraiment obligé de les faire frire ? Comment vous pouvez manger ça, tout ce mucus ?

Papa casse deux œufs au-dessus de la poêle. La matière visqueuse glisse sur le gras chaud et se met à crépiter.

– Brian, ça me donne la nausée.

Il ne répond pas, il se contente de remuer la poêle au-dessus du feu.

Tandis qu'il pose mon œuf devant moi, le jaune ruisselant sur mon pain grillé qui l'absorbe, elle se met à faire semblant de vomir. Je lui tourne le dos et j'avale mon œuf à toute vitesse.

– Œuf sur le plat et pain grillé, trois cents calories. Au moins. Tu finiras la semaine à la laitue, tu sais, Carmen, annonce-t-elle. Après avoir ingurgité toute cette graisse.

Ensuite, elle se plaint que ses vêtements sentent mauvais.

— Je pue la friture, dit-elle en remettant un peu plus de parfum, c'est écœurant.

Ma mère travaille dans un magasin de vêtements, en ville. Waltons for Women. Une boutique très chic où le prix des fringues dépasse le revenu moyen de monsieur Tout-le-monde. Que des grandes marques : Gucci, Prada, Versace, Armani, Paul Smith. Maman a commencé à mi-temps quand elle était en convalescence, et elle est passée à plein temps l'année dernière.

Mme Walton, la patronne, est ravie, elle dit que Maman a une bonne intuition de la mode qui vient de Londres. Ses bénéfices ont augmenté de vingt-cinq pour cent depuis que Maman est arrivée, il y a deux ans. Maintenant, elle la laisse même s'occuper des achats. Cette semaine, Maman a des rendez-vous à Birmingham et à Leeds.

— Pour gagner, il faut rester ferme, ma petite, dit-elle en zippant son sac de voyage Louis Vuitton et en se tapotant la cuisse.

La voilà partie à Birmingham et ce soir, si Papa « fait la cuisine », ça veut dire qu'il me rapportera un Big Mac du McDonald's qui vient d'ouvrir pas loin.

Je suis à la maison, devant la télé, en train de vider un sac de chips à la tortilla que j'ai acheté en rentrant du collège ; j'attends que Papa revienne du boulot. La jolie blonde du feuilleton australien embrasse son nouvel amant. J'ai un pincement au cœur. Je ne suis jamais sortie avec un garçon, contrairement à ma copine Janice, qui est déjà allée presque jusqu'au bout.

Mes doigts sont orange vif à cause de la poudre au fromage. Je les essuie sur mon survêt' Adidas, et la graisse laisse des rayures de tigre sur mes cuisses. Le sac est presque vide ; le sel m'a desséché la bouche. Je me demande ce qu'il y a d'autre à manger dans cette maison. Si seulement je n'avais pas faim tout le temps…

Il devrait être là, vu l'heure. Mais il a probablement oublié qu'il devait s'occuper de moi ce soir. Je vide la boîte de fruits secs que Maman a laissée dans le placard : 350 g, une dose d'une semaine de raisins de Corinthe et de Smyrne.

Papa est PDG associé d'une boîte d'informatique, NorTec – Maman dit que ce nom-là ressemble au bruit qu'on fait quand on se racle la gorge. Il assemble des ordinateurs en fonction des besoins du client ; son associée, Moira, tient la boutique en ville. Elle prend les commandes et vend des périphériques, par exemple des imprimantes, des programmes, des tapis de souris Disney et des manettes de jeu phosphorescentes. Selon Papa, les affaires n'ont jamais si bien marché que ces dernières années, avec la révolution de la nouvelle technologie et tout ça.

Moira habite dans une maison plus grande que la nôtre, dans une vallée pas loin d'ici. Son mari, John, a pris des parts dans leur société au moment de la création, et leurs deux fils, Adrian et Sam, sont dans le privé. Adrian, l'aîné, a le même âge que moi.

Quand Maman est tombée malade, Papa me déposait chez eux de temps en temps pour que j'y passe la nuit. Moira préparait de vrais repas, des grands plats de macaronis au fromage, de lasagnes, de hachis Parmentier. « Ton père est soumis à de telles épreuves, » disait-elle d'une voix onctueuse tout en

déposant une petite montagne de pâtes dans mon assiette.
«Prendre soin de toi, c'est bien le moins que je puisse faire. »

Quand Maman est sortie de l'hôpital, elle m'a interdit de
retourner chez eux. Elle trouvait Moira indiscrète et enva-
hissante. «La vie a pris une tournure bien trop confortable
pendant mon absence. »

Je regarde les infos, une émission d'été et la moitié d'un
autre feuilleton, et j'entends enfin la clé dans la serrure.

– Salut, ma belle, dit Papa en s'écroulant à côté de moi sur
le canapé.

Il a un sac McDonald's dans la main. Je lui demande :

– Tu m'as acheté un Big Mac ?

– Tu le diras pas à ta mère, hein, souffle-t-il avec un clin
d'œil.

Ma mère a couvert le frigo de recommandations et de
menus pour moi. Le credo d'aujourd'hui, c'est : *Si je recule, je
capitule !*

Je suis censée réchauffer une portion de tagliatelles jambon-
fromage allégées. Un petit régal signé Weight Watchers, avec
moins de 400 calories et moins d'un pour cent de matières
grasses. Mais à la place, je me tartine le menton de graisse de
Big Mac. Papa ne me regarde pas, il mâche son Filet-O-Fish.
Il branche la PlayStation en serrant le burger dans sa bouche.
Il s'assoit devant le poste, les jambes croisées comme une de
ces statues de Bouddha en cuivre qu'on peut acheter en ville,
chez Margy's Mystic Shop. Il joue à WipEout. Il choisit toujours WipEout ou Colin McRae. Il aime bien les jeux où il faut
rouler à toute allure. Du genre où on blinde à trois cents à l'heure.
Il est plus fort que moi. Il ne me laisse jamais essayer, faut dire.

En fait, c'est pas mon vrai père, mais Maman est avec lui
depuis que j'ai trois ans et je ne me rappelle pas grand-chose

avant, alors je suppose que ça fait de lui mon père, ou presque. Maman ne veut pas que je parle de mon vrai père. « Ton père, c'est Brian, un point c'est tout. Le passé, on n'en parle pas. Je te dirai tout quand tu auras vingt et un ans. »

Il froisse les sacs en papier tachés de graisse.

– Tu nous fais un thé, mon lapin ?

– T'as acheté des bonbecs ?

Il fouille dans sa poche et en sort une barre Mars. Elle est tiède du côté qui touchait sa cuisse et quand je la déballe, le chocolat fondu reste collé sur le papier.

Quand j'étais plus jeune, avant que Maman ne tombe malade, elle me faisait belle et m'emmenait un peu partout. Cours de danse, de théâtre, de chant. Les photos de moi qu'elle a collées dans toute la maison datent de cette époque : j'avais neuf ou dix ans et j'étais la petite princesse de Maman, avec une tiare, des ailes dans le dos et un collant scintillant.

Papa dit que c'est à cause de ses régimes qu'elle est tombée malade, mais Maman, elle, soutient qu'elle a fait une dépression.

Quand elle est allée à l'hôpital, Papa m'a permis d'acheter les vêtements que je voulais. En ce moment, je suis plutôt branchée sportswear, pantalon de survêtement, baskets, sweat à capuche. Maintenant qu'elle va mieux, Maman râle en voyant ça.

« Alors que tu as tout ce dont j'ai été privée, il faut que tu t'habilles comme une shampouineuse. Moi qui croyais que les filles d'aujourd'hui étaient sophistiquées. » Elle tente de me convaincre qu'il faut que je porte des trucs qu'elle mettrait, elle, mais à chaque fois qu'elle achète quelque chose, elle choisit la mauvaise taille, la mauvaise coupe ou le mauvais style.

«Il est temps que tu mettes un soutien-gorge, on dirait.» Elle a dit ça le jour où je n'ai pas pu enfiler le tee-shirt taille 40 qu'elle m'avait acheté chez Top Shop. «Tu aurais dû m'en parler.»

Elle m'en a acheté un, un truc de fille mauve, mais je ne le mets jamais. J'ai pas envie d'avoir des nichons.

Le matin, c'est Papa qui me dépose au collège. Il a une voiture décapotable jaune avec des roues qui brillent et des sièges en cuir noir. Il l'a reçue en guise de prime, l'année dernière. En voyant ça, Maman a ricané. «Elle est de la même couleur qu'une banane, Brian.»

Je lui demande s'il croit que Maman va retomber malade.

Il soupire.

— Si ta mère dit qu'elle va mieux, je ne vais pas dire le contraire.

Elle a passé plusieurs mois à l'hosto. Selon Papa, c'est parce qu'elle vomissait ses repas au lieu de les avaler, qu'elle se la jouait rusée et désobéissante. Quand elle est sortie, Papa lui a fait promettre de manger normalement «pour Carmen, sinon pour moi».

Tandis qu'on se gare près du portail, je regarde s'il y a des copines qui m'attendent. Auprès des filles du collège, mon père passe pour une espèce de fou qui carbure à l'informatique ; elles le surnomment «l'in-père-actif» ou «Win-dose.»

Même Janice l'appelle comme ça. Quand je lui ai dit que je la trouvais vache de se moquer de ma famille, elle a répondu : «Allez, quoi, Carmen. Il est branché ordi, et alors ? Personne ne sait réparer un PC comme lui, en attendant.»

— Tiens.

Il me tend un KitKat.

— Une douceur pour toi, ma douce.

Il m'embrasse sur le front.

Son après-rasage me fait éternuer.

– Si tu éternues trois fois, ça veut dire que tu auras du courrier, dit-il en plissant les yeux derrière ses lunettes.

– Quoi ?

– Rien, c'est juste un truc que ma mère répétait tout le temps. C'était peut-être un vœu. Éternue trois fois et tu verras tes vœux s'accomplir.

Clin d'œil.

– À plus tard, louloute.

Tandis que sa voiture s'éloigne parmi les autres véhicules, je pense à Maman, qui est en voyage d'affaires. Pourvu qu'elle ne tombe pas malade.

Ma meilleure amie, Janice Ramsden, vient de se maquer avec un élève de première. J'ai dû l'écouter se pâmer toute la matinée, puis attendre qu'elle me rejoigne après la pause, qu'elle a passée à couvrir son mec de baisers.

Ce midi, je suis toute seule parce que, histoire de changer un peu, ils sont allés se bécoter en ville, au jardin public. Janice dit qu'elle ne va pas tarder à aller jusqu'au bout avec lui ; elle attend que ses parents partent en vacances pour pouvoir faire ça dans un grand lit. J'écoute les All Saints sur mon walkman en grignotant une saucisse et des frites, les yeux dans le vague, la tête vide. Maman arrêterait sûrement de me donner de l'argent pour la cantine, si elle savait. Je ne dois acheter que des crudités et de l'eau minérale, plus une pomme ou une poire.

Avant même de voir sa valise dans l'entrée, je sais qu'elle est revenue. Je sens son parfum, du Chanel n° 5, devant la porte. Elle est installée sur le canapé, un gros dossier noir sur les genoux. Elle fait des additions avec sa calculette. En me voyant arriver, elle referme vivement son classeur.

– Bonjour, ma chérie. C'était comment, les cours ?

– Je croyais que tu rentrais vendredi.

Elle fronce les sourcils.

– Tu empestes le chocolat.

Je recule.

– C'est Janice qui s'en est payé.

– Et pas toi, peut-être ?

Je secoue la tête, mais je vois bien qu'elle ne me croit pas.

Papa s'est acheté de la tourte au poulet et des frites. Il ne se donne même pas la peine de sortir une assiette, il bâfre devant nous, directement dans l'emballage.

– Brian, je t'en prie. Nous mangeons, nous.

Je mélange ma ratatouille Weight Watchers, qui a un goût trop prononcé de tomates en boîte.

– Ah, tu appelles ça manger ? grommelle Papa.

Sans même finir ses frites, il roule le papier en boule et le fourre dans la poubelle.

– Bon, j'ai du travail, dit-il en prenant sa sacoche.

– Tu n'oublieras pas que demain matin, c'est encore ton tour d'emmener Carmen au collège.

Mais la porte qui donne sur le garage s'est déjà refermée.

– On ne le verra plus ce soir, dit-elle en se mordant la lèvre.

Je monte dans ma chambre et je sors mes devoirs. Je branche mon casque sur la radio et je feuillette un magazine. Je ne l'entends même pas entrer et, quand elle pose sa main sur mon épaule, je bondis comme un diable.

– Ça ressemble pas à des devoirs, ça, dit-elle en montrant du doigt mon magazine tandis que je m'efforce d'enlever mes oreillettes.

Elle s'assoit sur mon lit, allume une cigarette. Elle s'ennuie, c'est évident. Elle a envie de parler de son voyage.

– Quand j'étais à Birmingham, annonce-t-elle, j'ai vu ta mémé.

Je suis née à Birmingham ; Maman est de là-bas. D'habitude, quand elle en parle, elle dit que c'est un trou noir où il n'y a que des routes et des usines. Elle m'a même dit que, quand la reine Victoria a traversé la ville en train, elle a tiré les rideaux de son wagon pour ne pas voir ça.

– Pourquoi t'es pas restée, alors ? T'avais dit que tu revenais vendredi.

– Eh bien… (Elle tire sur sa cigarette.) C'est parce que j'ai quelque chose à te dire.

Elle prononce « quelque chose » très lentement, tout en évacuant un filet de fumée.

– Quoi donc ?

– Ça te dirait de déménager d'ici, un jour ?

– Pour aller où ?

Elle mijote quelque chose. Je reprends :

– Et pourquoi ?

Elle se regarde les ongles et répond :

– Disons qu'il y aurait une possibilité, une vague possibilité que je décroche un job à Birmingham.

– Et Papa, il viendrait avec nous ?

– Je ne lui en ai pas encore parlé. Je voulais voir ça avec toi, d'abord.

Je hausse les épaules.

– Bof, pourquoi pas… Si Papa vient avec nous.

Elle écrase sa cigarette dans le cendrier.

– On n'a pas besoin de lui, ma chérie, annonce-t-elle calmement. Plus maintenant.

Une fois qu'elle a décampé, je suce le Snickers géant que m'a donné Papa. Il l'a glissé dans mon cartable sans que Maman le voie. Je lèche le chocolat pour mettre à nu les cacahuètes, que je croque à leur tour lentement, une à une. Ça m'étonnerait qu'on aille à Birmingham. Maman monte toujours des plans pas possibles. L'année dernière, on devait aller en vacances aux Caraïbes. Papa avait acheté des billets et tout. Et puis, quinze jours avant de partir, voilà qu'elle se met à flipper, persuadée qu'elle allait avoir une thrombose dans l'avion. Elle a déchiré son passeport et l'a laissé en miettes dans la cuisine.

Une fois que j'ai fini mon Snickers, je glisse l'emballage entre la tête de mon lit et le matelas. C'est ça qui est nul quand on grignote : ça rend faux-jeton.

Moira assure à Maman qu'elle est juste venue lui rendre une petite visite de politesse. Elle a apporté des sablés faits maison, emballés dans du papier d'alu. Elle est accompagnée d'Adrian, encore vêtu de son uniforme d'école verdâtre.

Maman prend un air ravi, mais son regard s'est assombri un instant et je vois bien qu'elle est terrorisée.

Elle empêche Moira de franchir la porte.

– Je suis navrée, mais la maison est dans un état ! J'étais en plein ménage.

Moira est du genre à se faufiler où elle veut. Elle porte des écharpes en velours, des jupes longues très chères, des manteaux d'hiver en laine tricotée. Quand quelqu'un lui dit « non », elle y voit un encouragement à insister de plus belle. Elle vend des tonnes d'ordinateurs, en particulier aux femmes qui se veulent aussi modernes et branchées qu'elle. Papa la surnomme « mon arme secrète ».

—Je venais juste prendre des nouvelles. Brian m'a dit que ça allait beaucoup mieux.

Elle sourit lourdement et avance d'un pas.

—Ç'a été une telle épreuve…

Derrière elle, Adrian trace des cercles dans le gravier, du bout de ses baskets. Son front est hérissé de boutons purulents. Bien cachée derrière Maman, je lui fais des grimaces.

Maman tient bon face à Moira, qui la domine d'une tête.

—Vraiment, je suis désolée, répète-t-elle, je suis en train de faire du rangement.

Et elle repousse lentement la porte.

Une fois que Moira est partie, Maman pète les plombs. Elle maintient que c'est une manœuvre de Papa, qu'il la met sous surveillance. Elle balance les sablés sans même les déballer.

—Je n'ai pas confiance en moi, dit-elle en grimaçant. Ma vie n'est qu'une imposture.

—J'ai retrouvé la forme, souffle-t-elle en rentrant d'un pas vif et légèrement sautillant. Je suis de nouveau au sommet.

C'est le début de l'été, bientôt les vacances. Le Power Diet fait son effet. Maman affirme que jamais elle ne s'est sentie aussi puissante.

Elle transpire, rouge comme une tomate. Elle boit un verre d'eau et inspire profondément.

—Ouh, qu'elle est raide, cette colline !

Elle me sourit.

—Tu devrais venir faire du footing avec moi, ça te ferait du bien. Tu perdrais quelques kilos.

Elle met un CD de Danny Rampling et sort ses produits ménagers. Tout ce qu'elle achète ressemble à des médicaments, il y a écrit «à l'eau de javel» et «antibactérien» sur tous les emballages.

– Allez, Carmen, dit-elle en me poussant pour que je quitte mon siège. Va te changer et mets ton uniforme au sale. Il faut que je fasse le ménage, ici. Ça manque d'hygiène.

Je m'assois dans le salon, je joue un peu à WipEout, je m'en lasse, j'essaye Colin McRae. La house music fait *tsk-tsk* sous le ronronnement de l'aspirateur.

– J'ai un compte à régler avec toi.

Sa voix, toute proche, me fait sursauter. Elle éteint la PlayStation d'un coup de pied.

– J'ai trouvé ça sous ton lit, clame-t-elle en brandissant un sac en plastique.

Elle le renverse; les emballages se répandent par terre comme une fontaine de toutes les couleurs. L'alu des KitKat, les papiers de barres Mars tout froissés, les paquets de Snickers, de Boutons au chocolat, les Quality Street de Noël, des sachets craquants roulés bien serré, l'alu violet du Dairy Milk, le papier doré de Galaxy, une bonne poignée de papier sulfurisé, d'emballage de Crunchie, de crème glacée Twix, de Toffee Crisp, de Flake, de M & M's, de Fudge, et même une boîte de Mars spécial Pâques que j'ai dû plier pour qu'elle entre dans la fente.

Je ne sais plus où me mettre.

– C'est Papa qui m'a donné tout ça.

– Ah, le salaud!

Elle soupire les dents serrées, émettant un sifflement.

– C'est pas parce qu'il te paye ces trucs-là que tu dois te sentir obligée de les manger. Pas étonnant que tu ne maigrisses pas. Ma parole, tu veux être grosse et malheureuse, ou quoi?

– Je ne suis pas malheureuse.

– Redresse tes épaules, alors.

– Mais ma chambre, c'est privé.

Ma voix commence à trembler, elle est aiguë, pathétique. Je me tourne vers la tempête de neige sur l'écran de la télé.

– Tant que tu ne payes pas de loyer, ce n'est pas ta chambre.

Elle me jette le sac plastique.

– Ramasse-moi tout ça. C'est répugnant.

Elle sort d'un pas vif. Je prends les papiers et je les remets dans le sac. Certains sont couverts de poussière. Je sens monter les larmes, mais je me mords la lèvre. Faut pas que je pleure, je me dis, faut pas que je pleure.

2

Je n'avais que deux ans et demi quand Maman a quitté Birmingham pour s'installer avec Brian. Parfois, j'ai l'impression que je me souviens comment c'était avant. En fermant les yeux et en réfléchissant très fort, je vois une cuisine jaune et ensoleillée, des nuages poudreux, des rideaux à carreaux bleus qui battent comme des drapeaux sous le vent.

Sous son lit, Maman range des photos de moi : vêtue d'une simple couche-culotte, je crapahute dans le jardin, dans un endroit qui s'appelle Hall Green. Un jour, elle m'a montré Birmingham sur une carte, c'est un point noir constitué de bâtiments et de routes, pile au milieu de l'Angleterre.

Elle n'en parle pas souvent. Il n'y a même pas de photos de famille exposées dans la maison et on ne rend jamais visite à personne. Mais, depuis quelques semaines, elle ne parle plus que de ça.

— Tout a changé depuis dix ans, là-bas, tout le monde le dit.

Elle me montre une brochure sur papier glacé où figurent les grands travaux urbains.

– La ville va monter d'un cran, exactement comme Leeds.

Elle va m'y emmener pendant les vacances d'été, histoire de tâter le terrain. Papa ne viendra pas avec nous, Maman dit qu'il a trop de travail : « De toute façon, il n'est pas invité. C'est moi que ça regarde, ma puce. Pour une fois, c'est de toi que je vais m'occuper. Tu vas adorer ça. J'en suis certaine. Il y a plein de choses à faire, là-bas. Et toute la famille. Ta mémé, ton pépé. Ça va te plaire. C'est un autre monde. »

La voilà qui fait une petite figure de danse en tapant des mains au-dessus de sa tête et en claquant des doigts, comme si elle tournait une vidéo ou je ne sais quoi.

Maman n'en parle pas, mais elle a aussi une sœur aînée à Birmingham – Lisa. Elle est esthéticienne. Tous les ans, à Noël, elle nous envoie un paquet-cadeau de bain moussant Body Shop.

– Ça lui coûte pas cher, a dit ma mère en déballant le paquet rose de cette année. C'est pas trois ou quatre bouteilles de sent-bon qui vont changer quoi que ce soit.

Ma mère et Lisa ne se parlent plus. Quand je lui ai demandé pourquoi, Maman m'a répondu :

– Tu n'as pas de sœur, tu ne peux pas comprendre. C'est une sacrée prétentieuse, ma frangine. Elle se prenait pour une pop star. Elle avait beau faire sa péteuse et se donner des airs, elle a fini manucure. C'est une leçon pour toi, Carmen. Ne te fais pas des idées de grandeur, parce qu'à quarante ans, tu finirais manucure toi aussi.

Elle a dit ça en riant, mais son rire s'est coincé dans sa gorge et j'ai cru qu'elle étouffait.

– Écoute, a-t-elle dit en posant ses mains sur mes épaules, je sais que je ne me suis pas toujours assez occupée de toi, ces temps-ci, mais ça va changer, je te le promets. On va prendre un nouveau départ, d'accord ?

Elle me regarde droit dans les yeux. Son maquillage ruisselle dans ses rides.

– D'accord ?

Je hoche la tête et elle écrase ses lèvres sur mon front. Elles sont sèches et rugueuses.

– Si je commençais celui-là ?

Elle montre du doigt un article sur le régime Liz Taylor dans son magazine.

– Tu rigoles, dis-je, elle est à l'agonie, ta superstar.

– On y vient tous, ma chérie. Mais dans les années cinquante, elle était pas mal, non ?

Elle désigne une photo de Liz Taylor qui fait la moue, puis soupire :

– C'est un régime spécialement adapté aux silhouettes généreuses, tu comprends, il faut y aller progressivement pour éviter d'être en manque.

Ma chambre sent la cire en bombe et le désodorisant ; Maman est allée jusqu'à plier tous mes sweat-shirts en petits tas bien rangés dans mon placard. Je m'assois dos au mur, je déballe une barre chocolat-orange et me mets à sucer les morceaux moulés en forme de quartiers d'orange. Tout ce blabla autour de Birmingham, ça ne me plaît pas trop. Il se passe quelque chose. Quelque chose dont ils ne m'ont pas parlé.

Papa revient et je descends le voir en mâchant du chewing-gum sans sucre, des fois que Maman sente l'odeur du chocolat.

Mais bon, ils sont déjà en train de se disputer. Papa dit que si elle va à Birmingham, « nos chemins se sépareront, Maria ».

J'ai pas envie d'entrer, je reste à piétiner dans le couloir.

Maman change de sujet et marmonne une remarque agressive à propos de Moira.

—Ça n'a rien à voir avec elle. Tu es obsédée, ma parole, répond Papa. Elle n'a rien fait de mal. La pauvre, elle a peur de toi.

—Elle t'accompagne aux États-Unis, oui ou non ?

—Oui. Elle détient la moitié de la société, Maria. Ça n'a rien d'inhabituel. C'est toi, toi et tes saloperies de régimes. T'es marrante, aussi, à tout voir de travers. Enfin, je dis « marrante », mais c'est façon de parler ; c'est plutôt tragique.

—L'alimentation n'a rien à voir là-dedans, Brian. Je veux reprendre ma liberté. Je veux un avenir. Je refuse de passer le restant de mes jours à moisir ici pendant que tu te balades avec Moira. D'ailleurs, si tu avais le moindre sens de la loyauté, c'est moi qui aurais son poste.

—Tu étais malade, Maria.

—Je suis guérie, il me semble ! Je suis capable de vendre des ordinateurs, tu sais.

Papa lui rit au nez.

—Tu ne sais même pas comment ça s'allume, Maria.

—Ah, tu vois ? Tu me crois incapable de faire quoi que ce soit ! Eh bien, va te faire foutre.

Elle hausse le ton et répète :

—Va te faire foutre !

Comme son nouveau petit copain est malade, Janice passe tout son temps avec moi.

—Donne-moi une frite.

C'est l'heure du déjeuner ; elle me regarde vider une assiette de saucisses-frites.

– Alors, ça y est, t'es allée jusqu'au bout ?

Je lui demande ça, mais la réponse est évidente. Rien qu'à sa façon de marcher, il est clair qu'elle a appris quelque chose, un secret qu'elle ne peut confier à personne.

Elle détourne son regard.

– Si on veut, dit-elle. Mais bon, pas tout à fait. J'ai pas envie d'être enceinte.

Elle se tait un instant.

– Pas avant de quitter le collège.

– Tu veux pas aller au lycée ?

Elle se détourne.

– T'as vu combien il faut payer ? Mon frangin s'y est collé et il sera endetté jusqu'au cou quand il en sortira. De toute façon, Karl m'a dit qu'il s'occuperait de moi.

Elle me pique une nouvelle poignée de frites.

– On va prendre un appart'.

Elle me montre le portable qu'il lui a donné. Je suis saisie de jalousie.

– Moi, j'irai au lycée avant de me maquer avec qui que ce soit, lui dis-je avec défi.

Je dis ça pour l'emmerder, parce qu'elle est assez nulle en tout. Elle récolte toujours les plus mauvaises notes, sauf quand elle copie sur moi. Elle change de sujet :

– Qu'est-ce que tu fais pendant les vacances ?

– Je vais à Birmingham, dis-je en trempant ma dernière frite dans la sauce.

Elle rit.

– Ouah, le trip ! Ma pauvre vieille, tu mérites pas ça. Tu nous ramèneras un caillou, hein ?

La femme se regarde dans le miroir du magasin.

– Je ne sais pas trop, dit-elle, à mon âge, il faut savoir choisir la bonne encolure.

Maman s'agite derrière elle et brosse des peluches imaginaires sur les épaules de la robe.

– Et puis, c'est un peu transparent, je n'aime pas trop ça.

– Oh, nous avons un excellent service de retouches, Madame Feathers. On la fera doubler, aucun problème.

Maman lui sourit comme si c'était la plus belle créature qu'elle ait jamais vue. C'est une astuce qui marche à tous les coups, selon elle.

– Bon, c'est d'accord, décide Mme Feathers en rougissant légèrement. Je ne devrais pas, mais après tout, Henry a insisté pour m'offrir une petite folie.

Assise derrière la caisse, je croque des cubes au cola. Maman m'envoie un méchant regard.

– Qui t'a donné de quoi acheter ça ? Ne fais donc pas tant de bruit. Ça dégoûte la clientèle.

Théoriquement, on devrait être en train de faire les courses de la semaine au supermarché, mais on est en retard parce que Maman a aidé Mme Feathers à choisir sa robe. Elle se consacre pleinement à ses clientes. C'est ce qui lui a valu l'estime de Mme Walton, la patronne.

– Je dis aux gens ce qu'ils ont envie d'entendre, explique-t-elle un peu plus tard en allumant une cigarette devant la boutique. C'est facile de se laisser embobiner, j'en sais quelque chose.

On pousse le chariot, les portes en verre coulissent devant nous. Maman consulte un dépliant d'offres spéciales. Deux poulets pour le prix d'un.

– Ça devrait plaire à ton père.

Je pose un pied sur le caddie et, comme si c'était une trottinette, je me mets à rouler en direction des bananes.

– Carmen ! Arrête ton cirque.

Maman me court après et saisit la barre.

On passe des heures au rayon produits frais, à palper des fruits et légumes. Maman n'est satisfaite que quand elle a pincé, serré, tâté et malaxé tout ce qui est à l'étalage.

Elle me montre une orange.

– Tu vois la peau ? C'est à ça que ressembleront tes cuisses quand tu vieilliras et que tu grossiras. Penses-y, la prochaine fois que tu manges un gâteau.

Elle pose un avocat dans son caddie puis, quelques secondes plus tard, revient sur ses pas et le remet en place.

– Trop ferme, affirme-t-elle. Tâte-moi ça, Carmen, on dirait un caillou. Immangeable. En plus, tu sais combien il y a de calories, là-dedans ? Des millions. Autant avaler une demi-livre de saindoux.

Après les produits frais, c'est le rayon boulangerie : des gondoles entières de pain chaud, encore fumant sous la cellophane. Il en émane une odeur de beurre fondu qui se propage dans tout le magasin. Maman prend une grosse boule de campagne et me colle le sachet plastique sous le nez :

– Sens-moi ça, c'est comme de la drogue.

Elle reste un moment silencieuse, puis soupire et remet le pain sur l'étagère.

Voilà qu'elle accélère. Elle attrape des boîtes de pain suédois, des pots de fromage blanc zéro pour cent, des yaourts allégés, un assortiment de repas surgelés Weight Watchers. Au rayon conserves et condiments, elle s'attarde devant le beurre de cacahuètes. L'espace d'un instant, j'ai l'heureuse impression qu'elle va en poser un pot dans le chariot, mais elle lit ce qu'il y a écrit sur l'emballage et secoue la tête.

– Littéralement toxique, dit-elle en le remettant en place.

On arrive au rayon volaille, Maman se penche au-dessus de la cabine réfrigérée et tâte les poulets.

– Deux pour le prix d'un, Carmen, on n'a pas les moyens de laisser passer ça, dit-elle comme pour m'expliquer sa décision. Au moins, ton père ne dira pas que je n'achète jamais rien à manger. D'ailleurs, c'est bien pour lui qu'on est venues ici.

Je vais voir les canards, un peu plus loin ; leur graisse épaisse et jaunâtre, leur chair sombre produisent un curieux effet à côté de la pâleur des poulets.

Maman me rejoint et pousse le caddie contre ma cuisse.

– Qu'est-ce que tu regardes ? Beurk, dit-elle en enfonçant son ongle dans la chair, il est tout jaune.

– C'est sa couleur naturelle, dis-je en montrant l'étiquette, il est élevé en plein air.

À la caisse, elle me tend un tas d'articles et me dit d'aller les remettre en rayon. Un paquet de pains au lait, des frites surgelées et une boîte de crème glacée aux deux chocolats. Je décide de leur trouver un nouvel emplacement ; la glace se retrouve sur l'étagère des KitKat, les petits pains au congélo, près des bûches glacées, et les frites avec les filets de patates, pas loin de l'entrée.

– Tu m'as l'air bien satisfaite, ma parole, remarque Maman quand je reviens l'aider à emballer le reste.

Maman n'aime pas toucher la viande crue. Un peu de sel, un tour de moulin à poivre, une pincée de chapelure aromatisée et hop, elle referme vivement la porte du four avant de passer dix minutes à se brosser les mains au-dessus de l'évier avec du savon antibactérien.

– On ne peut pas savoir ce qui prolifère dans ces cadavres de bestiaux, alors il faut toujours se laver les mains après avoir cuisiné, Carmen.

Je lui réponds d'un grognement. Assise devant la table, je lis mon magazine en essayant de ne pas trop penser à l'état du poulet quand il sortira du four, desséché et filandreux, la peau brûlée au point de se transformer en carapace facile à soulever.

Une fois son nettoyage terminé, elle s'assoit à côté de moi et me prend la main. Elle a la peau sèche et rugueuse. Ses doigts sont fins et légers, comme du polystyrène.

– Qu'est-ce que ça raconte, ton magazine ? Y a un test ? Allez, on fait le test.

Je feuillette pour trouver la bonne page.

– « Êtes-vous une amie sincère ? »

– Vas-y, pose-moi les questions.

– « Vous portez un ensemble tout neuf et très mode. Mais, en arrivant à la soirée, vous vous rendez compte que votre copine porte exactement la même chose. Comment réagissez-vous ? A : Je rentre me changer. B : Mieux vaut en rire et jouer aux sœurs jumelles toute la soirée. C : Je lui dis d'aller se changer, elle, parce que c'est quand même moi la plus belle des deux. »

Je regarde Maman. Son regard est perdu dans le vide et la fumée de sa cigarette tournoie autour d'elle.

– Maman. A, B ou C ?

– Relis la question, un peu.

Je soupire, puis je répète.

Cette fois, elle rit.

– Oh, C, sans hésitation. Ensuite.

– « Vous êtes toutes les deux folles du même mec. Voilà qu'il s'approche de vous. Que faites-vous ? A : J'appelle ma copine pour qu'elle en profite, elle aussi. B : Je parle d'elle au tombeur. C : Je saute sur l'occasion pour me le mettre dans la poche. »

– Trop indiscret. Ensuite.

– Maman, il faut répondre aux questions, sinon ça ne donnera rien.

– Bon, d'accord, C une fois de plus. C'est quoi, le résultat, quand on a répondu C partout ? Je vais dire C à tous les coups, je le sens. Ça veut dire quoi, que je suis une garce ?

Elle essaye de me prendre le magazine des mains.

– Maman !

Je m'éloigne pour qu'elle ne puisse pas l'attraper.

– « Votre copine vient vous chercher chez vous, mais elle a choisi une tenue complètement hors concours. A : Vous la mettez au courant et vous lui prêtez de quoi se changer. B : Vous attendez d'être dans la rue pour lui en parler. C : Vous vous taisez et lui rigolez dans le dos. »

– C, une fois de plus. Je te l'ai dit. Allez, lis-moi ce qu'ils disent quand on est classé C.

– « L'amitié et vous, ça fait deux. Quand il s'agit de trahir ou de doubler quelqu'un, vous êtes championne. Votre credo, c'est moi d'abord, les autres après. Vous n'avez jamais pensé à virer de bord pour aider vos amies, au lieu de leur couper la route ? Vous voilà prévenue. »

Maman se met à rire.

– Qu'est-ce que je te disais. Une garce.

Les poulets sont cuits, Maman les sort du four et les pose sur la table tels quels, encore tout crépitants dans le plat. Elle coupe quelques gros morceaux bien épais pour moi et les empile dans mon assiette.

– Ça ira comme ça ?

C'est même carrément trop.

– Reprends-en un peu, j'ai pas préparé de légumes ni rien.

Et elle rajoute une cuisse sur le tas.

Elle regarde la pendule.

– J'ai fait ça spécialement pour ton père et il n'est même pas là. J'en ai vraiment par-dessus la tête de ce... – elle secoue les mains au-dessus du poulet – de ce repas. Tu vois ce que je veux dire ?

Elle prend les languettes de blanc les plus fines et les dispose en un délicat éventail sur son assiette.

La chair est fade et élastique. Les tendons restent coincés entre mes dents. Maman coupe sa viande en petits carrés qu'elle éparpille dans son assiette, comme pour se titiller les papilles. Je la regarde en retenant mon souffle, attendant de voir si elle va en manger. Elle pique un petit bout pas plus gros qu'un timbre-poste, soulève la fourchette. Elle hésite pendant une éternité, la main tremblante. Et puis elle inspire, ferme les yeux et enfonce la fourchette entre ses lèvres.

– Un peu sec, remarque-t-elle en mâchant et en avalant avec une grimace.

Un si petit bout, ça m'étonne qu'elle le sente passer. Elle en mange encore deux ou trois et repousse son assiette.

– Ça ira bien pour faire des sandwichs.

– Je vais m'occuper de toi, annonce-t-elle. Je t'ai un peu négligée, ces temps-ci.

Elle vient s'asseoir tout près de moi sur le canapé tandis que je m'efforce de finir une session de WipEout.

Mais elle m'a distraite et je m'écrase contre la paroi du tunnel.

–Je t'ai acheté de quoi t'habiller, pour notre départ.

Elle extirpe de trois sacs un tee-shirt orné d'un cœur, un pantalon noir en Lycra et une veste en jean, le tout provenant de chez Top Shop, à Manchester.

–J'ai aussi pris ça, j'espère que c'est la bonne taille.

Elle me tend un autre sac. Il contient une paire de grosses sandales à semelles compensées.

Je me sens déprimée en regardant tout ça. C'est trop ringard. Plutôt du style de Janice.

–Eh bien, tu n'essayes rien ?

J'enfile le tee-shirt. Il me va, mais il me serre un peu la poitrine.

–Tout de même, c'est nettement mieux que tous ces survêtements. Essaye tes nouvelles chaussures.

Quand Papa revient, elle me poste devant lui.

–Alors ? Qu'est-ce que tu en penses ?

Il me jette un drôle de coup d'œil. Il trouve ça merdique, je le vois bien, mais il est trop poli pour le dire.

–Une vraie princesse, dit-il en me posant un baiser sur le front avant de filer vers le garage.

On joue à Colin McRae, on est presque ex æquo. Je demande à Papa :

–Pourquoi tu ne viens pas avec nous ?

Il fait la grimace, prend un virage trop serré et part en pirouette pour finir dans les sapins. J'ai des kilomètres d'avance sur lui, maintenant.

–Je lui ai laissé le choix, Carmen.

Je franchis la ligne d'arrivée, victorieuse.

– T'en fais pas, reprend-il en éteignant la machine, sans se donner la peine de finir sa partie. Elle devrait pas tarder à reprendre raison.

Le dernier jour de classe, on est dispensés de porter l'uniforme. Maman insiste pour que je mette ma nouvelle tenue.

– Il faut que tu t'y habitues.

Elle regarde mes chaussures et soupire.

– Regarde dans quel état sont tes ongles. Je vais chercher mes gants.

Elle m'ordonne de m'asseoir sur le lit et se met à couper et limer mes ongles de pied.

– Ma chérie, tu sais ce qu'on dit, qu'il ne faut pas se fier aux apparences, mais c'est pourtant ce que font les gens, il n'y a pas. Si tu donnes l'impression de prendre soin de toi-même, alors les autres prendront soin de toi.

Elle glisse des petits tampons en éponge entre mes doigts de pied, ça me chatouille un peu.

– Cette couleur-là t'ira très bien, regarde : rose perlé. Vas-y, au travail.

Elle me tend le flacon.

J'ai la tremblote. J'ai l'impression que mes mains sont trop énormes et trop maladroites pour tenir ce pinceau délicat, et puis c'est pas évident de me plier en deux au-dessus de mon estomac. J'ai taché mon pantalon neuf avant même d'atteindre mon orteil. Je me débrouille pour faire le pied droit, en laissant de côté le petit orteil qui sera caché sous la bride de la sandale, mais au moment où j'achève enfin le pied gauche, le vernis a commencé à se figer en grosses boules.

Maman revient en rogne.

– Allez, magne-toi.

Je me lève et je passe mes sandales.

– Tire pas sur ton tee-shirt, tu vas le déformer. Rentre ton ventre. Mets ta veste en jean par-dessus. C'est mieux.

– Tu m'imites, ou quoi ? demande Janice.

Pendue au bras de Karl, elle fume une clope. Elle porte le même haut que moi. Je resserre ma veste.

– Non.

– C'est bon, je rigolais.

C'est la fête de fin d'année. Les élèves de sixième ont passé la semaine à répéter leur spectacle d'une demi-heure avec le prof d'art dram'.

– Sont pas près de brûler les planches, ricane Janice. On va en ville, tu veux venir ?

Karl rejette la tête en arrière et me regarde comme si j'étais à des kilomètres. Il n'a pas trop envie que je les accompagne, je le vois bien.

– Bon, allons-y.

Je franchis le portail du collège derrière eux ; ils marchent en se tenant la main. Je décide de prendre le raccourci qui file entre les maisons et débouche sur le jardin public. Je parie qu'ils ne s'apercevront de ma disparition que dans dix kilomètres.

Je reste à glandouiller sur les balançoires jusqu'à ce que les nuages sombres qui planent depuis le matin se mettent à fondre dans la vallée sous forme de crachin paresseux. Paraît qu'on est au début de l'été, mais il fait encore plus froid qu'au printemps.

3

À peine engagée dans l'allée, je comprends que quelque chose ne tourne pas rond. La voiture de Papa est garée tout contre la maison, le coffre au ras de la porte latérale. On ne devait partir qu'après son retour d'Amérique. Le coffre est ouvert et il y a là tout un tas de cartons, les livres de régimes de Maman et toutes ses belles valises.

Elle sort avec un autre carton dans les bras.

– Ah, te voilà, ma puce.

– Qu'est-ce qui se passe ?

– On va à Birmingham. Tu n'as pas oublié, quand même ?

Elle est trop rayonnante, trop enjouée. Elle ment.

– Je croyais qu'on partait la semaine prochaine.

– Rien ne vaut le présent, Carmen. Faut vivre dans l'instant. On ne vit qu'une fois.

– Mais t'as emballé tous tes livres de régimes.

Elle laisse tomber la caisse et me regarde en se mordant la lèvre. Elle m'avoue qu'on ne part pas vraiment en vacances. On va s'installer à Birmingham pour quelque temps, rien que nous deux. Pour de bon.

Elle frappe à la porte.

– Carmen ! Allez, Carmen, ma puce. Ouvre.

– Je veux rester ici.

J'arrive pas à y croire. Je pensais qu'elle allait changer d'avis. Elle ne va pas partir maintenant, pendant que Papa est en voyage. Si j'arrive à la convaincre d'attendre son retour, elle reviendra peut-être sur sa décision.

– Carmen, je suis ta mère. Je ne vais pas te laisser seule dans une maison vide pendant huit jours.

– Et pourquoi pas ? Je me débrouillerai. J'attendrai Papa. Je lui expliquerai, je lui dirai que tu es partie.

Elle n'avait même pas emballé la moitié de mes affaires. Mes survêtements, mon pantalon préféré, mes posters sont encore là.

Elle s'est mise à sourire, je le sais, même si je ne la vois pas.

– Tu lui parleras quand il reviendra, d'accord ?

Pas d'accord. Mais alors, pas du tout. Je sais que certains parents se séparent, mais ils ne quittent pas la ville pour autant. La mère de Rachel Veasy a emménagé avec son nouveau mec dans la même rue, six numéros plus loin.

– Pourquoi il faut qu'on parte ?

– Je te le dirai quand tu ouvriras.

Je suis adossée à la porte. Ça va trop vite, tout ça.

– Pourquoi tu ne m'en as pas parlé avant ?

– Ça ne tombait jamais bien. Et puis, je n'en étais pas très sûre moi-même jusqu'à maintenant. Il faut que je m'en aille, Carmen. Il le faut.

Elle frappe.

– On doit partir. Si on ne s'en va pas maintenant, le moment va passer. Tu comprendras quand tu seras plus grande, je te jure, tu comprendras.

– Mais moi, je veux rester ici, avec Papa.

– Tu ne peux pas attendre ici toute seule.

– Pourquoi ?

– C'est illégal. Je me retrouverais en prison.

– Alors, ne pars pas.

– Carmen. Ne complique pas les choses.

– Mais pourquoi tu ne peux pas vivre ici avec Papa ? Hein, pourquoi ? Je ne veux pas que vous vous sépariez.

Elle répond qu'elle voulait m'en parler en chemin, dans la voiture. On lui propose un poste à Birmingham.

– Il faut que je saute sur l'occasion, ma chérie, et ton père ne veut pas que je me lance. C'est un saut vers l'inconnu, je sais, mais c'est stimulant.

Voilà qu'elle me supplie.

Au moment où j'ouvre la porte, elle est en train de se frotter le ventre avec ses deux mains. Elle me sourit, mais je vois briller des larmes au coin de ses yeux. Elle me prend la main vivement.

– Je sais que c'est dur, ma puce, je le sais bien, mais il va falloir que tu sois une grande fille.

Elle me serre contre elle avec ses bras durs et osseux.

– Tout ira bien, tu verras. C'est une aventure.

Une aventure. L'aventure, théoriquement, c'est stimulant. Faire une randonnée en Amazonie, traverser le désert, escalader l'Everest. Birmingham, c'est pas l'aventure, c'est la honte.

Elle serre bien fort le volant tandis qu'on négocie virage sur virage pour rejoindre l'autoroute.

– Ne te retourne pas, conseille-t-elle, tu te transformerais en statue.

Elle allume la radio. C'est la dance music du vendredi soir, hyper rythmée et cadencée. Elle monte le son et se met à taper des mains ; son alliance fait toc-toc sur le plastique.

– Le monde change, Carmen. On ne peut pas se permettre de rester planté là. Moi, je ne peux pas, en tout cas. Je veux participer. Je ne suis pas trop vieille. Je n'ai que trente-cinq ans, tu sais, c'est encore assez jeune.

Pour moi, c'est une ancêtre, mais je ne dis rien. Les nuages sombres qui nous suivent depuis le Yorkshire finissent par cacher le soleil de cette fin de journée. Il se met à pleuvoir et les camions qu'on dépasse sur l'autoroute nous aspergent.

– Au moins, j'ai la bagnole, dit-elle. C'est déjà ça.

Quand Papa verra qu'elle a pris la voiture, il va piquer une crise. Je serre les yeux très, très fort et j'essaye de lui envoyer un message. Je veux qu'il sache que je n'y suis pour rien.

La voilà qui déblatère sur lui et Moira. Elle radote et recommence comme si elle ne pouvait pas s'arrêter. Partir en emportant quelque chose à lui, ce n'est que justice. Elle aussi est capable de faire carrière. Sa voix résonne dans la voiture, soulignée par le ronronnement du moteur.

– Il me prend pour une incapable. Il croit que j'ai besoin de lui. Je vais lui montrer, moi, de quoi j'ai besoin.

Elle se tourne vers moi, quittant la route des yeux.

Je suis submergée par l'odeur écœurante des sièges en cuir, la puanteur des gaz d'échappement.

– J'ai mal au cœur, dis-je.

– Bon Dieu…

Elle se rabat vivement sur la bande d'arrêt d'urgence et se penche devant moi pour ouvrir ma portière.

– Fais ça dehors, pas dans la voiture.

Elle me pousse d'une main dans le creux des reins.

– Vas-y. Tu ne devrais pas manger autant.

Une fois sortie, je n'ai plus la nausée.

– Ça y est, ça va mieux.

Sous la lumière du crépuscule, les West Midlands scintillent comme une fête foraine. À l'horizon, le ciel est d'un rose trouble et l'air est alourdi par une odeur de déchets. La circulation est de plus en plus intense ; davantage de voitures, de phares qui nous éblouissent. On longe des hypermarchés, des usines, des entrepôts, des tours d'habitations. Tout est massif, bien plus gros que chez nous.

Elle annonce qu'on ne passera que quelques jours chez Pépé et Mémé.

– Crois-moi, Carmen, deux jours avec eux, c'est bien suffisant.

Plus on approche de Birmingham, plus les immeubles sont serrés. Il y a de la lumière partout, des feux arrière, des feux rouges, des réverbères. J'ai l'impression que le courant nous entraîne, que la puissance de la circulation aspire la voiture vers le souterrain.

Je ne voyais pas les choses comme ça. Je croyais que ce serait comme une vieille photo grisâtre, qu'il y aurait des cheminées couronnées de fumée et des enfants tachés de suie en train de jouer dans la poussière. Je sens quelque chose qui pétille en moi.

– Regarde-moi ça, souffle-t-elle. Les portes de l'avenir s'ouvrent devant nous.

Elle pousse un cri de joie et met la radio encore plus fort. Elle se met à chanter :

– *Sois toi-même, sois bien toi et rien que toi.*

Mémé vit dans le quartier de Hall Green, au milieu d'une longue rue sinueuse. Maman fait un créneau pour se garer entre une Toyota rouge vif et une Nissan Sunny cabossée ; elle cogne le bord du trottoir et pousse un juron.

– Ils habitent où ?

Je pose la question tout en examinant les pavillons de plain-pied, sagement juxtaposés, chacun sur son petit carré de jardin.

– Là-bas, répond Maman en montrant du doigt une maison à moitié dissimulée par une jungle de cyprès. Derrière la verdure.

De longues branches tortueuses empiètent sur la chaussée.

– C'est ton grand-père, soupire-t-elle. Trop feignant pour tailler tout ça.

Chez Mémé, il y a des tapis dorés et des rideaux beiges. Ça sent drôle ; l'humidité, l'eau sale ou la vieillesse, je ne sais pas trop. La cuisine regorge de fruits en plastique : bananes, oranges, pamplemousses, pêches, poires, prunes. Le minuteur en forme de kiwi que je lui ai envoyé pour son anniversaire est posé sur le micro-ondes. Même la coupe à fruits et sa grappe de raisin sont en plastique moulé, rigide et brillant.

Mémé me serre bien fort dans ses bras en me caressant les cheveux. Elle sent le tabac, la cuisine et le parfum à quatre sous. Elle est molle comme un coussin.

– Qu'est-ce que tu as grandi !

– Oui alors, renchérit Maman. Dans le mauvais sens.

Les lunettes de Mémé ont une monture rouge trop grande pour elle. Elle a des verres qui s'assombrissent quand il y a du soleil. Son cardigan noir lui descend jusqu'aux fesses. Sa taille est soulignée d'un renflement de graisse qui me fait penser à une bouée de natation.

— Asseyez-vous. Je vous ai préparé de quoi manger.

Elle sort une grosse pizza du four.

— C'est du surgelé, mais elles sont pas mauvaises, celles-là, y a pas que de la croûte.

— Je suis au régime, annonce Maman en tapotant son paquet de cigarettes avant de l'ouvrir.

— Tu vas pas me dire que t'en es toujours là, hein, Maria ? Carmen, tu mangeras bien un petit quelque chose ?

La lumière de la cuisine me fait mal aux yeux. Elle est trop puissante, je vois mes veines sous ma peau. Sur mon poignet, il y en a qui ressemblent à des traits de stylo-bille. Quand je les touche du bout des doigts, ça me fait drôle aux orteils.

— Où est Pépé ? demande ma mère.

— Où veux-tu qu'il soit ?

Mémé coupe la pizza en parts inégales. Elle en pose une énorme devant Maman, qui fait semblant de n'avoir rien vu.

— Tu devrais être contente qu'il soit pas là, Maria. Si tu savais tout ce qu'il a pu dire sur ton compte.

— Chut, dit Maman en levant le menton vers moi.

Je leur souris et je prends une bouchée de pizza.

Mémé me bricole un lit en posant des coussins sur le canapé du salon, parce qu'il n'y a qu'une seule chambre d'amis et que c'est Maman qui l'a prise. J'ai proposé qu'on dorme ensemble, mais Maman n'a pas voulu en entendre parler.

— C'est pas parce que je lui ai donné la vie que je vais dormir à côté d'elle.

Le tapis sent drôle et, comme les coussins glissent tout le temps, je me retrouve à moitié par terre. Je m'endors et je rêve de nous deux en voiture, on roule sans fin dans le noir. Maman me parle, mais sa voix est comme ralentie, déformée. On dirait qu'elle bâille, et quand je me tourne vers elle, elle a la bouche grande ouverte. Pendant un instant, j'ai l'impression qu'elle veut m'avaler.

Je me réveille en sursaut, je m'assois, à bout de souffle. Il fait encore nuit et j'entends des voix dehors, le bruit d'un moteur. Des pas rapides, quelqu'un qui court, un chien qui aboie chez les voisins. L'air est chargé de sons, même en pleine nuit. Pas comme à la maison, où tout était si calme ; où, si j'écoutais trop longtemps le silence, je finissais par me persuader que j'étais devenue sourde.

4

La haie bloque la lumière. Elle arrive pratiquement à mi-hauteur des fenêtres de la façade. Avant que Pépé ne descende déjeuner, Mémé a expliqué à Maman :

– J'arrête pas de lui dire de faire quelque chose, mais y a pas moyen. Ça me déprime.

Elle a préparé un petit déjeuner copieux : saucisses, haricots secs, bacon, œufs, plus du boudin pour Pépé. Quand Mémé pose son assiette devant elle, ma mère fait la grimace. Quant à Pépé, il tousse derrière son journal. Il n'a pas encore dit le moindre mot à ma mère.

– Alors, Papa, comment ça va ? demande-t-elle en se glissant une pastille menthol dans la bouche.

Pépé la regarde par-dessus l'*Evening Mail* d'hier.

– Mieux que toi, ça c'est sûr. Tu l'as quitté pour de bon ?

Elle se mord la lèvre.

– Séparation provisoire.

Mémé dépose devant moi une assiette bien garnie et retire la cigarette de la bouche de ma mère avant même que celle-ci ait pu l'allumer.

– Pas au petit déjeuner, bon sang.

Mémé m'a servi une vraie ventrée : deux saucisses, deux œufs, deux rondelles de bacon, du pain perdu et des haricots. Ma mère me regarde en fronçant les sourcils et s'écrase le bout du nez pour imiter un cochon. Elle finit par annoncer :

– Je vais en griller une dehors.

La pièce est silencieuse, on n'y entend que nos bruits de table : des fourchettes qui grattent le fond des assiettes, Pépé qui grommelle au-dessus de son boudin, Mémé qui lèche le ketchup sur ses lèvres. La part de ma mère se fige sur son assiette.

– Je savais bien que ça tiendrait pas, dit Pépé en posant ses couverts. Ce Brian, je l'ai toujours trouvé un peu péteux.

– Ray, s'il te plaît, pas devant Carmen.

Ils me regardent. Je croque mon dernier morceau de pain perdu, la graisse au goût de viande me ruisselle sur la langue. Je demande :

– Je peux manger sa part ?

Maman a rempli de bouffe notre vieux panier de piquenique en osier. Une boîte de Power Shakes, des yaourts et de la confiture zéro pour cent, du pain croquant au seigle et quelques sachets de pommes au son qu'elle couvre d'eau bouillante avant d'y ajouter un peu d'édulcorant pour obtenir une portion de petit déjeuner. Je la regarde couper une pomme en fines lamelles.

– Tu as de l'œuf sur le menton, dit-elle en m'essuyant avec un bout de papier absorbant.

– Quand est-ce que je verrai Papa ?

Elle fronce les sourcils et verse une ou deux bonnes cuillerées de son sur ses pommes.

– Tu l'appelleras quand il sera revenu.

– Tu ne m'as jamais dit que vous étiez sur le point de vous séparer, dis-je d'un ton accusateur.

– Je ne te dis pas tout.

Quand il rentrera de voyage, je lui expliquerai que c'est avec lui que je veux vivre. Je ne veux pas passer le restant de mes jours ici. Je veux me balader au jardin public avec Janice et faire la course avec Papa au WipEout.

Chez Mémé, il y a des photos de Maman dans tous les coins. Au-dessus de la cheminée, il y en a une de son mariage. Je porte une petite robe scintillante avec des ailes en papier attachées dans le dos. Paraît que je devais faire la fée, mais je suis aussi renfrognée que si j'allais pleurer. Ma mère est belle : il y a des fleurs dans ses cheveux roux, elle porte une robe brillante vert pomme. Papa est en jaquette, il sourit de toutes ses dents, un verre de champagne à la main.

– Tu sais pourquoi il a l'air heureux comme un prince ? demande ma mère en me voyant plantée là. Il a passé toute la cérémonie à courir après ma cousine Linda. J'aurais jamais dû l'épouser, Carmen.

Je m'installe avec Mémé devant les programmes télé du matin tandis que Maman va visiter un appartement. Mémé regarde beaucoup la télé. À peine levée, elle allume le poste. « Ça me tient compagnie », qu'elle dit.

On regarde *Les Robinsons*, en attendant le début de *Trisha*. Ce matin, Wendy, concurrente venue de Braintree, pleure parce que ses enfants lui manquent. Alors qu'elle est arrivée sur l'île il y a une bonne semaine et qu'elle a suivi assidûment un régime équilibré, pauvre en matières grasses et à faible teneur en calories, c'est à peine si elle a maigri.

Le brillant à lèvres de la présentatrice scintille ; elle explique que Wendy a pris du poids pendant sa grossesse et qu'elle est venue sur l'île pour retrouver sa ligne.

– Vous devez faire de la rétention d'eau, conclut-elle. Je suis sûre que tous ces kilos vont se volatiliser dès la semaine prochaine.

– Pauvre truffe, commente Mémé en croquant une pastille à la menthe. Une grosse vache dépressive, y a rien de pire.

Pépé entre et vient s'asseoir devant le poste.

– Mon virement de retraite est arrivé ! annonce-t-il en agitant son relevé de compte comme un ticket de loterie. Qu'est-ce tu regardes, mon trésor ?

– Chut, souffle Mémé, les sourcils froncés.

Andréa, candidate venue de King's Lynn, a déjà perdu plus de six kilos.

– De la télé de bonnes femmes, grogne Pépé. À plus tard.

Le loquet claque dans la serrure, Mémé soupire.

– Le pub, c'est sa deuxième adresse, dit-elle sans quitter l'écran des yeux. T'es pas pressée de vieillir, je te le dis, mon petit. C'est d'un rasoir !

Le lendemain, Maman est surexcitée. L'appart' qu'elle a visité hier n'était pas dans le bon quartier.

– Newtown : je te jure qu'on n'a pas intérêt à aller s'installer là-bas, ma chérie, on se ferait braquer toutes les quinze secondes, ou pire.

Elle a téléphoné à un vieux copain qui a un appartement dans lequel on pourrait peut-être emménager. Elle a rendez-vous avec lui. Elle a mis une bonne couche de maquillage et une robe bien moulante. Elle ressemble aux femmes qui passent à la télé, les yeux brillants, les oreilles lestées par deux gros trucs en or. Ça fait des mois qu'elle ne s'est pas attifée comme ça, même pour aller bosser, et elle a une drôle d'allure ; j'ai l'impression que son accoutrement pourrait lui tomber sur les pieds d'un moment à l'autre.

— T'en fais pas, annonce-t-elle, tu ne seras pas exposée bien longtemps à cette mangeaille.

Elle écarte les bras bien largement, comme pour englober toute la maison.

Quittant l'écran des yeux, je lève la tête pour la regarder. Tout ce que je vois, c'est qu'elle a mis trop de rouge à lèvres.

Il n'y a que des courses de chevaux et des émissions pour enfants. On regarde un peu *1, rue Sésame*, parce que Mémé aime bien Toccata.

— Je suis comme lui, maintenant. Un gros oiseau.

Je dois vraiment avoir l'air abattue : son visage s'adoucit soudain.

— On devrait faire quelque chose, cet après-midi. T'as une idée ? Ça te dirait, un petit tour en ville avec ta mémé ?

On prend le bus, qui passe une éternité à tressauter sur les pavés de Stratford Road. Tout est à la fois sale et tape-à-l'œil : restaurants indiens, marchands de saris, boucheries, épiceries, vidéoclubs.

— Dans ce quartier, ils ajoutent du chien haché à leurs plats, affirme Mémé.

Je vois une carcasse terne pendue à la vitrine d'une boucherie.

— C'est un chien, ça ?

– Beurk, regarde pas, dit Mémé en frissonnant. C'est une chèvre. C'est vraiment répugnant, les gens devraient se plaindre.

Plus loin, passé le rond-point, dans la descente qui mène au centre-ville, les immeubles sont plus grands, ils se transforment en usines et en entrepôts délabrés. Salles d'exposition de voitures, salons de tatouage, quelques vieux pubs crasseux, un marchand de pianos. Sous le soleil, la ville paraît métallique ; rien que du verre brillant et du béton clair.

On va faire du lèche-vitrines à Bull Ring. Mémé dit qu'ils vont tout démolir pour construire un centre commercial plus moderne et plus chic.

– C'est dommage, commente-t-elle. C'était joli, ici, quand c'était neuf.

Tous les articles sont à une livre, ou deux livres quatre-vingt-dix-neuf. Elle me fait entrer chez Mark One.

– Tu veux quelque chose, mon lapin ? C'est moi qui paye.

Sur le lino fendu sont alignés des étalages de fringues en désordre. Il y a une espèce de rayon à part pour la lingerie, les chaussures et les vêtements masculins, et derrière, après un escalier de quelques marches étroites et glissantes, tout un étage de mode féminine. Ça sent le caoutchouc et la colle industrielle, les vendeuses sont rebutantes et ridicules avec leur blouse en polyester rouge.

On fait le tour, elle prend quelques articles.

– Tiens, et ça, ça te plairait ?

Elle me tend une robe bleu vif et un pull noir en coton, du genre qui fait des peluches quand on le lave. J'ai pas envie d'essayer des vêtements ; ils seront trop petits ou trop ringards.

– Je préférerais des bonbons.

Mémé me sourit.

– D'accord, mon chou, mais d'abord, on va au marché couvert, d'accord ? Je voudrais te présenter quelqu'un.

Pour descendre à la galerie commerciale de Bull Ring, il faut prendre de vieux escalators déglingués. On se retrouve devant une immense enfilade d'étalages ; le nom des commerçants est imprimé en marron sur des panneaux en plastique orange. On vend de tout ici : des boutons, des aliments pour animaux, du tissu, du poisson, de la volaille, des légumes, des livres, des tee-shirts, des blousons de cuir, des œufs, des chaussures. Il règne une odeur de poisson et un bourdonnement bruyant de gens qui discutent ou crient. Pendant quelques instants, je me sens submergée.

– On va où ?

Devant moi, Mémé se fraye un chemin dans la foule.

– Voir Lisa, répond-elle. Elle a un stand pas loin. Tu ne te souviens pas d'elle, si ?

– Non.

Elle me regarde en souriant.

– Quand tu es partie, tu étais haute comme trois pommes.

Tout au fond, dans un coin, serrée entre un stand de mercerie et un étal de fruits et légumes, il y a une petite boutique : La Lime à Ongles. La vitrine est décorée de petits flacons. Des centaines de couleurs et de textures. Du rose, du vert jaune et du vert sapin, toutes sortes de violets, du bleu électrique ou étincelant, de l'argenté, du doré, du bronze. Je ne connais même pas le nom de toutes ces couleurs.

Derrière le comptoir se tient une femme assez grande, aux cheveux si noirs qu'ils en sont presque bleus. Ses yeux sont soulignés d'eyeliner à la Cléopâtre et son épaisse couche de rouge à lèvres est d'un rouge très vif.

– B'jour, M'man, dit-elle sans lever la tête. J'en ai pour une minute.

Elle est en train de peindre quelque chose, elle est si concentrée que ça lui fait des rides entre les cils.

– Tu dois être Carmen, je suppose, me dit-elle.

– Comment vous le savez ?

– J'ai toujours eu un don de voyance. Tu demanderas à ta mère. Je lui avais dit qu'elle finirait par revenir et voilà, elle est revenue.

– Qu'est-ce que vous faites ?

Je suis trop curieuse pour rester timide.

– Des ongles artificiels prédécorés, il ne restera plus qu'à les coller. Regarde…

Elle me tend un minuscule bout d'ongle orné d'un coucher de soleil aux Caraïbes.

– C'est magnifique, dis-je.

– Tu te souviens pas de moi ?

Je secoue la tête en disant :

– Désolée.

– T'en fais pas. Tu n'étais qu'un petit bout de chou quand t'es partie. Montre voir tes mains, un peu.

Je me tourne vers Mémé, mais elle est allée discuter avec le bonhomme qui tient le stand de mercerie. Sur son enseigne, il y a écrit Au Petit Point.

– Tu ne te ronges pas les ongles, c'est bon signe.

Elle prend une lime dotée d'une longue poignée d'ivoire.

– Je vais te donner un petit coup de lime, et pendant ce temps, tu me parleras un peu de ta maman. Elle va bien ? Je sais qu'elle a été malade.

Lisa fait aller et venir la lime d'un geste adroit. Je ne sais pas quoi lui dire. Ses ongles sont d'un rouge brillant et aussi durs que du plastique. Je me lance :

– Elle va bien. Elle vient de changer de travail.

– Dis-moi, t'as un petit ami, toi ? Je parie que t'en as plein, belle comme tu es.

Je vois bien qu'elle dit ça par gentillesse, mais je souris quand même.

– Je suis fan de Madonna.

– Ah oui ? Ça fait un moment qu'elle tourne, celle-là. Tu veux un petit coup de vernis ? C'est cadeau. Choisis ta couleur. Sinon, je peux te faire un transfert, j'en ai des très jolis dans la gamme des violets, regarde, des qui brillent.

Elle me montre des étoiles violettes.

– Ça ferait joli sur un fond lilas, non ? Tu ne trouves pas ?

– D'accord.

Je réponds sans trop savoir si j'accepte quelque chose d'interdit.

Elle peint vite et bien, avec précision. Deux coups de pinceau sur chaque ongle. Ensuite, elle pose une décalco d'étoile mauve et finit par une petite couche de vernis transparent.

– Ouh, si c'est pas joli, ça ! s'exclame Mémé. Une vraie petite Spice Girl. Allez, on se sauve, Lisa a du travail.

– Attends une minute, Maman, faut que ça sèche.

Elles se mettent à parler du centre commercial, elles disent que c'est dommage de voir tout ça disparaître. Mais je n'écoute pas vraiment : j'admire mes ongles. Je les agite pour faire scintiller le strass.

– Tu reviendras me voir, pas vrai ? me dit Lisa alors que nous partons. Avant qu'ils démolissent tout ça. Dis à ta mère de t'accompagner.

Tandis que nous traversons les allées pour rejoindre les escaliers roulants, je tiens mes mains devant moi ; mes doigts ressemblent à des baguettes magiques.

Mémé m'emmène goûter à la viennoiserie. C'est au rez-de-chaussée, au-dessus des galeries marchandes où il n'y a ni fenêtre ni lumière naturelle. On s'installe à une table sur la place centrale, devant tous les magasins, près des attractions pour enfants. Sur le pare-brise de la camionnette de Postman Pat, il y a une tache de crème glacée fondue.

Elle me paye un chocolat chaud couronné d'une grosse boule de crème fouettée, plus un fondant au chocolat. Pour elle, un thé et une part de strudel aux pommes.

—J'ai pris du rab, pour plus tard, dit-elle en me montrant une boîte en carton blanc. Ta mère a plutôt mauvaise mine, un peu de sucre lui fera pas de mal.

Le gâteau est génial, trop fondant et chocolaté. Pour épargner mes ongles, je tiens ma fourchette bien haut entre le pouce et l'index ; ça rend l'opération délicate.

Mémé fait *tss-tss*.

—Tu en as plein la figure, ma belle, dit-elle en crachant sur une serviette avant de me frotter les joues avec.

Je regarde ses lèvres, son rouge fuse dans ses rides autour de sa bouche, ses joues pendouillent sous sa mâchoire. Sa tête ressemble à un nuage ; une poignée de cheveux gris clairsemés figés sous la laque. À en croire Maman, Mémé était une vraie tombeuse quand elle était plus jeune.

—Mémé ?

—Oui, mon trésor ?

—T'as des photos de toi avant, quand t'étais plus jeune ?

—Pourquoi tu voudrais voir ça ? Moi, ça me dit rien de les regarder, soupire-t-elle. Une fois qu'on est fanée, il n'y a plus rien à espérer.

N'empêche qu'elle va quand même les chercher, une fois rentrée. Des gros albums à couverture plastifiée avec écrit « Nos chers souvenirs » en lettres dorées. Il y a plein de photos de ma mère quand elle était petite. Des clichés jaunis où on la voit crapahuter à la plage, Mémé en robe à fleurs, les cheveux en choucroute.

– Ça, c'était à Great Yarmouth, explique-t-elle en désignant un portrait d'elle en robe courte de satin bleu. C'était des vacances de rêve. On allait danser tous les soirs. La robe, c'est moi qui l'avais faite. Je cousais tous mes vêtements.

Elle se frotte le ventre.

Il y a aussi une photo de Pépé adossé à une moto, une cigarette à la main, les cheveux relevés en mèche, façon Elvis.

– Il était joli garçon, pas vrai ?

Plus loin, des images de Mémé et Pépé devant leur maison – « Elle était comme ça quand on l'a achetée, avant qu'il ne laisse pousser cette satanée forêt dans le jardin » – et de ma mère à quatorze ans, en pantalon pattes d'ef', les mains sur les hanches, en train de tirer la langue.

– Elle n'avait pas que des os, à l'époque, remarque Mémé. Avant toutes ces folies de régime. Elle m'accusait de vouloir la faire grossir. Lisa dit que c'est sa faute, à elle, mais je ne suis pas d'accord. C'est ta mère. Elle n'a jamais su s'arrêter.

Mémé me raconte que, quand elles étaient petites, quand ma mère avait à peu près mon âge, elles se sont mises au régime toutes les deux. Et que Lisa a arrêté au bout de quelques mois.

– Elle est comme moi, elle a la dent sucrée. Mais ta mère, elle n'a pas arrêté de maigrir, maigrir, toujours maigrir. On savait plus quoi faire. On en devenait maboules. Elle était persuadée qu'elle était grosse – elle secoue la tête – alors qu'elle était maigre comme un clou. Elle est restée braquée là-dessus depuis ce temps-là.

Elle tourne une page.

– Regarde-la donc, là.

C'est un cliché un peu flou qui ne ressemble pas vraiment à Maman. Elle a un bébé dans les bras – moi, je suppose – et se cambre pour contrebalancer ce poids. Elle est si maigre qu'on a l'impression qu'elle n'a même pas de corps, rien que des os et des vêtements.

Mémé me caresse les cheveux.

– Surtout, ne l'écoute pas si elle te dit des sottises, Carmen. Je ne voudrais pas que tu deviennes comme ça.

– Oh non, dis-je en regardant Maman.

Ça me donne mal au cœur de la voir dans cet état.

À la fin du dernier album, il y a une petite photo carrée, de celles qu'on fait dans les photomatons. C'est une fille aux cheveux bleus et hérissés, les yeux soulignés, les lèvres maquillées en noir et l'oreille percée d'une épingle de nourrice. Elle a l'air de pousser un grognement.

– C'est qui ?

Mémé regarde par-dessus mon épaule et soupire :

– Ça, c'est notre petite Lisa, quand elle avait dix-sept ans.

5

Mes ongles ne plaisent pas à Maman.

— Trop voyant, dit-elle. Elle en fait trop, elle a toujours eu ce défaut.

Mémé a déballé les gâteaux pour les poser sur une assiette, devant nous. Avec ma fourchette, je marque une grosse entaille dans le bord du biscuit spongieux. Il sort de la crème de tous les côtés, un peu comme de la mousse à raser.

— On va pas manger ça, me souffle Maman avant de déplier une serviette en papier. Je vais l'emballer pour plus tard.

Je m'arrête alors que je suis sur le point d'enfourner une bonne ration de gâteau au chocolat, bien riche et bien poisseux. Maman plisse le nez comme si c'était répugnant. Mémé revient, elle est dans le couloir. Je pose ma fourchette et, à contrecœur, je glisse le gâteau dans ma serviette. Je n'en ai mangé que deux bouchées.

— Donne, ordonne Maman en m'arrachant le mouchoir pour le fourrer dans son sac à main.

— Déjà fini ? s'étonne Mémé en s'asseyant près de moi. T'en veux encore ?

– Ça ira comme ça, tranche Maman. Depuis qu'on est chez toi, on grossit. (Elle appuie sur son bras, du bout du doigt.) Tu vois ? Du gras.

– Ça s'appelle la peau, Maria.

Maman sort une nouvelle cigarette.

– Carmen, dit-elle en me regardant bien en face. Va chercher tes affaires, tu seras mignonne.

Le temps que je redescende, elles sont en train de se bouffer le nez.

– Je ne comprends pas que tu en sois encore à refuser de la voir. Après tout ce temps. Vous êtes du même sang.

– C'est elle qui a décidé de ne plus m'adresser la parole. Mais qu'est-ce qui t'a pris, aussi, d'emmener Carmen là-bas ! Je ne veux pas qu'elle se fasse des idées.

Mémé déplie une serviette en papier. Un modèle fantaisie où figure en lettres sinueuses la mention « Pâtisserie viennoise ». Elle la pose sur la table et se met à lisser les plis avec l'arête de sa main. Elle reprend :

– Et tu te figures que quitter Brian, c'est une bonne idée ?

La voiture est dehors, elle empiète sur le trottoir comme si Maman l'avait garée en vitesse.

– Je te jure, cette bonne femme, grogne-t-elle en se glissant sur le siège du conducteur. (Elle se regarde dans le rétroviseur, essuie une tache de rouge au bord de sa lèvre supérieure.) Si on la laissait faire, on ressemblerait à des éléphants.

Je l'observe, j'essaye d'imaginer comment elle était avant ma naissance. Elle a les cheveux longs maintenant, longs et fins, le plus souvent tenus par des épingles ou en queue-decheval. Elle les teint d'un brun roux qualifié de «brillance rayonnante», à en croire l'emballage. Elle est plus menue que la fillette rondouillarde des photos.

–Maman, tu étais comment quand tu habitais ici?

Elle quitte le rétro des yeux pour se tourner vers moi.

–Complètement paumée, répond-elle. Et les choses étaient différentes. On n'avait pas autant de portes ouvertes, à l'époque. J'ai jamais eu envie de finir comme eux. (Elle désigne la haie.) C'est vrai, quoi, je sais bien que c'est ma mère, mais elle n'a jamais eu la moindre ambition. Si je prenais du poids et si je travaillais dans un magasin de cosmétiques, elle serait contente.

–Ça ne te plairait pas, si je travaillais dans un magasin de cosmétiques?

–Non, ça ne me plairait pas. (Elle tourne la clé de contact.) Tu ne connais pas ton bonheur. Tu appartiens à une génération qui dispose de tout un éventail de possibilités. Il faut que tu en profites avant de vieillir, avant qu'il ne soit trop tard.

Maman nous a trouvé un appartement au dix-huitième étage d'une tour du centre-ville. Elle le sous-loue à un nommé Billy; elle m'explique que c'est un vieux copain à elle.

–En temps de crise, on reconnaît toujours ses véritables amis.

–Je ne savais pas qu'on était en temps de crise, lui dis-je en levant le nez vers la tour qui culmine au-dessus de nous.

–Ne la ramène pas, tu veux?

–Y a des fenêtres cassées, dis-je en montrant des ouvertures condamnées.

–Ils sont en train de les rénover, Carmen. De nos jours, ce quartier est très recherché. Et puis bon, c'est temporaire.

En attendant d'acheter quelque chose. Ce sera amusant, un peu comme du camping. Qu'est-ce que t'en penses?

– Pourquoi pas.

– Tu pourrais être un peu plus enthousiaste.

L'ascenseur est doublé de plaques de métal soufflé qui font saillie, comme les yeux d'une mouche.

– Mon Dieu, de quoi j'ai l'air… s'exclame Maman en regardant son reflet déformé.

La lumière est blafarde et le sol constellé de vieux chewing-gums. Je fais la grimace. Ça sent la pisse.

– Ces appartements valent une fortune, répète-t-elle tandis que nous sortons de la cabine au dix-huitième. Avec la réforme de l'urbanisme. Selon Billy, ils vont tout refaire, transformer tout ça en résidences de standing.

Nous sommes au numéro 128. Il y a une porte métallique et un verrou à quatre tours. La peinture blanc crème s'écaille et, comme le rabat de la boîte aux lettres a disparu, on aperçoit un carré de moquette rose à travers la fente.

– Ouh, regarde-moi cette vue! dit Maman tandis que je la suis dans le salon.

Je retiens ma respiration: une telle hauteur me donne le vertige. La ville s'étend devant nous, si lointaine qu'elle n'est plus qu'une miniature. Sous mes pieds, le sol semble instable.

– Ça me plaît pas.

– Comment, ça te plaît pas? Comment peux-tu dire une chose pareille? Quelle perspective! On voit à trente kilomètres. Tu t'y habitueras. (Elle pose ses mains sur la vitre, s'appuie dessus tout entière.) C'est ici que j'aurais dû passer toutes ces années, Carmen. C'est pour ça que j'ai fait une dépression. J'ai besoin de vivre, d'être là où ça bouge. (Elle fait une petite grimace et se met à onduler.) Jamais je n'ai eu envie de me poser et d'avoir un enf…

Elle se tait, se mord la lèvre.

– Bon, bref.

Je fais semblant de rien.

Birmingham s'étend sur des kilomètres. Toute la perspective, jusqu'à l'horizon, n'est que bâtiments et routes. J'évite de me tenir trop près de la fenêtre. J'ai peur de tomber.

– Regarde, reprend-elle en tendant un doigt. Là-bas, dans le temps, il y avait une boîte de nuit, le Power House. On y allait en soirée. Le groupe de Billy y a donné un concert, un jour. Mais ça n'a débouché sur rien. (Elle rit.) À l'époque, Birmingham n'était pas très sophistiqué. Pas comme aujourd'hui. Les choses ont changé, en dix ans, c'est pas croyable.

Dans l'appartement, il y a deux chambres qui dominent la ville, un salon avec un coin cuisine et une salle de bains. Et un balcon attenant à la chambre de Maman. Le vent souffle, l'air tournoie autour de nous comme s'il voulait nous soulever pour nous jeter par-dessus bord, nous expédier dans l'espace. Maman écarte les bras.

– Ouh, c'est vivifiant, non ?

Je suis toujours adossée au mur, je m'avance peu à peu comme si j'étais sur le rebord d'une fenêtre et non sur un balcon. Le bruit du vent et de la circulation est assourdissant.

– T'inquiète pas, ma puce, tu ne vas pas tomber. Regarde.

Elle s'appuie sur la rambarde et se hisse en soulevant les pieds.

– Maman !

J'ai le cœur au bord des lèvres.

– J'aime pas ça.

Le vent lui rabat les cheveux sur le visage, dans la bouche.

– J'aime pas ça… T'as eu peur que je saute, ou quoi ? Pauvre truffe.

Elle me jette un regard de pitié.

Il n'y a pratiquement pas de meubles, rien qu'un lit et un matelas posés par terre dans ce qui sera ma chambre, selon Maman. Pas de télé, pas de téléphone et un malheureux futon pas confortable. Les rideaux, en nylon épais et rose, sont assortis à la moquette. Maman les regarde en grimaçant.

– Il va falloir arranger ça.

Je l'aide à décharger la voiture. On passe des heures à fourrer le tout dans l'ascenseur.

– On ne restera pas ici bien longtemps, c'est juste une étape, un point de départ.

Elle ouvre un carton et en sort ses accessoires de ménage.

– Billy n'est pas un homme d'intérieur. Je suis capable de vivre dans un certain désordre, s'il le faut, mais je ne supporte pas la saleté. (Elle me tend un paquet de draps.) Tiens, voilà de quoi faire ton lit.

Elle allume la chaîne et met la radio. Je l'entends de ma chambre, en train de faire du karaoké dans la cuisine ; elle s'efforce de monter aussi haut que Mariah Carey et Whitney Houston.

Comme je n'ai pas de penderie, je ne peux pas vraiment déballer mes affaires. J'entasse mes survêtements contre le mur. Je n'ai même pas apporté le moindre poster.

– Tu sais ce qu'il y a de bien, maintenant qu'on est chez nous, c'est qu'il n'y a rien à manger nulle part, souligne-t-elle en grattant la grille de la cuisinière avec un tampon Jex.

Elle relève la tête, repousse d'un geste du poignet les cheveux qui pendent devant ses yeux.

– Ça facilite drôlement la vie.

Un peu plus tard, elle sort de quoi dîner de son panier. Des haricots Weight Watchers et du pain grillé pour moi. Un yaourt zéro pour cent avec quatre cuillerées de son pour elle. Nous sommes côte à côte sur le futon. Elle mange son yaourt lentement, en mettant et remettant la cuiller dans sa bouche pour ne lécher à chaque fois que la surface du yaourt. Le temps que j'avale tous mes haricots, elle n'en est qu'à sa troisième cuillerée.

– Tiens, dit-elle en me tendant le pot encore presque plein pour que je le jette. Je n'ai pas faim.

La voilà qui déballe ses magazines et catalogues. Comme elle commence son nouveau job la semaine prochaine, elle doit se familiariser avec la gamme qu'elle vendra. Elle dispose le tout sur la moquette, devant elle, et s'agenouille pour prendre des notes. Les vêtements sont moins chers que chez Mme Walton, mais quand même pas donnés. Tous les manteaux d'hiver sont à plus de cent livres. C'est une adresse chic du centre-ville, où on vend des costumes pour hommes et des robes du soir.

– Tu sais, Linda était fantastique dans la version qu'avait faite Galliano de ce modèle, à Milan, explique-t-elle en montrant une des robes du catalogue. Elle était enceinte, tu comprends, mais superbe quand même. Mme Walton l'a rencontrée pendant un défilé, un jour. Paraît qu'elle était aussi belle en vrai qu'en photo. (Une pause.) La garce.

Elle se tait et je me détourne pour feuilleter à mon tour ses magazines et regarder les tenues, le maquillage, les visages soyeux et les peaux brillantes.

– On sera comme deux sœurs, toutes les deux, dit Maman en souriant. Des vraies citadines.

La radio diffuse un titre de trance music, tout en cordes et chœurs. Maman remonte le son et allume une nouvelle Superking mentholée.

Même quand les rideaux sont tirés, il ne fait pas noir dans ma chambre. Je passe la tête derrière les rideaux en tenant fermement le rebord de la fenêtre. Les reflets de la ville colorent les nuages en rose. Je tends mes doigts devant moi et je regarde les étoiles de mes ongles miroiter sur la vitre, je les agite jusqu'à ce qu'ils aient l'air de faire partie du ciel.

Je m'allonge, mais je n'arrive pas à dormir. Il y a trop de bruit. J'identifie certains sons, des freins qui grincent, des moteurs qui s'emballent, des gens qui crient, le vent qui souffle en rafales, et de temps en temps l'air qui s'infiltre dans les fentes du mur. Alors que je suis enfin sur le point de sombrer, un puissant bourdonnement continu retentit ; de temps à autre, il semble s'éloigner quelque peu. Je me lève pour regarder par la fenêtre. C'est un hélicoptère. Mon cœur s'emballe. Il se passe quelque chose.

Je frappe à la porte de sa chambre.

– Maman ! Qu'est-ce qui se passe ?

Comme elle ne répond pas, j'ouvre ; elle dort, un masque sur les yeux. Ses pilules de somnifère sont posées près du radio-réveil. Le vrombissement rugit de plus en plus fort. Je la secoue.

– Maman, Maman !

Elle bouge.

– Mmh, qu'est-ce qu'il y a ? demande-t-elle d'une voix ensommeillée.

– Il y a un hélico, dehors.

Elle soulève son masque et me regarde.

– C'est la police, ma chérie, t'en fais pas…

Elle se recale sur son lit et semble se rendormir.

– Mais Maman…

Je lui pince le bras, mais elle ne réagit pas.

Le bruit s'était éloigné, mais j'entends qu'il revient. L'hélico tourne en rond, on dirait. Je retourne dans ma chambre pour regarder par la fenêtre en m'enroulant dans le rideau. Je le vois, au loin, qui rôde comme un gros insecte noirâtre et fouille l'obscurité avec son projecteur.

6

Au matin, elle rit parce que j'ai eu peur d'un hélicoptère.

– Quelle poule mouillée ! Va falloir t'endurcir un peu. Apprendre la rue.

Elle me fait asseoir sur le futon en appuyant sur mes épaules du bout des doigts. Elle chuchote, maintenant.

– Tu sais, j'ai compris un truc il y a pas mal de temps. Si tu ressens quelque chose, même un petit rien, pour quelque raison que ce soit, si tu sens ne serait-ce qu'un petit pincement au cœur et que tu te dis : « Oh non, je vais pleurer » ou : « Je vais manger quelque chose d'interdit », alors il faut que tu contractes les muscles de ton abdomen le plus fort possible, que tu te mordes les lèvres ou encore que tu t'enfonces les ongles dans la paume. Pour reprendre contrôle. Ne montre ta détresse à personne. Comme ça, tu seras toujours gagnante. Toujours.

Je lève les yeux vers elle ; elle semble invincible.

Elle me donne de la crème hydratante anti-rides à étaler sous mes yeux, pour qu'ils ne soient plus si rouges et gonflés.

Tout en me brossant les cheveux, elle me parle de Billy. Elle veut que je sois belle : la dernière fois qu'il m'a vue, j'étais en poussette.

— Je ne voudrais pas qu'il pense que je t'ai négligée.

Mes ongles se sont écaillés. L'un des transferts s'est décollé, laissant un trou en forme d'étoile au milieu du vernis. Je le grattouille en attendant que Maman finisse de se maquiller. J'ai la peau fatiguée et rugueuse. On n'a même pas pris de petit déjeuner.

— Ne dis rien, je me concentre.

Le moteur a calé au milieu du carrefour. Les klaxons se déchaînent, les autobus freinent en grinçant derrière nous. Maman est rouge et fiévreuse, elle tourne en vain la clé de contact.

— J'avais bien dit à Brian qu'il fallait la faire réviser.

On redémarre enfin et on file vers le rond-point de Five Ways ; elle me demande à combien j'estime la voiture.

Je hausse les épaules. Je ne sais pas vraiment. Un bon paquet, j'imagine. Elle précise qu'elle vaut dans les trente mille livres, neuve. D'occasion, elle devrait atteindre les dix ou douze mille.

— Ça nous permettra de tenir un mois ou deux.

— Je croyais que tu l'avais seulement empruntée.

— Il n'aura qu'à s'en acheter une autre, répond-elle en grillant un feu rouge. Il me doit bien ça, après tout.

On bifurque pour quitter la grand-route et s'engager dans une petite rue étroite. Au bout, au sommet de la colline qui donne sur un grand parc arboré, il y a un pub dont la façade est couverte d'un bardage en bois. Une banderole est accrochée entre le toit et le poteau télégraphique et, au-dessus de la porte, une enseigne rouge et or proclame : « Au Buffle. Buffet à volonté. £10. »

Quelques tableaux noirs annoncent les attractions : « Retransmissions sportives sur grand écran. Karaoké le vendredi. »

On se gare sur la place réservée au personnel.

– Nous y voilà, dit-elle en tirant le frein à main.

Des verrous coulissent derrière la porte. Le type porte un pantalon de cuir, des bottes de cow-boy et une chemise blanche crasseuse, sous un gilet de cuir fripé. Ses cheveux noirs hirsutes pendent devant ses yeux et il se frotte le bide d'une main grassouillette. Autour de lui, ça pue la frite et la cigarette.

– Tiens, tiens, Maria ! Je croyais que c'était l'équipe de ménage.

– Salut Billy, dit Maman, un peu contrariée. Eh bien dis-moi, tu as pris le look motard, ma parole ?

– Ha, ha.

Il la serre contre lui maladroitement, en lui maintenant le bras pour ne pas perdre l'équilibre.

– Attention à ma veste, c'est du Versace, avertit-elle en frottant sa manche comme s'il y avait laissé une empreinte. Voici Carmen.

Il se penche vers moi. Sa peau est pâle et tachetée ; je suis prête à parier qu'il a mis du khôl. Il m'envoie une bouffée de mauvaise haleine.

– Une vraie beauté, dis-moi !

Il a la voix très rauque, comme s'il avait avalé une feuille de toile émeri. Il change d'expression.

– Tout le portrait de sa mère.

Maman lui pose la main sur le bras.

– Fais pas le malin.

– Entrez, entrez donc.

Il recule pour nous laisser passer.

La salle est comme une immense étable. Tout est en rondins : les chaises sont en rondins, les tables sont en rondins, les murs eux-mêmes sont couverts de rondins fendus et cloués sur la brique. Des photos de lacs, de montagnes et de forêts de sapins sont posées sur les murs. L'office est censé évoquer un barbecue en plein air. Il y a même un feu électrique avec des fausses flammes au-dessus de fausses bûches.

– Tu veux que je te dise, Maria, monter cette boîte, c'était l'idée du siècle. Tout le monde en a ras le bol de bouffer au restau indien.

– Je dois dire que c'est une surprise, Billy.

– L'esprit d'entreprise, Maria, c'est ça mon credo, maintenant.

On le suit à travers le restaurant pour atteindre le bar. Les tables sont couvertes de nappes en papier déchirées, d'assiettes, de bouteilles, de cendriers, de verres, de paniers de frites refroidies et il y a même, sur l'une d'elles, des chapeaux de cotillon et des serpentins.

– Faites pas attention, s'excuse Billy en enjambant une aile de poulet.

Le bar est entouré de tabourets gainés de tissu imitation peau de vache. Derrière le comptoir, il y a une tête de bison empaillée aux yeux luisants. Billy remarque que je suis en train de la regarder et lui tapote le museau.

– Voulez boire quelque chose ? Un Pernod-cassis, comme au bon vieux temps ? (Il appuie sur le bouchon doseur avec le bord d'un verre.) J'étais à l'école avec ta mère, Carmen. Elle t'a pas dit?

– Commence pas, Billy, soupire Maman.

On s'installe devant la seule table propre de toute la pièce. Il y a encore des couverts et des serviettes dessus. C'est une grande table ronde constituée d'un bout de tronc d'arbre. La résine a coulé à travers le vernis et formé des taches poisseuses en surface. Billy nous rejoint avec une bouteille de Coca et deux Pernod. Il vide son verre en une gorgée et fait la grimace en avalant.

– Rah, dit-il en secouant la tête. Ça va mieux. T'es allée voir Lisa?

Maman secoue la tête.

– Une chose à la fois, Billy. De toute façon, elle sait où me trouver.

– Je l'ai vue, moi, dis-je en montrant mes ongles.

– Ouh là, c'est-y pas beau ça, madame!

Il penche la tête sur le côté, ses cheveux noirs couvrent ses yeux, il regarde Maman.

– Pourquoi t'as jamais donné de nouvelles?

Il tend sa grosse main vers elle, mais elle retire les siennes et les pose sur ses genoux. Elle se tourne vers moi et hausse les épaules.

– Les choses ont changé, dit-elle.

Billy prend une cigarette dans le paquet de Maman.

– T'as pas perdu toutes tes mauvaises habitudes, on dirait.

On sonne à la porte; cette fois, c'est bien les femmes de ménage. Elles sont trois, vêtues comme moi d'un survêtement bleu. Elles vont dans l'arrière-salle et se mettent à déballer le matériel, à sortir les aspirateurs des placards, à dérouler des sacs-poubelle.

Je suis Billy des yeux tandis qu'il revient à notre table. Il a un petit air fanfaron avec ses bottes, mais son pantalon est trop serré. Il a un peu une allure de célébrité. Je n'ai jamais vu un type comme ça, chez nous. Je suis stupéfaite que Maman le connaisse. Il a tout du mec dont elle se moquerait si elle le croisait dans la rue. Quand il croit que je ne le vois pas, il en profite pour me regarder d'un drôle d'air – le vicelard.

– Bon, et la voiture ? demande Maman. Tu peux la prendre ou pas ?

– Je t'en donne cinq mille, Maria, répond-il en allumant une clope. En liquide.

– Non mais attends, Billy, elle vaut bien plus que ça.

– Pas sans les papiers, non. C'est à prendre ou à laisser.

Maman le regarde du coin de l'œil et prend une gorgée de Pernod.

– Bon, d'accord.

Au moment où on s'en va, Billy lui tend une enveloppe pleine de billets de vingt. Elle la fourre dans son sac.

– J'ai prélevé tes deux premiers mois de loyer, précise-t-il. Tu pourras pas dire que je m'occupe pas de toi, hein, Maria. (Il fait un clin d'œil.) J'ai toujours su que tu reviendrais. La campagne, c'est pas ton truc, poupoule, chez toi c'est ici. Reviens dîner ce soir, si tu veux. C'est moi qui régale.

Il l'embrasse en tendant ses lèvres pour faire succion. Il lui laisse sur la joue une marque humide qui luit sous le soleil.

– Pour que je mange là-dedans, faudrait me payer cher, déclare Maman en haussant le menton tandis que la porte se referme derrière nous.

Elle insiste pour qu'on rentre à pied. Elle soutient que ce n'est pas loin, qu'on a besoin de se dépenser. Il y a des kilomètres. Faut remonter toute la grande rue, au milieu des voitures qui hurlent ; Maman marche à toute allure et je m'essouffle à vouloir rester près d'elle.

On passe devant des maisons et des bureaux et des restaurants et des boutiques de vins et spiritueux et des marchands de frites. Maman a le visage fermé, la tête baissée, les épaules hautes. Quand ils nous voient approcher, les gens se poussent pour nous laisser passer.

Mes sandales me frottent les pieds et, au moment de déboucher sur Broad Street, il faut que je m'arrête.

— Ça me fait mal, dis-je en constatant qu'un filet de sang coule sur mon talon.

— Oui, ben j'ai pas de pansements, soupire Maman. Tiens, mets un bout de mouchoir en papier.

Elle plie un petit carré de PQ et le glisse sous la bride.

Pendant un moment, ça tient, mais ça tombe quand même et on finit par aller acheter des pansements.

Dans la boutique, alors que je me penche pour coller le sparadrap, je l'entends murmurer :

— Si tu ne pesais pas si lourd, Carmen, tes pieds ne subiraient pas une telle pression.

Une fois en ville, on achète un grille-pain, une bouilloire, des rideaux et deux lampes de table. Maman prétend qu'elle veut rester raisonnable, mais j'ai l'impression qu'on sort les mains pleines de tous les magasins. À la caisse, elle sort sa liasse et entasse les billets comme un gangster dans un film. En allant chez Marks & Spencer, on passe devant la boutique où elle va travailler. Un petit magasin pas bien large avec une haute vitrine. Des vêtements d'été sont exposés. Des hauts à brides, des shorts, des minijupes, des pantalons portefeuille qui ressemblent à des sarongs, des sacs à main en fil tressé, des sandales.

Elle me demande de l'attendre dehors et entre. Je la vois, au fond de la boutique, en train de serrer la main à une vendeuse. Elle revient le sourire aux lèvres.

– Faut savoir marquer son territoire très tôt, dans ce métier.

On va au centre commercial, où on passe des heures à choisir des chandeliers, des serviettes de table, un porte-toasts fantaisie.

Nous voilà devant le McDonald's, Maman est en train de décider si oui ou non on doit aller chercher un cuit-vapeur.

– C'est tellement plus sain que de faire cuire à l'eau, et tu sais, c'est le seul truc que j'ai oublié d'emporter.

– Maman, je meurs de faim.

Je m'étais juré de ne pas me plaindre, mais il est presque trois heures et elle n'a pas l'air de vouloir faire une pause-déjeuner.

– Tu me payes un Big Mac ?

– Si tu tiens à te conduire comme un porc, répond-elle en haussant les épaules.

– Je veux manger un Big Mac, dis-je en lui rendant son regard.

Elle me tend un billet de cinq.

– Je te retrouve ici dans dix minutes…

Elle ferme sa bouche à la tordre, ça lui donne l'air méchant.

– … miss Piggy.

7

Une vieille Ford Fiesta bien fatiguée est garée devant la tour, sur la ligne jaune ; le coffre est taché de rouille, la custode cabossée. Au moment où on la longe, le klaxon résonne. Quelqu'un passe la tête par la fenêtre.

– Maria ! Carmen !

C'est Papa.

Il sort de la voiture. Ses habits sont froissés, sa cravate lui pend au milieu du torse, ses cheveux sont ébouriffés. On dirait qu'il ne s'est pas rasé depuis plusieurs jours. Maman se fige sur place et cache ses achats derrière ses jambes.

– Brian, dit-elle d'une voix tendue et bizarre. Qui t'a dit que j'étais ici ?

– Je veux la voiture, Maria.

– Trop tard, je l'ai vendue. Et j'ai dépensé l'argent. De toute façon, tu t'en es trouvé une autre, on dirait.

Elle montre la Ford d'un signe de tête avec un petit sourire narquois.

Papa dit qu'il est inquiet pour elle, il veut qu'elle rentre.

– Fallait y penser avant, répond Maman en lui montrant ses mains tremblantes. Regarde ! Mais regarde ! Voilà ce que tu m'as fait, Brian. Toi, et personne d'autre. Ça t'a peut-être échappé, mais j'avais une vie bien à moi avant de te rencontrer.

Papa me regarde.

– Je n'ai pas voulu que ça tourne comme ça.

Maman me tend son sac à main.

– Tiens, entre donc, ma puce.

Il ne hausse pas le ton, alors qu'il aurait plus d'une raison de crier. Mais c'est Maman qui hurle. Tout en montant dans l'ascenseur, je l'entends qui le traite de tous les noms. Papa, lui, parle d'une voix posée, triste et fatiguée, comme s'il savait qu'il est inutile de se disputer.

En arrivant dans l'appartement, je vais sur le balcon en me mordant les lèvres pour retenir ma peur. Je jette un regard vers le bas sans m'attarder, des fois que le béton cède sous mon poids. Je ne les vois pas, mais la voiture est toujours là, couronnée d'une grosse tache de rouille.

Maman arrive à son tour sur le balcon, va et vient d'un pas nerveux, ses talons claquant sur le sol.

– Il veut te parler, annonce-t-elle en gonflant ses joues, les mains sur les hanches.

On s'installe dans la voiture pour écouter la radio. Papa enchaîne cigarette sur cigarette.

– J'ai acheté Gran Turismo, l'autre jour, finit-il par dire.

– Version turbo ou normale ?

– Je ne savais pas qu'il y en avait deux.

– M'enfin, Papa, c'était écrit dans tous les magazines. La version turbo est mille fois mieux.

– Mmh, je devais avoir la tête ailleurs.

Il se racle la gorge et me demande si Maman prend bien soin d'elle.

– Elle mange ?

– Question idiote. Y a autre chose ?

Il me dit que la situation est complexe.

– Mais tu n'y es pour rien, tu le sais bien, ma puce. Personne ne t'en veut.

– Je peux rentrer avec toi ? C'est horrible, ici.

Il est conscient que c'est une épreuve, mais ajoute que je dois faire preuve de maturité.

– Ta place est auprès de ta mère. Il faut que quelqu'un s'occupe d'elle.

– Tu ne m'aimes plus ?

J'ai les larmes aux yeux. Il me vient un petit sanglot que j'étouffe en toussant. Je me transperce la main avec mes ongles.

– Bien sûr que si. Les choses ne sont pas simples, voilà tout. Tu comprendras quand tu seras plus grande. Tout va s'arranger, tu verras.

Il me donne sa carte avec son numéro de portable et me dit que je peux l'appeler quand je veux.

– Quand tu veux, je dis bien.

Il sort une liasse de billets.

– Tiens, prends ça. Offre-toi quelque chose de joli. Un sur-vêtement neuf.

– Maman veut pas que j'en mette, dis-je d'un ton lar-moyant.

– Alors un pantalon, je ne sais pas, moi. Mais ne lui dis rien, comme ça tu pourras les dépenser comme tu voudras. Te voilà devenue jolie fille ; tu ne vas pas tarder à te faire des amis, ici. Tout va bien se passer, crois-moi.

—Ne dis pas ça! Tu sais rien de rien, tu dis que des conneries!

—Carmen!

Il me regarde, sous le choc.

—Ne parle pas comme ça, s'il te plaît.

Je sors de la voiture.

—Je dis ce que je veux et je t'emmerde. T'es pas mon père.

Je le regarde, attendant qu'il se fâche, mais son regard reste doux et humide. On dirait qu'il se retient de pleurer.

—Tu ressembles de plus en plus à ta mère.

—Et ton sale fric, tu peux te le garder!

Je jette les billets vers la voiture, le vent les soulève et les disperse sur le trottoir et dans le caniveau.

Tandis que j'ouvre le portail de l'immeuble, un moteur démarre et s'éloigne. Je me retourne; la place où était garée la voiture est vide, comme si celle-ci s'était évaporée. À l'étage, Maman s'est enfermée dans sa chambre et, quand je frappe, je reçois pour toute réponse un « Vat'en » étouffé. Je vais m'allonger sur mon lit et je me retiens de pleurer, au point que mon visage me brûle et me démange.

L'interphone qui vibre me fait bondir. J'en ai des palpitations. C'est peut-être Papa, il a changé d'avis et revient me chercher.

—Ouvre donc, ma belle.

C'est la voix rocailleuse de Billy.

Quand il apparaît à la porte, il est mieux que ce matin, bien propre et rasé, même s'il porte toujours son pantalon de cuir et ses bottes de cow-boy. Il a un téléviseur portatif dans les bras.

– Je suis venu faire un saut pour voir comment vous vous en tirez. J'ai apporté une télé. Je l'ai trouvée d'occase, elle m'a coûté que dix livres. Et elle marche bien, hein.

Il passe devant moi d'un air affairé et entre dans le salon.

– Où qu'elle est, ta mère?

– Elle dort.

Il pose le poste par terre et commence les réglages.

– Vous aurez la une, la deux, la trois et la quatre, mais pas la cinq, explique-t-il. Elle est trop merdique pour recevoir la cinquième chaîne. J'ai dit à ta mère que si elle voulait s'abonner au câble, je pourrais lui monter un plan pour pas cher. Ce serait pas mal d'avoir un peu plus de chaînes, pas vrai?

Il papote comme ça pendant un bon moment, tout en trifouillant les boutons et en tapant sur le côté du poste pour que l'image cesse de vibrer. Debout près de lui, je le regarde.

– Voilà, c'est fait, mais y a pas de télécommande, par contre. Faudra vous lever pour changer de chaîne.

Il lève la tête vers moi.

– Merci, dis-je.

J'espère qu'il n'a pas remarqué que j'avais rougi. Il me sourit.

– De rien, ma petite. Je vais aller voir ta mère.

Il entre dans la chambre sans frapper. Malgré le son de la télé, je l'entends parler d'une voix qui se veut douce mais reste rauque. Il sort, referme la porte tout doucement et revient au salon sur la pointe des pieds.

– Ta mère n'a pas la forme, dit-il comme si c'était une révélation. Ça te dirait de venir passer un moment avec moi au restau? Je lui ai dit que je t'offrirais un déjeuner.

Son sourire un peu mal à l'aise expose ses dents tachées.

– Je vais pas te manger. Promis.

Je hausse les épaules et je réponds :

—Bof ouais, pourquoi pas.

Tandis qu'on descend la rue en direction de sa BMW gris métallisé, Billy remarque quelque chose dans le caniveau.

—Je l'ai vu le premier, clame-t-il en brandissant un billet de vingt. Il doit y en avoir un qui se mord les doigts, quelque part.

Il plie le billet et le fourre dans sa poche.

Son portable sonne sur l'air de *La Grande Évasion*.

—Ouais… Lisa ! T'es où, là ? Ça va ? Ouais… Nan, chuis avec Carmen. Ouais… Ouais… Ouais-ouais, c'est bon, c'est bon… Je sais, je sais. À plus.

D'un geste, il replie l'appareil.

—Belle invention. Ça t'intéresse ? Je peux t'en avoir un pour pas cher.

—Non merci, dis-je d'un ton très guindé. Maman dit que ça donne le cancer.

Je pense à la photo qu'elle m'a montrée dans un magazine, où on voyait une fille avec une tumeur grosse comme un chou autour de l'oreille.

—Tu fais tout comme dit Maman, hein ?

Il rit d'un air affecté, en me passant la main dans les cheveux. Je me demande ce que dirait Papa s'il le voyait. Peut-être bien qu'il me ramènerait à la maison.

On passe des heures dans la bagnole. Billy a des courses à faire. Il se gare devant un gros entrepôt.

—J'en ai pour une seconde, annonce-t-il en attrapant un vieux sac Adidas sur le siège arrière.

Je reste assise dans la pénombre, m'efforçant de ne pas céder à la peur. À part quelques voitures et le bus qui fait teuf-teuf pour monter la côte qui mène aux faubourgs, la route est déserte. Dans la boîte à gants, je trouve des briquets, deux ou trois cassettes, un chargeur de portable. Je fouille dans l'espoir de trouver des bonbecs, mais il n'y a que des papiers de Burger King froissés et des talons de tickets de match de foot.

Le voilà qui tape au carreau, me faisant sursauter.

– Alors, on fouine ? On dirait ta mère.

Je rabats vivement la plaque du vide-poches.

– Scuse-moi.

Mais il rit.

Je m'efforce de ne pas le regarder monter dans la voiture. Il s'assoit en soupirant, l'haleine chargée de tabac. Je croise ma veste en jean sur ma poitrine et rentre un peu mes doigts de pied dans mes sandales pour cacher les ampoules. Il pourrait m'emmener n'importe où.

Chez lui, le ménage n'a pas été fait depuis des mois. C'est le bazar partout : des vinyles, des CD, des vidéos, des paquets de cigarettes, des cendriers, des cannettes de Coca et de bière vides, des bouteilles de vodka. La moquette est constellée de brins de tabac et de paquets de papier à cigarette déchirés.

Il a commandé des pizzas, des hamburgers et des frites avec son portable. Il dit qu'il n'a pas du tout envie de reprendre sa bagnole pour aller au restau.

– T'façon, ils vendent tous la même merde.

Il habite en proche banlieue, dans un quartier où je n'étais encore jamais allée : Balsall Heath. Il occupe tout l'étage d'une vieille villa victorienne.

Je m'assois sur le coin du canapé, mon assiette sur les genoux.

– À quoi que je pense ? dit-il. Attends, je vais te donner un couteau et une fourchette.

Il tire la table basse vers nous en balayant ce qu'il y a dessus d'un revers de la main.

– Désolé pour le désordre, mais on a fait une petite séance, hier soir. Ça doit te changer la vie, hein ? C'était comment, chez toi ?

C'était propre, me dis-je en regardant la moquette. Je lui réponds :

– Joli.

– Ah bon ? C'est tout ? Joli, pas plus ?

Je tourne la tête pour m'occuper de mon assiette ; je commence par les hamburgers, qui ont déjà refroidi.

– Merci pour le dîner, dis-je.

– De rien. Ta mère est une amie à moi.

Il mange à toute vitesse. Il y va à la pelle et avale sans vraiment mâcher. Son portable sonne et il répond, la bouche pleine de pizza.

– Ouais ? Nan, mon pote, chuis déjà pris, là. (Il regarde sa montre.) Disons une heure ou deux ? Mouais. Non, pas maintenant, chuis avec quelqu'un. (Il se met à rire et crachouille des miettes sur la moquette.) Non, rien de ce genre-là. Ouais, ouais, à plus.

Il pose le téléphone sur la table et l'éteint.

– Saloperie.

Dans un coin, une chaîne hi-fi occupe pratiquement toute la place, entourée d'une pile de boîtiers noirs hérissés de petits voyants et de boutons. Des haut-parleurs sont installés dans toute la pièce. Et, derrière la chaîne, une guitare électrique et un ampli.

– Je jouais dans un groupe quand j'ai rencontré ta mère, explique Billy en se levant. Je vais te montrer un truc. (Il fouille dans une pile de disques.) Voilà, regarde.

Il me tend un disque.

Au-dessus d'une photo noir et blanc d'un groupe de punk, le titre *Distress* est écrit en lettres tordues bleu métallisé. D'abord, je ne le reconnais pas, il a l'air si jeune. Je pourrais être au collège avec lui.

–C'est toi, là ?

Je montre du doigt le garçon du milieu, celui qui a les cheveux ras et porte une chemise ornée d'une minuscule cravate à demi défaite.

–J'étais pas mal, hein ?

De l'autre côté de la pochette, il y a un collage de photos, de badges, de tickets et d'affiches. Sur l'un des badges est écrit « À toute vitesse », sur un autre « Tous cinglés ».

–C'est le titre des chansons, explique-t-il. Astucieux, non ? C'est Lisa qu'a fait ça. Là, c'est ta mère, regarde. (Il montre une photo où figurent deux filles.) Et voilà Lisa.

Elles sont habillées à la mode « goth », avec toute une collection de grosses boucles d'oreilles.

–Toutes les deux, elles étaient inséparables. Ta mère était en admiration devant Lisa, à ce moment-là. Je parie qu'elle te l'a jamais dit.

Ça me fait drôle de voir ça et je finis par lui rendre la pochette.

–On n'a fait qu'un disque et quelques concerts au Barrel Organ, mais on était bons. Notre batteur a travaillé avec UB40, après. Je le mettrais volontiers, mais ma platine est baisée. Lisa et Mar – je veux dire, et ta mère, étaient nos groupies.

Il appuie sur un bouton de la télécommande et un air de reggae se met à résonner dans les enceintes. Il hoche la tête en suivant le rythme paresseux.

– Dis donc, faut finir, t'as pas tout mangé.

– J'ai plus faim, dis-je en m'adossant sur le canapé.

– Tu veux pas de glace ?

Je secoue la tête, les lèvres serrées. Je regarde mes pieds ; ils sont sales et mes orteils sont striés de bandes grises.

– T'es pas causante, hein ?

Il se lève, range un peu, secoue un grand sac-poubelle noir et y met des cannettes, des bouteilles et le reste de mon repas.

– Si je te disais quelle quantité de bouffe on jette, au restaurant. C'est criminel. Il me faudrait un chien, je vais te dire. (Il allume une cigarette, se balance trois secondes sur la musique.) Quand j'avais ton âge, j'étais qu'un nabot maigrichon. Le foot, y avait que ça qui me branchait. Et toi, t'es accro à quoi ? Aux boys bands ? Aux Nike ? À la PlayStation ? Je sais même pas à quoi s'intéressent les gamins d'aujourd'hui. Je suis largué.

Je hausse les épaules. Si seulement il pouvait allumer la télé et se taire. Il se gratte le ventre d'un air mal à l'aise.

– Bon. Écoute, si ça te fait rien, je vais me changer. Tiens, regarde la télé.

Je sais bien qu'en fait, il est allé fumer de l'herbe. En passant devant la porte pour aller aux toilettes, je sens l'odeur dans sa chambre. Au bahut, avant, les garçons faisaient ça tout le temps ; pendant la pause-déjeuner, ils allaient en bas du terrain de sport se rouler un petit joint. Quand la police est venue faire des conférences sur les méfaits de la drogue, Jason Myers en a roulé un faux et l'a jeté au pied du flic, au beau milieu de la conférence. On a tous cru qu'il allait avoir des ennuis, mais le flic s'est contenté de le ramasser, de le regarder et de dire qu'on n'allait pas planer bien haut si on n'apprenait pas à rouler des joints moins serrés que des Tampax.

Il sort de sa chambre, les yeux rouges et à demi fermés. Il s'effondre à côté de moi sur le canapé.

—Je vais te dire un truc. Je fais des économies. Un de ces quatre, je vais tailler la route. Acheter un bar en Espagne. T'imagines, du soleil tout le temps, avec vue sur mer, bière pas chère et clopes à trois sous. C'est tentant, pas vrai?

Plus tard, une fois devant la porte de notre immeuble, il fouille dans la poche arrière de son pantalon.

—Tiens, dit-il en me tendant le billet de vingt qu'il a ramassé dans le caniveau. Tu t'achèteras un truc cool avec ça.

Alors que Maman répond à l'interphone, il me tapote doucement l'épaule.

—Je monte pas, hein, j'ai des trucs à faire. À bientôt, OK?

Je le regarde retourner vers sa voiture; les reflets des réverbères scintillent sur son pantalon de cuir.

—Il n'a pas voulu monter boire quelque chose? demande Maman.

Elle est levée, toutes les lumières sont allumées. Elle nettoie la cuisine, elle passe le carrelage à l'Ajax.

—Je voulais lui demander de m'envoyer quelqu'un, pour le ménage. C'est répugnant, ici.

Elle repousse la mèche de cheveux qui lui pend au-dessus des yeux et se lève. Je vois bien qu'elle a le vertige parce qu'elle se tient aux meubles, le regard perdu. Elle inspire profondément.

—Je suis contente d'être ici, n'empêche. Pas toi? Les choses vont aller mieux, pour nous deux. Ç'a été, avec Billy? Vous vous entendez bien?

Je pense à la photo où elle figure avec Lisa, au disque et à l'appartement de Billy. Soudain, j'ai l'impression qu'elle est devenue quelqu'un d'autre et qu'elle n'est absolument pas ma mère.

— Ouais, pas mal, dis-je avec un haussement d'épaules.

— Ma chérie, soupire-t-elle, il y a vraiment des jours où je me demande si tu as un tant soit peu de personnalité.

8

La veille de son premier jour au travail, elle passe la nuit debout. Elle fait les cent pas, écrit des lettres, feuillette des magazines. Je m'endors au son du best of de Pete Tong qui tourne en boucle et dont la basse fait vibrer le sol.

Elle me réveille à six heures. Paraît que je dois passer la journée chez Mémé et y aller toute seule en bus. Maman m'explique qu'elle voudrait bien m'y emmener en voiture, mais qu'elle n'a pas encore conclu l'achat qu'elle projette.

– J'ai le trac, dit-elle, je sens mon cœur qui palpite. (Elle pose ses mains sur sa poitrine.) On dirait qu'il va exploser.

Tandis que je m'habille, elle me colle aux basques dans tout l'appartement et radote à n'en plus finir : et qu'elle est impatiente, et qu'elle va tout faire pour réussir, et que l'année prochaine elle sera en haut de l'affiche…

– Crois-moi, ça va décoller, ma petite, clame-t-elle d'une voix idiote.

– Je te crois.

Je me perds en allant chez Mémé. Je descends au bon arrêt de bus, mais je prends la mauvaise rue. Elles sont toutes pareilles, c'est rangée après rangée de pavillons et de maisons jumelles basses sous plafond, entourées de haies de troènes démesurées.

Propriété privé, défence d'entrez. J'avais affiché ça sur ma porte, quand j'étais petite. Papa avait ri de mes fautes d'orthographe et ajouté qu'il ne fallait pas s'en faire, que je serais peut-être bonne en maths pour compenser.

Je dois rebrousser chemin et descendre d'un pâté de maisons avant de voir enfin la friche qui cache à moitié le pavillon de Mémé. Les branches tordues du cyprès s'étirent vers le toit.

Mémé a réussi à convaincre Pépé de prendre un abonnement au câble. Elle regarde une rediffusion de *Coronation Street*.

– C'est les meilleurs épisodes, ceux où y avait Pat Phœnix, m'explique-t-elle en retournant à toute allure devant le poste.

Elle me montre la télécommande, hérissée de dizaines de minuscules boutons.

– Tu te rends compte, on peut envoyer des e-mails, avec ça. Tu vas vivre une époque formidable, Carmen.

Elle me demande comment va Maman. Je lui dis que j'ai fait la connaissance de Billy.

– Ah oui ? s'étonne-t-elle, les sourcils levés. Ta mère en pinçait pour lui, dans le temps.

– C'est à lui qu'on loue notre appart'.

– Je me disais aussi.

Elle marmonne je ne sais quoi, puis change de sujet :

– Il y a des pains au lait de côté, à la cuisine. Sers-toi. Je les ai achetés pour toi.

Il règne dans la maison une chaleur étouffante. Les buissons empêchent l'air de circuler et, même s'il fait plus frais que dehors, l'air est humide et malsain, chargé d'une odeur de lait tourné.

J'allume la lumière dans la cuisine. Sinon, c'est la pénombre. Il y a un tas de gâteaux : des petits pains, des cakes, des puddings, des tartelettes à la confiture. Je retourne au salon avec deux petits pains et une tranche de pudding.

– Ouh, donne-moi-z-en un peu, tu veux ?

Mémé se penche et enfonce les doigts dans la pâte moelleuse chargée de fruits secs.

– Mmm…

Elle en fait tomber un morceau sur sa robe, sans même s'en apercevoir. Je regarde les débris qui restent sur mon assiette et, soudain, je n'ai plus trop faim. Mais je mange quand même, puisque je n'ai rien de mieux à faire.

Après un certain nombre de gâteaux et de pauses publicité, Mémé se met à parler du déjeuner.

– On devrait se faire une petite douceur et se payer des frites. Qu'est-ce que t'en penses ?

Je regarde mes ongles ; il ne reste plus qu'une petite tache de violet. Je demande :

– Est-ce que je peux aller voir Lisa ?

– Si j'étais en état, soupire Mémé, je t'emmènerais en ville comme ça (elle claque des doigts), mais c'est mes genoux, ils me font mal depuis ce matin.

La vérité, c'est qu'il y a un après-midi spécial Agatha Christie sur Ciné Classique.

Elle m'envoie acheter des frites. Il fait une chaleur à crever. Un vrai jour d'été. L'année dernière, Janice et moi, on a passé les vacances à se faire bronzer devant chez elle, ou à fumer des clopes dans le jardin public tout en se tartinant de crème solaire. Quand elle a vu que j'avais le cou brûlé, Maman m'a assassinée. « Espèce d'idiote, tu vas attraper un cancer de la peau. »

Chez le marchand de frites, je songe que, si je sautais dans le bus pour aller en ville, que j'allais voir Lisa et que je revenais comme si de rien n'était, Mémé ne s'en apercevrait même pas. Je serre les pièces de monnaie à m'en faire mal. Mais je me dégonfle. J'achète des doubles cornets de frites et deux filets de cabillaud, plus une saucisse enrobée de pâte à frire pour Mémé.

– On est plutôt moches, dans la famille, non ?

Maman a pris une des photos de Mémé pour l'examiner de près. C'est celle où Mémé, Pépé, Lisa et Maman posent devant la maison où Maman a grandi, à Stirchley. Lisa, l'air boudeur, est appuyée contre le mur, cachée derrière sa frange, tandis que Maman sourit largement, au point de montrer qu'il lui manque ses dents de devant.

– Regarde-moi ce double menton, ricane-t-elle en reposant le cliché. Allons, mademoiselle, venez donc.

Elle fait tourner un nouveau jeu de clés de voiture autour de son doigt. Elle vient d'acheter une Golf d'occasion.

– On va faire un petit essai.

– Vous ne restez pas dîner, tu es sûre ? demande Mémé en sortant de la cuisine avec un plateau chargé de thé et de gâteaux.

– Maman, je t'ai déjà dit qu'on n'avait pas le temps. Tu videras ta théière toute seule.

Elle me pousse devant elle jusqu'à la porte tout en expliquant à Mémé que celle-ci devra s'occuper de moi encore toute la semaine. Mémé est ravie.

– Ils passent *Falcon Crest* demain, braille-t-elle comme si ça pouvait me faire plaisir.

Janice m'a écrit une lettre sur un papier Friends Forever. Ça doit être Papa qui lui a donné notre adresse.

Salut, beauté. Elle est triste, Karl l'a plaquée sans lui laisser son portable. *Tu me manques. Qu'est-ce qu'on s'ennuie, ici. Y a des tombeurs, à Birmingham ? ? ? ? ? ! ! ! ! Je peux venir te voir ? T'es inscrite au collège là-bas ?*

Elle a écrit son numéro en haut de la page, mais quand j'appelle, ça ne répond pas.

Je commence à mon tour une lettre en dessinant en haut de la feuille des ongles que je décore de motifs tournoyants. J'écris : *Chère Janice, Birmingham, c'est génial.*

Je lui conseille d'oublier Karl et de venir me voir. On pourrait faire les boutiques et se faire décorer les ongles. Et puis, tout sort d'un coup, ce qui arrive entre Papa et Maman, le fait que je ne peux pas retourner dans le Yorkshire, que Maman est une vache, que je la déteste et que je veux me faire la malle.

Je me relis, ça ne sonne pas juste. Je passe du Tippex sur « génial » pour écrire « zéro » à la place.

Je n'envoie pas la lettre.

Des éventails espagnols cernés d'or et des cartes postales représentant des matadors ou des señoras en train de danser le flamenco sont exposés sur le mur, derrière le siège, à côté des paquets de transferts et de bijoux scintillants. Il y a aussi la photo d'une fille dont les cheveux sont teints en violet et les yeux fardés de poudre argentée. Elle montre au photographe ses ongles ornés d'arabesques argentées, peintes sur un fond du même violet que ses cheveux.

– Qui c'est, là ?

– C'est Debra, répond Lisa. Elle m'a tout appris. C'est elle qui tenait cette boutique, dans le temps, mais elle est partie à la Jamaïque. Je mets des sous de côté pour aller la voir.

Je ne suis pas censée être ici. Maman me croit seule à la maison, en train de regarder la télé. Je suis perchée sur un grand tabouret, à La Lime à Ongles. Tout autour, les autres magasins sont en train de fermer. Il n'y a pas des masses de clients, les commerçants fixent des barrières devant leur étalage avec un cadenas.

– Quand est-ce que tu reprends les cours ? demande Lisa.

– La semaine prochaine.

Je me mords la lèvre ; je préférerais ne pas y penser. Elle me demande où je suis inscrite et rit en entendant ma réponse.

– Le collège de Broadhurt, à Kings Heath ? C'est là qu'elle t'envoie ? Quand on était gamines, elle rêvait d'y aller parce que c'était plus coté que Moseley.

Elle saisit un flacon de vernis vert sur l'étagère et le fait rouler entre ses mains.

– Si c'est ça, je vais te faire les ongles aux couleurs de ton école. Tu pourras affronter la rentrée.

Pour obtenir un vernis bien régulier, plusieurs couches fines valent mieux qu'une seule couche épaisse. Sinon, quand on se met du gras sur les ongles, le vernis s'écaille plus facilement. Une fois que c'est fini, faut rester assise sans rien faire le temps que ça sèche. Si on bouge trop tôt, si on saisit un objet ou si on se met la main dans la poche, ou encore si on allume une cigarette, ça fout tout en l'air, la laque encore pâteuse est rayée. Il faut savoir être patiente, apprendre à méditer et à prendre un peu de repos loin du bruit et de la fureur. Lisa m'explique tout ça en faisant du rangement.

– Regarder sécher son vernis, précise-t-elle, c'est tout un art.

Elle rassemble quelques flacons presque vides et les fourre dans un sac.

– J'étais sur le point de les jeter, mais j'ai pensé que ça pourrait te servir, pour que tu apprennes.

Elle me donne quelques faux ongles et deux ou trois pochoirs. Elle me dit qu'il faut que j'essaye de m'y mettre. J'aurai qu'à les rapporter pour lui montrer si je m'en tire bien.

– T'es à croquer, dit-elle en me caressant les cheveux.

J'ai envie de la serrer dans mes bras, mais au lieu de ça, je rougis en baissant la tête. Elle conclut :

– Tu diras bonjour à ta maman de ma part.

Maman ouvre un sachet de fruits secs.

– C'est des pruneaux, t'en veux ?

– Non merci.

– Allez, c'est bon pour la santé, ça facilite le transit.

Si elle tient tant à ce que j'en prenne, c'est uniquement parce qu'elle en mange elle-même. J'en prends un et je me le fourre derrière la joue, comme un hamster. Je me concentre pour tracer une diagonale argentée bien droite sur mon faux ongle. Maman me donne un petit coup sur le bras, ça me fait vaciller et rater mon trait.

– Dis donc, je te parle. Où t'as été chercher tout ça ? T'es allée voir Lisa, je parie ? Qu'est-ce qu'elle t'a dit ? Faut pas l'écouter. Elle dirait n'importe quoi pour se venger de moi.

Selon elle, le problème de Lisa est qu'elle se prend pour une pop star. Ses ongles longs sont laids et vulgaires.

– Un peu de vernis transparent, c'est beaucoup plus élégant. Plus discret, assure-t-elle.

Je recommence à zéro avec un autre ongle en m'efforçant de ne pas l'écouter. Elle ouvre un paquet de biscuits salés, en mange trois et jette le reste. Tout ça, sans cesser de parler de Lisa et de répéter qu'elle ne vaut rien.

—Je dois dire que c'est un peu triste, conclut-elle, malgré son âge, elle ne se rend pas compte qu'elle est ridicule.

9

Il aurait fallu faire un essayage dans le magasin, mais Maman était si pressée qu'elle s'est contentée de saisir la jupe dans le rayon sans s'arrêter. Maintenant, il est trop tard, il faut que je sois au bahut dans une demi-heure et on est déjà en retard.

– C'est pas la bonne taille ! râle-t-elle tandis que j'enfile la jupe en me tortillant. Je n'y crois pas. Le XXL, c'est trop petit pour toi !

D'un coup sec, elle tire la jupe sur mes hanches. Je retiens ma respiration et elle s'efforce de remonter la fermeture Éclair. Elle se fend un ongle sur les dents métalliques de celle-ci. Elle jure, ça ne ferme qu'à moitié.

– Va falloir mettre une épingle à nourrice. Si tu laisses pendre ton chemisier par-dessus, ça se verra pas.

Sur le panneau qui indique l'accès au collège – Collège de filles de Broadhurst – quelqu'un a rayé le mot « filles » pour le remplacer par « pouffes ». Collège de pouffes de Broadhurst. Fondé en 1898.

La prof principale me mène à grands pas dans un couloir. Elle parle trop vite, son rouge à lèvres scintille. Ma jupe me serre les hanches. Pourvu que la prof ne me demande pas de rentrer mon chemisier.

– Je suis certaine que tu trouveras ta place ici, Carmen. Tu vas poser tes marques pendant quelques semaines, et ensuite, tu seras comme un vertébré atlantique dans le H2O, hé ! hé ! (Elle rit de son propre humour.) Un peu de science, ça ne fait pas de mal, n'est-ce pas ?

Avant d'avoir le temps de répondre, je me retrouve dans une salle. Un mur de visages se tourne vers moi.

– Voici Carmen, annonce-t-elle en me poussant du coude. Dis bonjour, Carmen.

– Bonjour.

Les mots me sortent de la bouche comme un souffle.

– Répète en mettant le son, s'il te plaît.

Ça ricane au fond de la salle.

– Bonjour.

Cette fois, je suis écarlate.

– Voilà qui est mieux, articule-t-elle comme si elle s'adressait à un bébé. Va t'asseoir à côté de Kelly.

Nouveau ricanement, sorte de grognement de cochon. Je regarde Kelly : elle est grosse, énorme même, bien plus corpulente que moi, et ses grosses lunettes de hibou à monture rose ne l'arrangent pas. Et, quand elle me sourit, elle expose un appareil dentaire, gros bras de métal qui traverse sa bouche.

Osmose. Je fais rouler le mot. Osmose : diffusion des nutriments dans les cellules des végétaux. Mlle Burton trace des schémas sur le tableau, de grands cercles bien ronds et des flèches. Densité de l'eau traversant des membranes semi-perméables. Elle explique que perméable signifie «comme une éponge». Ça veut dire que ça absorbe. Donc, ce qui est semi-perméable peut absorber certaines choses, mais pas les autres. Comme s'il y avait un filtre. Ça admet des trucs, mais pas tout et n'importe quoi.

Elle nous montre des plaquettes de cellules dans le microscope. On dirait des boules de gélatine.

Kelly est éclaireuse. Elle m'explique ça pendant la pause. Je vois bien qu'elle est totalement ringarde. Je reste avec elle, vu que j'ai personne d'autre. Les autres filles de la classe ne me regardent même pas.

Elle m'emmène au kiosque à journaux, près de l'entrée du bahut. Le marchand a le front allongé et ridé, comme si on lui avait griffé le visage pour y tracer des lignes. Je dis à Kelly qu'il ressemble au vampire du *Cauchemar de Freddy*. Je lui demande si elle a vu le film, elle dit que oui, mais je suis prête à parier que non.

Kelly achète des tonnes de bonbecs aux fruits et moi, un Twix. On s'installe sur l'escalier qui donne sur le terrain de sport. Je mange lentement mon Twix, le chocolat d'abord, puis le caramel et enfin le biscuit tout nu, déjà un peu pâteux là où je l'ai léché. Kelly enfourne tant de bonbecs à la fois qu'elle se met à baver; un long filet de salive lui pend au menton.

– Oups, dit-elle en s'essuyant avec son gilet. Pas moyen de manger proprement, avec ces appareils.

Devant la salle, on attend qu'une prof vienne faire l'appel.
– Hé toi, la nouvelle.

Je lève la tête. Deux blondes me dévisagent comme si j'étais un spécimen du cours de sciences naturelles.

– Qu'est-ce tu fous avec elle ? C'est une gouine.

Elles rient.

Pas besoin de regarder Kelly pour savoir qu'elle est écarlate. Je m'éloigne un peu d'elle pour me placer de l'autre côté de la porte. Les filles se marrent et répètent «Kelly, Kelly-dio-te» jusqu'à ce que la prof se pointe au coin du couloir. Je m'adosse, je m'écrase les omoplates sur le mur peint et repeint en vert écœurant, je voudrais qu'elles disparaissent toutes.

Désolée, écrit-elle au crayon noir sur mon cahier, en appuyant si fort que quand j'arrache la page, plus tard, les traits restent visibles au verso.

Je réponds : *De quoi ?*

Elle mordille le bout de son crayon. *Je suis pas une gouine.*

Réponse : *J'ai jamais dit que t'en étais.*

Elle s'apprête à écrire une fois de plus, mais je lui donne un coup de coude sur le bras ; faut qu'on recopie ce qui est au tableau.

Maman vient me chercher à la sortie du collège. J'essaye de m'éloigner de Kelly, mais je ne sais pas où aller et elle me colle aux basques.

– C'est par là, dit-elle.

Elle pose sa main sur mon coude. Je me secoue pour qu'elle me lâche.

– Je vais pas te faire de mal.

Elle me regarde, la tête penchée, et demande :

– Tu veux pas venir jouer à la PlayStation chez moi ?

Elle me suit jusqu'au portail où Maman m'attend, appuyée sur le poteau, une cigarette à la main.

–Bon sang, j'aime pas ces endroits-là. Ça me donne l'impression que je suis revenue à mes quinze ans. Alors, ça s'est bien passé ? Tu t'es déjà fait des amies ?

Kelly reste près de moi, il faut bien que je la présente.

–Maman, voici Kelly.

–Enchantée, répond Maman en hochant la tête.

Un peu plus tard, une fois que Kelly s'est éloignée pour aller à l'arrêt de bus, elle ajoute :

–Si j'étais sa mère, je la mettrais au régime.

Elle me toise de la tête aux pieds. Je rentre le ventre.

Comme je suis nouvelle, elles me laissent un peu de temps, histoire de voir comment je vais réagir. Paisley et Maxine. Elles ont la peau fine, un balayage blond, et chacune un mec qui les attend à la sortie des cours. Elles sont un peu plus âgées que moi, elles ont quinze ans. Elle se croient sophistiquées. On fait la queue à la cantine.

–Dis donc, c'est quoi, comme nom, Carmen ?

–C'est espagnol, dis-je. Mon père est de Barcelone.

–T'es arriérée ? demande Paisley tandis que Maxine pouffe de rire en se mordant les lèvres.

–Non.

–Eh ben, si tu restes à traîner avec Kelly, tout le monde va le croire. Elle, elle est arriérée.

–Tu viens t'asseoir avec nous ? Si ça te botte.

Maxine fait sa généreuse. Mon rôle, c'est d'être reconnaissante.

–Merci.

Paisley prend une salade, alors j'en prends une aussi, plus un Diet Coke.

Maxine, elle, sort un Tupperware de son sac à dos. La boîte est pleine d'autres boîtes plus petites.

–Je suis au régime Weight Watchers, explique-t-elle. Une portion de protéines, deux de féculents, plus une gourmandise.

Elle nous montre une salade au thon, deux crackers au froment et un Milky Way.

–On fait gaffe à ce qu'on mange, ajoute-t-elle en faisant battre ses paupières soulignées de mascara.

C'est elle qui domine, vu que c'est elle la plus jolie. Elle grignote une feuille de laitue, histoire de montrer que c'est du sérieux.

–Y a trop d'acide gras saturés dans les frites. Ça donne des boutons.

Mécaniquement, je porte la main à mon visage. J'ai un gros bouton bien méchant qui pousse sur le menton.

–J'aime bien tes ongles, dit Paisley en attrapant le bout de mes doigts. Ils sont trop cool.

Rien qu'à ses yeux écarquillés, je vois qu'elle est impressionnée.

–Merci, dis-je, c'est ma tante, elle est spécialiste.

Je repousse ma salade.

–J'ai pas faim.

Paisley fait la grimace.

–Moi non plus, et ici, la bouffe est vraiment immonde.

–Regardez, voilà Kelly, signale Maxine en désignant la caisse. Elle est dans un état… ajoute-t-elle en grimaçant.

–Hé, la gouine, disent-elles assez fort pour être entendues. Kelly, Kelly-dio-te…

Kelly tourne la tête, les yeux grossis par ses lunettes. Je lui tire la langue ; elle tressaille et tourne la tête.

Maxine a piqué un numéro de *Vogue* à sa vieille. Les pages sont froissées et collantes, les coins de la couverture sont recourbés.

– Plus tard, Paisley sera mannequin. Pas vrai, Paisley ?

Celle-ci repousse sa longue chevelure décolorée et sourit lentement. Je lui souris et lui dis :

– T'as de beaux cheveux.

– Merci.

Elle caresse sa frange d'un air emprunté.

Je décide qu'il sera facile d'être sa copine. Tout ce qu'elle veut, au fond, c'est du public.

Je rentre en bus toute seule. Je vide un sachet de dés au cola en les croquant à m'en faire mal aux dents. Au fond du bus, quelqu'un fume un pétard ; l'odeur lourde se répand, plus sucrée que celle d'une cigarette.

Il fait soleil, il y a de gros nuages comme dans les bandes dessinées, les arbres commencent à roussir. Je finis mes bonbons en me léchant les lèvres, pour ne rien perdre.

Je descends dans le centre-ville et je m'arrête chez Burger King. J'achète un Whopper et un milk-shake au chocolat, que j'avale en un rien de temps dans la rue, tout en regardant si Maman ne serait pas dans les parages. Je me plante enfin devant la porte de l'appart', j'essuie le ketchup qui reste sur mes lèvres d'un revers de manche et je prends une pastille de menthe, au cas où elle sente quelque chose.

Mais quand j'entre, elle n'est même pas là.

10

On fait un cours sur la photosynthèse. On observe des feuilles de géranium. La lumière qui se transforme en énergie. Kelly suçote des pastilles à la poire qui donnent à son haleine un parfum de vernis à ongles. À cause de son appareil, ses lèvres font saillie et, quand elle suce quelque chose, elle renifle et respire bruyamment par le nez, comme une espèce de débile mentale.

Je lui pince la jambe. Elle pousse un cri et bave sur son cahier.

– Pourquoi t'as fait ça ? chuchote-t-elle. Je t'ai rien fait, moi.

Elle est pitoyable. Je siffle :

– Sale gouine. Kelly, Kelly-dio-te !

Elle se détourne et cache son cahier derrière son bras.

– Fous-moi la paix.

À la fin du cours, on l'attend, Paisley, Maxine et moi.

– Hé, Kelly, lance Paisley en tendant le bras pour l'empêcher de passer. Tu nous dois des excuses.

– Hein ?

Si seulement elle pouvait la fermer. Son appareil me donne la nausée.

—Allez, la gouine, présente tes excuses.

Maxine se tient tout près d'elle, les seins en avant.

—J'ai rien fait, proteste Kelly, les larmes au coin des yeux. Qu'est-ce qu'il y a ?

—T'es grosse, dis-je. Et moche.

Je vois le blanc de ses yeux, vaguement luisants, comme des œufs à la coque.

—Tes excuses.

—Excusez-moi.

Elle pleure pour de bon. Je rentre mes joues, je fais monter de la salive dans ma bouche et je lui crache dessus. Quelques filets blancs imprègnent son gilet. Paisley me tire sur le bras.

—Un prof, me souffle-t-elle. Un prof.

On recule pour s'adosser contre le mur du couloir. Kelly se sauve. Je murmure derrière elle :

—Je t'aurais, espèce de boule puante.

Paisley pouffe de rire.

—T'es complètement allumée, Carmen ! Tu veux venir chez moi, je donne une soirée ? Samedi, on va faire les boutiques en ville pour trouver de quoi se saper.

—Paisley… proteste Maxine en grimaçant.

—Ben quoi, ça va pas la déranger si on est avec nos mecs, si ? T'as un mec, toi, Carmen ?

—J'en avais un, avant de déménager.

C'est un mensonge.

—Ooh, gémit Paisley en prenant un air triste, il te manque ? Moi, c'est Carter qui me manque. Tu veux voir sa photo ?

Elle sort un portefeuille de son sac et l'ouvre pour me montrer une photo.

– Il est pas mignon ?

C'est le portrait flou d'un homme sur une plage.

– Ça, c'est quand il était à Ibiza. Il est DJ.

– À tomber, lui dis-je.

Il pourrait être difforme, on ne voit rien sur sa photo.

– Et elle, ajoute Paisley en levant le menton vers Maxine, elle sort avec le meilleur copain de mon chéri. Pas vrai ?

Maxine me regarde d'un air boudeur. Je crois qu'elle m'aime pas trop, elle veut sûrement rester la meilleure amie de Paisley.

On doit se retrouver devant le magasin His Master's Voice. Maman m'a donné un billet de dix et m'a recommandé de ne pas me perdre.

– Si tu ne sais plus où tu es, viens me voir à la boutique.

J'ai mis mon survêtement, mes baskets Adidas et la casquette de base-ball Nike que Papa m'a offerte à Noël. Maman a ronchonné en me voyant comme ça, elle dit que je devrais faire un effort si je veux me faire des amis.

– Ouh-ouh !

Ils me font signe sur le trottoir d'en face. Il fait froid, le ciel est plus gris que du béton. Maxine s'est teint les cheveux. Probablement en blond mais, sous la lumière des vitrines, ça fait un peu verdâtre.

– Qu'est-ce que t'en penses ? me demande-t-elle en soulevant une mèche. C'est moi qui l'ai fait. Tu devrais essayer, tu sais, Carmen. Je te le fais, si tu veux, ma sœur est coiffeuse.

Paisley fume une clope et souffle très fort, comme si elle voulait dépoussiérer un meuble.

– T'en veux une ?

– Non merci.

On se balade dans les rayons du magasin en regardant les CD. Paisley est fan de boys bands. Elle caresse un emballage en cellophane.

– Regarde ses muscles, soupire-t-elle.

– Oh non, il est ignoble, proteste Maxine avant de montrer un autre chanteur, dont le visage épais est souligné d'un bouc. Voilà comment je les aime, moi !

Les mecs des pochettes sont tous bronzés, avec des dents blanches et des boucles d'oreilles.

– Et toi, Carmen, t'aimes quoi, comme musique ?

Je regarde le mur de CD. Madonna me fait la grimace. Je la montre du doigt. Maxine prend un air boudeur.

– Quoi, elle ? Mais c'est une ancêtre.

– Regarde, c'est Kelly, interrompt Paisley en désignant un tee-shirt à l'effigie de Monsieur Glouton.

On éclate de rire.

– Venez, on va chez Top Shop.

On descend le boulevard bras dessus, bras dessous, Paisley au milieu. Maxine m'envoie sans cesse des regards narquois, à tel point que je finis par baisser ma casquette pour cacher mes yeux.

Chez Top Shop, c'est carrément répugnant. Maxine fait déguerpir d'un coup de coude deux petites d'une dizaine d'années et gagne le rayon des nouveautés. Elle prend un tee-shirt taillé dans un tissu métallisé brillant, genre Barbie, et se le colle sur la poitrine.

– Qu'est-ce t'en penses ?

Paisley fait la grimace.

– Ça fait un peu minable. Et ça ?

Elle brandit une veste en fausse fourrure de léopard.

– Paisley ! C'est pas portable, on dirait ce que met ma grand-mère.

– Il y aura qui, à ta soirée ?

– Oh, un peu tout le monde, dit-elle en remontant sa frange. Ça va être grave.

On va ensemble à l'essayage.

– T'achètes rien, Carmen ? demande Maxine. Le look sport, c'est un peu out, tu sais.

– Pas du tout, dit Paisley, y en avait plein les défilés de la saison. Madonna, elle porte des pantalons de survêt'.

Maxine fait la grimace. Elle ne peut pas contredire Paisley, puisqu'elle est la moins belle des deux.

Les deux lignes de cabines d'essayage sont comme des boîtes posées face à face, rehaussées de rideaux orange. On se serre dans une cabine, au bout de la rangée.

– Ferme le rideau, tu veux, demande Maxine.

Elle joue des coudes pour passer devant moi et tirer violemment sur le tissu. Celui-ci craque et tombe, laissant ses crochets sur la barre.

– Maxine, tu l'as déchiré, chuchote Paisley en riant.

– Tiens-moi ça, Carmen, tu veux bien ?

Elle me tend le coin de toile déchirée pour que je le maintienne.

Je vois ce qui se passe dans la cabine d'en face. La cliente ne s'est pas enquiquinée à tirer le rideau, elle. Ses cheveux sont zébrés de bleu vif, elle est vêtue de noir. Quand elle retire sa veste en cuir, on devine les mots « Distress' » 79 – Out of Control imprimés dans le dos, en peinture blanche un peu pâlie. La nana a les bras plus épais que des jambons, couverts de tatouages. Un fin tee-shirt lui colle à la peau, révélant ses formes. Elle a un collier de chien autour du cou et sa jupe serrée accentue la rondeur de ses fesses. Ses bottes montantes, en peau de serpent, sont pointues au bout.

Ses yeux se reflètent dans le miroir, mais je ne crois pas qu'elle m'ait vue, je dirais plutôt que son regard me traverse. Ses yeux sont soulignés de maquillage sombre, elle porte des boucles d'oreilles et du bleu à lèvres qui miroite sous l'éclairage impitoyable.

Elle se tourne et s'apprête à enlever son corsage, révélant la bride de son soutien-gorge, les tatouages sur ses omoplates, les plis et les ondulations de sa peau. Je m'aperçois que j'ai laissé retomber le rideau.

—Tiens donc ce foutu rideau, Carmen! s'exclame Maxine. Y a des voyeurs.

Elle passe sa main sur son ventre soyeux et ferme, aussi lisse qu'une piste de ski. Elle fait la grimace devant le miroir.

—Je suis grosse, dit-elle.

—Dis pas de conneries, proteste Paisley, qui s'apprête à essayer un jean alors qu'elle vient d'affirmer qu'elle n'avait pas un sou.

Maxine passe le tee-shirt scintillant.

—Il fait pas si minable, quand on l'a sur le dos.

Et, en un clin d'œil, elle enfile son vieux pull par-dessus, puis son blouson.

—Allez, on se casse.

Paisley a enfilé une jambe du jean. Elle demande:

—Tu nous attends dehors, Maxine?

Maxine me regarde.

—Allez viens, Carmen.

Elle me prend le bras et m'emmène hors du couloir d'essayage. La femme qui était en face n'est plus là.

– C'était une belle gouine, celle-là, ricane Maxine.

Elle rend à la vendeuse une plaque d'essayage marquée du chiffre quatre – mais seulement trois articles. On se met à marcher si vite qu'on est sur le point de courir. Elle me serre contre elle comme si on était les meilleures amies du monde.

– Vas-y, parle, souffle-t-elle.

Je ne sais pas trop quoi dire, j'ai le cœur qui bat. On passe devant la porte de sécurité, je m'attends à entendre sonner l'alarme, mais non. Je me demande comment elle a réussi à enlever l'aimant antivol, je ne l'ai pas vue faire.

On remonte un peu la rue, jusqu'à la boutique de produits de beauté, pour attendre Paisley. Maxine se mord la lèvre.

– Allez, allez, magne-toi…

Elle allume une cigarette, elle tousse. À cause de l'air humide, j'ai le bout des seins dressé, durci et douloureux.

Alors qu'on attend, la femme aux mèches bleues sort du magasin et remonte la rue dans notre direction.

Maxine se met à rire et fredonne le générique de *La Famille Addams*.

Les talons de la femme claquent sur le trottoir, ses hanches ondulent sous sa jupe. En arrivant devant nous, elle regarde Maxine droit dans les yeux, ses lèvres bleues jointes en un petit sourire qui évoque un semblant de baiser. Mais soudain, elle nous tire la langue et révèle un clou en argent, planté au beau milieu. Maxine sursaute, mais se reprend.

– Une vraie pute ! grogne-t-elle une fois que la femme est trop loin pour l'entendre.

Je regarde ses talons, ses jambes qui bougent d'un rythme décidé et régulier.

Au moment où Paisley nous rejoint, Maxine est à bout.

– Faudrait les enfermer, celles-là. Une sale perverse, hein, Carmen ?

– Tu t'en remettras, lui dis-je, provoquant l'hilarité de Paisley.

– Ouais, ça t'apprendra, Maxine, t'avais qu'à m'attendre.

– T'faire foutre.

Cette fois, elle est vraiment fâchée, le coin de la bouche tordu méchamment. Je lui fais un doigt d'honneur dans le dos tandis qu'elle remonte New Street en direction du restau Prêt-à-Manger.

– Beurk, c'est quoi, ce truc ?

Dans la vitrine, je vois des bouts de viande roulés et des blocs de riz.

– Du sushi, répond Paisley. Je crois que c'est japonais, non ? C'est du poisson cru.

– C'est bizarre, dis-je.

– C'est bon pour la santé, y a zéro calorie. Tu devrais essayer.

– Tiens, ajoute Maxine en me tendant une boîte-repas. Ça va te plaire.

C'est très cher, mais j'en achète quand même. On s'installe derrière la vitrine avec notre sushi. Paisley et Maxine picorent, elles n'en mangent que de minuscules bouchées.

– C'est fait avec quoi ? dis-je en ouvrant la boîte.

– Des algues, des crevettes et de la sauce soja.

– Des algues ?

À l'idée des filaments de fucus vésiculeux qu'on voit à la plage, je me sens prise de nausée.

– Je peux pas manger ça.

– Zéro calorie.

Les garçons doivent nous rejoindre au cimetière de Pigeon Park, près de la cathédrale. On s'assoit sur un tombeau après avoir posé un sac en plastique sur les crottes d'oiseaux. Paisley refait son maquillage avec son miroir de poche, Maxine allume une clope.

—Fait un froid de canard, dit-elle, ça me fait des nichons de sorcière.

Le froid nous mord le visage ; les pommettes de Paisley paraissent si saillantes que ça lui donne un petit air décharné.

—Tiens, les v'là, annonce-t-elle.

Elle montre du doigt deux silhouettes qui remontent une allée. Les gars sont vêtus de pantalons de sport d'un blanc aveuglant.

—Faites comme si on les avait pas vus, ajoute-t-elle en se détournant d'un air précieux.

Je regarde la marée humaine devant nous, les manteaux et les feuilles mortes soulevés par le vent glacial qui nous fait grelotter. Le temps de compter jusqu'à dix, les garçons ne nous ont toujours pas rejointes. Paisley, elle, pousse jusqu'à vingt avant de se retourner.

—Hé ? Où ils sont passés ?

—P't'être qu'ils nous ont même pas vues.

—Qu'est-ce que…

Soudain, les voilà qui déboulent, hurlants et rugissants, et sautent sur Paisley et Maxine pour les chatouiller. C'est à peine s'ils ne me fichent pas par terre.

—Oh, les salauds, dit Paisley.

Carter a de gros boutons rouges et une boucle d'oreille en or. Quant à Dean, il a des tatouages bleus tout délavés sur les poignets. Ils font plus que dix-huit ans.

—Qui c'est, ça ? demande Carter, le doigt pointé vers moi.

—Carmen. Une nouvelle.

—Enchanté, dit-il.

Il s'assoit et tire Paisley par les hanches pour la faire asseoir sur ses genoux. Dean et Maxine en sont déjà à se bécoter; elle le serre entre ses jambes et lui fourre sa langue dans le bec.

– Allez, quoi, dit Carter, on va chez moi.

Paisley se lève et me prend par le bras.

– Tu viens? demande-t-elle comme si j'étais sur le point de m'en aller. Chez lui, y a du Jack Daniels et tout et tout.

La vieille Fiesta marron de Carter est garée pile sur la ligne jaune, derrière la bibliothèque. Elle est striée de lignes de rouille sur le côté; un désodorisant Magic Tree est pendu au rétro.

– Voilà ma chiotte à roulettes…

Sur la voie rapide qui nous éloigne du centre-ville, il écrase le champignon. Le châssis fait un bruit de ferraille tandis que le moteur gémit d'un son aigu. Dean et Maxine poussent des cris enthousiastes, mais Paisley a la trouille, elle demande à Carter de ralentir. Je regarde Birmingham se transformer en masse floue, vague assemblage de maisons et de gens.

La joue contre le carreau de la fenêtre, je songe que j'aimerais mieux être dans le Yorkshire.

L'appartement de Carter se trouve dans une rue résidentielle, face à un grand entrepôt. Celui-ci est si haut que, pour en voir le sommet, je dois me déboîter le cou. Les détritus s'entassent sur le trottoir devant l'immeuble; un caddie de supermarché et un vieux cadre de vélo sont à moitié enterrés dans les hautes herbes.

À l'intérieur, le salon est vide, à l'exception d'un canapé, d'une télé, d'une chaîne hi-fi et d'une vieille plante en pot ratatinée sur l'appui de la fenêtre. Une carte postale à l'effigie de Bob Marley est collée sur le mur, avec un vieux bout de scotch tout plissé. Dean a roulé un joint et le fait circuler, Maxine s'étouffe presque à vouloir tirer dessus. Paisley tète la bouteille de whisky en grimaçant à chaque gorgée.

– Qu'est-ce que ça fait chier, le bahut, soupire Paisley en rabattant ses cheveux. Dès que je décroche un job de mannequin, je plaque tout. Je prendrai un prof particulier.

– Je pourrais t'apprendre deux trois trucs, dit Carter.

Il se met à la chatouiller et elle pousse des hurlements de rire.

– Tiens, Carmen.

Maxine me tend le joint. Je prends une ou deux vagues bouffées avant de le passer. La nicotine me donne le tournis. Je me serre les mains sous les aisselles pour les tenir au chaud et je remarque :

– Fait froid.

– Nom de Dieu ! Elle parle ! s'exclame Carter en sursautant. Je commençais à me demander si tu savais parler. Je croyais que t'allais rester plantée là toute la soirée, façon sphinx.

Je souris sans rien dire. Le silence, ça déstabilise les gens, ça les rend paranos, ils sont convaincus qu'on pense à eux.

Maxine sort le haut qu'elle a chouré et explique aux garçons comment elle a fait. Sans cesser de parler, elle montre à tout le monde son nombril et son soutif en satin blanc, comme une véritable vedette. Impressionnés, ils se mettent à nous raconter qu'un jour, ils ont piqué quatre bouteilles de Jack Daniels à eux deux, dans un supermarché de Kings Heath.

– Je les ai fourrées dans mon froc, explique Dean en souriant fièrement.

Carter tire un sachet d'herbe de sa poche et se met à rouler lui aussi un pétard sur ses genoux.

– Mettez-nous de la zique, là.

À la fin de la tournée du joint, Dean et Maxine passent aux choses sérieuses, là, devant tout le monde, sur le canapé. Maxine ouvre si grand la bouche qu'on a l'impression qu'elle va dégueuler.

– Hé, vous deux, vous voulez pas aller dans la chambre ? propose Carter en donnant une tape à Dean.

– Hein, ah ouais, ouais, scusez-nous, répond celui-ci avant de pincer le cul de Maxine.

Même avec la musique, on les entend passer à l'action. Maxine pousse des petits cris aigus, Dean grogne haut et fort. J'essaye de ne pas écouter en me concentrant sur les effets du joint, qui m'a réchauffée, mais Carter se met à rire.

– C'est dégueulasse, lance-t-il en ricanant.

Et le voilà qui se met à imiter des bruits de baise :

– Oh, oh, oh, oh, oh, oui, oui, oui, oh, vas-y !

Paisley s'éloigne de lui, imperceptiblement.

– Va falloir qu'on y aille. Hein, Carmen ?

– Comme tu veux, dis-je en haussant les épaules.

De toute évidence, je n'ai pas dit ce qu'elle attendait ; elle me fait la grimace. La main de Carter remonte le long de sa jambe, forçant le passage entre ses cuisses. Elle se lève.

– Allez, dit-elle en prenant son sac. Si je suis pas rentrée à six heures, ma mère va me tuer.

– Y a pas le feu, proteste Carter. Vous attendez pas Maxine ? Je vous ramènerai en ville.

Plus aucun bruit dans la chambre.

– Nan, répond Paisley. Allez viens, Carmen. (Elle me prend par le bras.) On y va.

Elle me pousse devant elle vers la porte.

– On se revoit à notre soirée, Carter.

En allant à l'arrêt de bus, on passe devant un marchand de frites.

– T'as faim, Carmen ? demande Paisley en me jetant un petit regard sournois.

Affamée, je sens se tordre mon estomac vide.

– Nan, dis-je.

Silence.

– Moi non plus.

11

Maman frotte une pomme sur son chemisier pour la faire briller comme une balle de cricket. Elle la lève jusqu'à son visage et s'en frotte les lèvres. Elle la renifle, la lèche, en prend une toute petite bouchée et mâchouille un dé de peau.

– Je peux aller chez Paisley, samedi ?

– Qui c'est, Paisley ?

– Une copine du collège.

– La grosse vache ?

Elle croque une autre bouchée de pomme. Elle a les yeux rivés sur la télé.

– Non, celle-là, c'est Kelly. Paisley, c'est celle avec qui je suis allée me balader en ville.

– Elle habite où ?

– À Kings Heath.

– Et qu'est-ce que tu ferais chez elle ?

– Elle fait une soirée.

– Y aura ses parents ?

– Je crois, oui.

– Bon. Mais je veux que tu me laisses son adresse et son numéro. Je ne veux pas me retrouver plantée là sans savoir où tu es.

Elle enfourne presque toute la pomme, comme si elle allait n'en faire qu'une bouchée, puis la repousse et en mord un tout petit bout. Je regarde ses oreilles ; là où elle portait ses boucles d'oreilles, il reste une cicatrice. Je demande :

– Est-ce que je pourrais me faire percer les oreilles ?

Elle porte la main à son lobe et sourit.

– Tu dépenses tes sous comme tu veux, du moment que tu n'achètes rien qui se mange. (Elle me regarde avec bien-veillance.) Qu'est-ce que tu vas mettre ?

La voilà qui sort ses catalogues. Les classeurs du boulot, avec toutes les nouvelles collections. Apparemment, les femmes de Birmingham sont plus tape-à-l'œil que celles du Yorkshire.

– Tu vois cette robe droite ? demande-t-elle en me mon-trant un mannequin vêtu d'une espèce de chemise de nuit bleu pastel. Figure-toi qu'à Londres, on en vendait à la douzaine. Plus y en avait, plus elles en demandaient. C'est le genre de truc qui donne l'impression d'être séduisante, ni trop pétasse, ni trop sophistiquée. Eh bien, j'en ai pas vendu, à Birmingham. Pas une seule…

Elle se tait, le regard perdu. Je la relance :

– Pourquoi ?

– Dans le Nord, on appelle un chat un chat. On se la joue pas prétentieux. Les nanas savent ce qui leur va, et pour rien au monde elles ne voudraient enfiler un truc pareil. (Elle tape du doigt sur la page.) Parce que, si t'es pas roulée à la Claudia Schiffer, ça te donne l'air d'un sac à patates, tout sim-plement.

– Ah.

– Par contre, reprend-elle en désignant une robe noire brodée d'une coupe similaire, celle-ci est irréprochable. La petite robe noire. Là-dedans, on cache tous ses bourrelets et ses petites rondeurs, et ça passe. J'en ai vendu trois tonnes, même celles qui ont des détails un peu hippies. (Elle se tait, le temps de mâcher une bouchée de pomme.) Qu'est-ce que t'en penses ?

Je me penche sur la photo ; la robe fait un peu peau-rouge, avec ses bouquets de plumes à la ceinture et son ourlet souligné d'une ligne de broderie orange. Je hausse les épaules.

– Mouais, pas mal.

– Moi, je trouve qu'elle t'irait à merveille. Tu commences à avoir l'âge de mettre des robes de soirée, tu sais. (Soupir.) Quelle chance tu as ! Le monde entier t'appartient ! Si je pouvais retourner en arrière, eh bien, je…

Elle se tait, croque un nouvel échantillon de pomme.

– Je ne sais pas ce que je ferais.

12

Le Centre de vie aquatique est un bâtiment gris et circulaire, au bord du canal, en face de l'arène couverte où est tourné *Gladiators*, une série télé de mise à l'épreuve et de compétition. À l'occasion d'une campagne de pub, la boîte qui gère le centre a donné à Mlle Burton des entrées gratuites et des dépliants sur papier glacé.

– Quand je vous disais que c'était ringard, grogne Maxine.

Nous franchissons la porte qui donne sur une butte artificielle ponctuée de chutes d'eau, de retenues et de faux rochers. Maxine est déjà venue ici en famille.

– *Gladiators*, c'est mille fois mieux.

– Maxine, réplique Paisley avec un petit coup de coude, c'était mon trip quand j'avais, genre, huit ans.

Maxine rougit et se détourne. Elle fait un doigt d'honneur à Paisley, et son expression montre bien qu'elle ne plaisante pas. Elle n'a pas digéré qu'on la plante chez Carter. « Z'auriez pu m'attendre, c'était presque fini. »

Les salles sont décorées sur le thème des pirates ; de toute évidence, le public visé est nettement plus jeune que nous.

Mlle Burton ouvre la marche en dissertant sur le cycle de la vie et les habitats naturels. On se traîne derrière elle, en se foutant de sa gueule ; Paisley l'imite en douce et parle du capitaine Cradock.

– Ça sent pas bon, ici, M'dame, se plaint Paisley.

– Oui, M'dame, dites à Kelly de mettre du déodorant, ajoute Maxine tout bas, mais assez fort quand même pour que Kelly l'entende.

Dans une salle, il y a un bassin avec deux poissons-chats bleus. On dirait vraiment des chats transformés en poissons : ils ont une tête ronde, des moustaches et un corps lisse et flasque qui tremblote quand ils se tortillent au fond de l'eau. Je croise les bras en m'efforçant de rentrer mes seins.

– Ils ressemblent à Kelly, lance Maxine en rigolant. Où elle est, Kelly-dio-te ? Hé, Kelly, viens voir, y a ton sosie. Kelly-dée, Kelly-dio-te, Kelly-mmondice…

Mais Kelly fait la sourde oreille et se tient près de la mère Burton pour qu'on lui fiche la paix.

Pas loin des poissons-chats, des maquereaux tournent en rond dans un bassin circulaire. Ils tournent, tournent et tournent, à m'en donner le vertige. Ils sont argentés, profilés pour battre des records de vitesse et filer à toute allure dans l'océan pendant des kilomètres. Ils nagent, les yeux brillant d'un reflet sinistre. Je demande :

– Vous trouvez pas que c'est cruel ? Ces pauvres bestioles sont enfermées.

– Naan, répond Paisley. Ils sont branchés sauvegarde, ici, c'est écrit là.

Elle montre le dépliant.

On traîne derrière tout le monde. Au moment où on arrive devant la salle «Exploration virtuelle», la Burton nous repousse.

– Vous arrivez trop tard, dit-elle. Vous ne verrez pas le film, je ne tiens pas à déranger tout le monde pour vous.

Maxine se met à geindre, mais la prof nous ferme la porte au nez.

– T'façon, c'est nul. Allez, venez, on va en griller une sur le balcon.

Elle sort avec Paisley tandis que je reste sur place pour regarder la fausse plage à marée basse. Dans un bassin, tout seul près du bord, un bernard-l'ermite se hisse sur ses énormes pinces.

La fiche explique que les bernard-l'ermite sont des animaux craintifs, qui s'approprient les coquilles abandonnées par d'autres mollusques ; leur corps est trop mou pour qu'ils en forment une eux-mêmes. Sur le schéma, on en voit un tout nu : c'est un amas difforme de membranes et d'organes.

Je lève la main et j'agite les doigts devant le panneau de verre. L'animal a les yeux plantés au bout de petits pédoncules qui tressaillent et suivent le mouvement de ma main. Et puis, tout d'un coup, comme pris de panique, il déguerpit et traverse la plage de gravillons pour se cacher dans les faux cailloux et rentrer dans sa coquille, en ne laissant dépasser que ses pinces.

En suivant le chemin de l'expo intitulée «L'Aventure du *Titanic*», on bifurque vers les toilettes. Là, les portes sont ornées de roues et couvertes de peinture métallisée, pour imiter des sas d'aération. Maxine nous pousse du coude.

– Kelly vient d'y entrer. Venez.

Mlle Burton ne regarde pas, elle écoute le guide, les mains croisées sur les genoux, la tête penchée. Le guide lit une fiche qui parle du *Titanic* et de l'extraordinaire vivier qui se trouve à l'étage du dessous, où nous pourrons marcher sous l'eau.

Kelly est seule aux toilettes. Paisley tape à la porte de sa cabine.

– Magne-toi, Kelly, on va exploser.

– Ouais, Kelly, laisse-nous entrer.

– Foutez le camp.

Maxine monte sur le siège de la cabine voisine et regarde par-dessus la cloison.

– Ma parole, tu fais rien du tout. Pourquoi tu fais rien ? Tu devrais pisser, puisque t'es assise.

Elle saute par terre et répète :

– Elle fait rien.

Elle frappe du pied la porte de la cabine, qui s'ouvre d'un coup, percute Kelly avec un grand bruit et se referme bruyamment.

Paisley recule d'un pas.

Après un instant de silence, Kelly gémit d'un ton pitoyable.

– Tu les as cassées.

Maxine rouvre la porte. Kelly est toujours assise, la culotte sur les genoux, ses lunettes à la main. L'un des verres est fendu au milieu.

– Pauvre Kelly, raille Maxine.

Et elles alternent :

– Kelly, Kelly…

– … dio-te !

Dans l'ascenseur, une voix féminine nous souffle de descendre au troisième sous-sol. Les portes coulissent et on se retrouve devant un immense bassin traversé par un tunnel. Mlle Burton est au milieu, en train de montrer quelque chose à Sally Jenks la bûcheuse, qui prend des notes.

Raies, requins et bars glissent vers nous, ondulant des nageoires, presque au ralenti.

– Ouah, souffle Paisley. C'est pas dégueulasse.

– Mademoiselle, qu'est-ce qui arriverait si ce truc-là s'écroulait ? Est-ce qu'on mourrait ? crie Maxine.

– Si la justice régnait en ce bas monde, Maxine, je crois bien que tu y resterais, marmonne Mlle Burton.

L'une des raies a perdu une partie de sa queue et un bar repose au fond, inerte. Je me demande si les autres l'ont remarqué. Je tapote le bras de Paisley.

– Dégueu… dit-elle.

La visite s'achève devant la boutique de souvenirs et la buvette. La prof distribue des questionnaires et explique qu'on doit les remplir pour obtenir un porte-clés gratuit. Paisley dépense une petite fortune pour s'offrir un stylo en forme d'hippocampe et un carnet.

On prend de l'eau minérale à la buvette.

– J'en ai rien à battre, de leurs porte-clés de merde, râle Maxine avant d'écrire *Nul* dans toutes les cases.

– C'était joli, les hippocampes, dit Paisley tout en étrennant son nouveau stylo.

Je réponds bernard-l'ermite un peu partout, sauf à la rubrique des choses que j'aimerais bien changer. Là, j'écris : *Libérez toutes ces pauvres bêtes.*

Maxine ouvre son *Marie Claire*. On le feuillette en faisant glisser nos doigts sur les pages brillantes couvertes de mannequins, de vêtements et de célébrités. Que des gens minces et séduisants.

– La vache, t'as vu sa tronche, à celle-là ? demande Maxine en désignant une starlette hollywoodienne.

– Moi, ce que je veux, c'est des godasses comme ça, annonce Paisley en tournant la page. Elles sont trop géniales.

Elle pose le doigt sur des bottes de cow-boy.

– Beuh, Paisley ! C'est un truc de rockeur gras du bide, ça.

– Dis donc, qu'est-ce tu vas mettre pour notre soirée, Carmen ?

Elles me regardent, impatientes. Je hausse les épaules.

– Surprise.

J'engloutis mon cornet de frites. Elles sont trop chaudes, à peine sorties de la friteuse, et elles me brûlent de l'intérieur quand je les avale. Je traîne au pied de l'immeuble en guettant, des fois que Maman soit dans le coin. Je balance le sachet vide sous une voiture, d'un coup de pied.

Je mets mon survêt' et je m'allonge sur mon lit. Les frites forment une boule pesante dans mon ventre. Je me frotte le bide et je me demande ce que je vais bien pouvoir mettre pour cette soirée. Maman a déposé un numéro de *Elle* sur mon lit. Elle est persuadée que la lecture de ses magazines m'apprendra à me conduire comme une femme distinguée. Je ne serai jamais distinguée, mais je saurai faire comme si. Je laisse le magazine glisser par terre ; véritable pavé, il roule sur le rebord du lit.

Le bruit de la circulation ressemble à celui des vagues, sorte de splash… splash… qui monte du périphérique. J'imagine que je suis étendue sur une plage, mais je ne suis pas dans mon corps. Je le regarde d'en haut. Je dois être un oiseau, peut-être une mouette. J'ai la peau ferme, presque transparente ; je vois mon cœur, mes poumons, mes os. Le soleil chauffe de plus en plus, je roussis et commence à brûler tout doucement. J'essaye de voleter au-dessus de moi-même, étirant mes ailes le plus possible pour m'abriter du soleil en projetant mon ombre.

Et puis je m'aperçois que je ne suis pas du tout au-dessus de mon corps, que c'était ça, le rêve. J'ai fait naufrage. La marée a descendu, plus loin que l'horizon, et la plage est devenue un désert. J'essaye de remuer les bras mais, quand je regarde mes mains, je m'aperçois qu'elles se sont transformées en énormes pinces, si lourdes et si profondément enfoncées dans le sable que je suis incapable de les soulever. Ma langue desséchée a gonflé dans ma bouche. Je ne peux ni bouger ni respirer. Je suis épuisée, mon corps n'est plus qu'une membrane sans coquille qui se dessèche sur le sable rugueux.

Maman allume la lumière.

– Viens donc, feignante. On dîne.

Je m'assois, prise de nausée. J'ai la bouche sèche. Il n'est pas loin de dix heures. Maman me dit qu'elle a dû s'occuper des livraisons, au boulot.

On s'installe devant la télé, un plateau MiniCalories Spécial Micro-ondes sur les genoux. Le mien est baptisé Lasagnes, mais il a si bien fondu dans le four qu'il ressemble à un tas de cambouis. Je l'avale en vitesse pour ne pas sentir le goût.

– Ma chérie, tu manges trop vite, je me tue à te le répéter! Tu ne perdras jamais un gramme si tu te goinfres comme ça. En plus, c'est franchement écœurant, regarde-moi ça… Tes lèvres en sont couvertes.

Je m'essuie la bouche avec ma manche.

Elle soupire et se met à me parler très lentement, comme si j'étais un bébé.

–Ma puce, je voudrais que tu prennes une bonne habitude…

–Quoi ?

–Je voudrais que tu tiennes un petit carnet, tu sais, comme avant ? Tu m'écrirais tout ce que tu manges. Mais vraiment tout, hein ?

–Pour quoi faire ?

Elle repousse son plateau-repas sans y avoir touché, ou presque.

–Quel âge as-tu, Carmen ?

–Quatorze ans.

–Exactement. Tu es assez grande pour apprendre à te maquiller et à t'habiller. Depuis que tu es née, tu n'as porté que des survêtements. Tu ne crois pas qu'il serait temps de travailler ton image ? Un tout petit peu ? (Elle se tord les doigts.) Si tu perdais quelques kilos, tu serais ravissante dans nos vêtements de saison. (Elle m'adresse un regard suppliant, les yeux ronds comme des billes.) Plus de Big Mac en rentrant du collège, d'accord ? Tu t'imagines que je ne m'en rends pas compte, Carmen, mais je suis au courant. Je le sais bien.

Elle se lève et emporte les plateaux à la cuisine. Son dîner était loin d'être inoubliable.

13

Le samedi, Maman bosse toute la journée.

— C'est journée continue, dit-elle en me donnant de quoi payer mon bus.

Dehors, des hommes en bleu de travail fluorescent creusent le long de la route. Tous les arrêts de bus ont été transférés vers le centre-ville. Je monte la colline pour rejoindre celui de ma ligne. Devant la Rotunda, grand immeuble moderne, une affiche prophétise : « Un nouveau départ ». Sur le panneau d'affichage figure une photo du quartier de Bull Ring remis à neuf. C'est une vue d'artiste : des silhouettes idéalisées se baladent sous le soleil ou sont assises en terrasse, devant la grande façade de verre d'un café tout neuf.

Le vent qui balaye Queensway transperce mon haut de survêtement et me donne froid. J'abaisse ma casquette de baseball sur mon front. Maman m'a dit qu'elle allait la brûler. Elle prétend que ça me donne des boutons.

À l'entrée du marché couvert, on lit sur des panneaux : « Derniers jours avant fermeture. Birmingham renaît ». Sur du papier jaune vif, comme si c'était une alerte. À l'intérieur, certains des étals ne sont même pas dressés. La mercerie est fermée, volets baissés et lumière éteinte.

Lisa s'occupe d'une femme aux longs ongles courbés. Elle les orne de petits motifs de bagues et de bijoux sur fond rose. Les cheveux de la cliente, coupés court, sont teints comme pour imiter de la peau de léopard, et elle est tatouée.

— Bonjour, mon trésor, dit Lisa sans lever la tête. J'espérais que tu allais venir me voir, justement.

La femme léopard me jette un regard curieux et siffle entre ses dents :

— T'as dit vrai, Lisa, c'est son portrait tout craché. (Elle me regarde.) Et ta mère, elle se croit toujours sur son pied de star ? Elle nous regarde toujours de haut ? Tu me reconnais pas, hein ? J'avais plus de cheveux, à l'époque. (Son sourire révèle une dent en or brillante.) Annmarie, heureuse de faire ta connaissance.

— Le portrait craché de qui ?

— T'occupe donc pas, coupe Lisa en jetant un regard sombre à Annmarie. Qu'est-ce tu fais ici ? Elle est où, ta mère ?

— Elle bosse, dis-je. Faut que j'aille chez Mémé, mais ils ont déplacé tous les arrêts de bus.

— Tu peux le dire, soupire Annmarie. On n'est plus chez soi, ils démolissent jusqu'aux trottoirs. (Lisa rit doucement.) C'est une horreur, sans blague. On va aller où, nous ?

Lisa regarde Annmarie.

— On trouvera bien. Les gens comme nous s'en tirent toujours.

Je reste plantée sur place, sans trop savoir si je dois rester ou partir. Lisa place les mains d'Annmarie sous une lampe pour lui sécher les ongles.

−Si ça chauffe trop fort, tu m'appelles. Tu veux un thé, Carmen? Viens par ici, ma belle.

Elle ouvre une petite porte juste assez large pour qu'on s'y faufile. Derrière, on est un peu comme dans une minuscule caravane, et l'espace est encore réduit par les étagères qui brillent sous un arc-en-ciel de flacons de vernis. Elle sort un tabouret.

−Tiens, mets-toi là. C'est à peine si on peut respirer, hein? Surtout si je colle mon gros popotin dans le passage. (Elle se frotte le derrière.) Mais bon, c'est peut-être pas si bête d'avoir des coussins incorporés quand on passe tout son temps sur une chaise. (Elle me prend les mains pour regarder mes ongles.) Mmmh… Ça pourrait être mieux. Quelle couleur te plairait?

Je regarde Annmarie plongée dans un magazine.

−Je suis invitée à une soirée, dis-je le plus bas possible. Je ne sais pas ce que je vais mettre.

Elle s'immobilise un instant, la bouche ronde comme un O, et me regarde.

−T'en as pas parlé à ta mère?

−J'aime pas ses vêtements.

La bouilloire siffle, la vapeur envahit la boutique. Comme le thermostat ne marche pas, ça continue à bouillir et à crachoter. Lisa débranche la prise électrique.

−Ce qui compte, c'est pas tant ce que tu portes que la façon dont tu le portes, tu sais.

−Chiotte! râle Annmarie. Je crois que j'ai fait un éclat.

Lisa tique et saisit sa lime.

−Je t'avais dit de te tenir tranquille.

−Ooh, me cherche pas, je suis sur les nerfs aujourd'hui. C'est ça, quand on vieillit. On a les nerfs à vif.

Lisa lui envoie un regard sévère et réplique :

— Sans parler de toutes tes soirées… Tôt ou tard, ça finit par te retomber dessus.

— Alors comme ça, t'as rien à te mettre, hein ? me demande Annmarie avec un clin d'œil. Je te crois pas. T'en as marre de tes fringues, plutôt. Crois-moi, ma belle, je sais ce que c'est, ça me fait le coup à chaque fois que j'ouvre mon placard.

Elle me dit que, si j'attends que ses ongles soient secs, elle m'emmènera chez Patti, une copine qui vend des vêtements un peu plus loin.

Lisa annonce qu'elle viendra avec nous.

— Sinon, explique-t-elle, tu vas revenir emballée dans du papier d'alu.

Les ongles d'Annmarie sont secs, elle paye Lisa et enfile un imper rose. Il est en cuir, du même rose que son vernis, souligné de manchettes en plume rose.

— J'aime bien ton imper, lui dis-je.

— Trop génial, hein ? (Elle me fait la révérence.) Alors, tu vois, Lisou ? Carmen aime mes fringues.

— Oh, la ferme, vieille garce.

— Vieille garce ? ! Tu vas voir, un peu…

Elles continuent comme ça jusqu'au bout de la rue Saint-Martin. Je suis serrée entre elles, comme un otage.

Le marché des fripiers est en face de Bull Ring, de l'autre côté de la route. Pas loin des reliefs gothiques de l'église Saint-Martin, couverte de suie noirâtre par la pollution.

C'est un peu comme un gigantesque hangar d'aviation en tôle ondulée. Il y a là-dedans une profusion d'étalages. Pour la plupart, des marchands de vêtements, de tissu, de chaussures, de linge de maison ; mais il y en a qui fourguent du bricà-brac, des CD, des bouquins, des ustensiles de cuisine ou de l'encens. Le stand de Patti est au milieu, divisé en plusieurs rayons par des rideaux vert jaune pétillants. Elle a constitué sa propre collection : pantalons de velours, hauts en synthétique, tongs à paillettes et vestes imprimées de motifs d'animaux.

Elle est grande, ses cheveux blonds pendent sur ses épaules. Elle porte un chapeau de velours noir posé en biais sur une oreille.

– Ma parole, dit-elle en nous voyant, vous avez encore enlevé un enfant ?

– C'est Carmen, répond Lisa en riant.

Patti répond, en me lançant un clin d'œil :

– J'ai beaucoup entendu parler de toi.

Annmarie lui montre ses ongles tandis que Lisa saisit quelques tee-shirts et un tablier bleu qu'on jurerait taillé dans de la toile émeri brillante.

– Qu'est-ce que tu dis de ça, dit-elle en me le tendant, avec un beau blue-jean ?

– Fais gaffe, avec ça il faut porter un bon soutien-gorge, commente Annmarie. Un qui te soutienne bien, tu comprends.

Elle saisit un centimètre et le passe autour de ma poitrine.

– Attends voir. Je vais t'en dégotter un.

Elle revient avec un soutien-gorge noir matelassé pendu à un de ses ongles.

– Tiens, mets ça en dessous.

Elles me poussent dans la cabine d'essayage de Patti : un simple rideau de douche pendu à un cercle et fermé par des pinces à linge. Pas de portemanteau ni rien, j'en suis réduite à poser mes vêtements par terre. Je vois leurs chaussures sous l'ourlet du rideau : les escarpins à bride de Lisa, les bottes en peau de léopard d'Annmarie, les chaussures de Patti, en PVC brillant à grosses semelles de caoutchouc.

– Le miroir est ici, ma belle. Sors, sois pas timide, on va voir ce que ça donne.

J'entrouvre le rideau d'un geste gauche, à demi cachée.

Elles me regardent en souriant toutes les trois. Patti surtout.

– Eh bien, c'est pas mal, dit-elle.

– Un vrai mannequin, ajoute Lisa.

Annmarie me saisit par les épaules et me fait pivoter pour que je sois face au miroir.

– C'est pas beau, ça ?

Le haut scintille sous la lumière. Ma poitrine est bombée, voluptueuse, adulte même. J'ai l'impression de regarder un magazine.

– Mortel…

J'ose à peine respirer.

– Attends un peu, enchaîne Lisa. On ne fait que commencer.

Deux filles attendent devant La Lime à Ongles.

– Je m'excuse, dit Lisa en me poussant. J'en ai pour une petite heure.

Annmarie tient absolument à ce que je me roule les cheveux en nœuds. Elle me montre comment faire pour torsader une mèche et me l'enrouler sur la tête. Ça me plaît bien, alors elles continuent : Lisa fait les tortillons et Annmarie me tartine de gel brillant bleu.

– Oooh, pouffe Annmarie, on se croirait en train de préparer Miss Monde Junior.

Une fois qu'elles ont fini, Lisa sort des tatouages.

−Ça va être très cool.

Je la laisse me coller un crabe agressif sur l'épaule et un galon celte sur le bras.

Elles reculent d'un pas et me font tourner sur moi-même. Il ne reste plus qu'à s'occuper de mes ongles.

−Dommage que j'aille pas à cette soirée, moi aussi, murmure Annmarie.

Je m'admire dans le miroir tandis qu'elles me tordent les cheveux et brossent le strass qui est tombé sur mon pantalon.

−Tu vas faire un malheur…

−Faut que je me sauve, annonce Annmarie en prenant ses affaires. Je vais parsemer quelqu'un d'autre de poudre magique. Salut.

Elle embrasse Lisa sur les joues et moi sur le front.

Sa silhouette rose se faufile dans l'allée, se détachant nettement des tons gris-vert de la foule.

−C'est un trésor, déclare Lisa tout en la regardant filer vers l'escalator. Mais attention, si tu l'écoutes, elle est capable de te faire fondre en larmes.

Lisa décore mes ongles de rayures rouges et bleues et pose un huit argenté au milieu de chacun d'eux. Tandis qu'elle trace les lignes bleues, je lui demande :

−Que vont devenir les commerces du quartier ?

−Qui sait ? répond-elle avec un haussement d'épaules. Ils construisent du neuf. Ils vont tout foutre par terre, Bull Ring et la friperie. Après, les loyers seront plus élevés. On ira s'installer plus loin. Une vraie diaspora. Tout le monde quitte le centre-ville. Il y en a bien quelques-uns qui restent, mais il y aura moins de place qu'aujourd'hui et l'atmosphère sera différente.

– Dommage.

– Ah oui alors, tu peux le dire. Attention, on est tous d'accord pour que ça change, hein. Que ce soit clair. Personne n'a envie de bosser dans ce trou crasseux, mais quand on regarde les plans du projet, ça fait carrément huppé, faut bien le dire. Bon… (Elle achève le dernier huit avec une fioriture.) T'es une vraie petite star, habillée comme ça. Avec la finition qui tue : les ongles façon basket-ball signés Lisa. Si on te demande qui a fait ça, tu leur diras que c'est moi, hein ?

Dans le bus qui m'emmène chez Mémé, je tapote le carreau avec mes ongles, qui dansent comme des petites pompom girls sur la vitre synthétique.

Mémé regarde des rediffusions. *Bergerac* et *Côte Ouest*.

– Tu te souviens pas de ça toi, si ? demande-t-elle. À l'époque, y avait des belles choses, à la télé.

Elle ne se rend même pas compte que j'arrive en retard.

Le salon est sinistre. La haie de Pépé a encore poussé, elle arrive presque à hauteur des gouttières. La fenêtre donne sur un mur vert presque opaque.

– Je peux allumer la lumière ?

– Fais ce qui te plaît, ma belle, répond-elle sans lever le petit doigt. J'ai acheté des biscuits au chocolat et des frites, va voir dans la cuisine, sur le côté.

Elle a pris des sablés, des gâteaux secs fourrés au marshmallow et des Hula Hoops.

– Mmm, donne-moi donc un petit gâteau sec, tu veux.

J'enfonce mes dents dans le chocolat et la guimauve.

– Sers-toi, sers-toi, insiste-t-elle en voyant que je n'en ai mangé qu'un. Je les ai achetés pour toi et sinon, ils vont aller aux ordures.

Je n'en reprends pas et c'est elle qui les mange ; quand elle a fini les biscuits, elle s'attaque aux roues de charrette, qu'elle avale pratiquement en une seule bouchée.

Je m'assois prudemment. Lisa m'a bien dit de faire attention à ne pas me salir. Les coudes sur les genoux, je pose ma tête sur mes mains. J'ai l'impression que mes cheveux vont tomber d'une minute à l'autre.

Je feuillette le magazine de Mémé. Que de la mode pour les plus de cinquante ans, des histoires incroyables de courage et de bravoure et des recettes exotiques à faire en cinq sec. Les pages de cuisine sont poisseuses et collantes. Il faut carrément les déchirer pour les séparer.

Pendant la pause publicité, je vais me regarder dans la glace de la salle de bains, à l'étage.

– T'as la courante ? demande-t-elle en me voyant me lever pour la quatrième fois en une heure.

Je lui montre mes ongles, espérant qu'elle remarquera quelque chose, mais elle s'est déjà tournée vers l'écran.

– Prends donc un petit gâteau, mon trésor.

– J'en veux pas, de tes petits gâteaux merdiques.

J'ai répondu tout bas pour qu'elle ne m'entende pas. Je la déteste, cette grosse vache. Elle essaye de m'engraisser comme elle, comme elle l'a fait à Maman.

Sa salle de bains est tout en plastoc verdâtre. Il y a des taches sombres sur la moquette au pied des toilettes et des petits gadgets dans tous les coins : des savonnettes décoratives, des canards en plastique, une peluche en costume gallois qui sert de dérouleur de PQ, des bougeoirs, des grattoirs à dos et, glissé derrière le radiateur, un vieux numéro du *Racing Post* apparatenant à Pépé. Tout ça est en pagaille, mal entretenu.

Je prends la pose devant le miroir, je me regarde scintiller sous la lumière ; de minuscules constellations rayonnent dans mes cheveux. Je murmure :

— Mortel… Mortel !

— Où es-tu allée chercher ça ? s'exclame-t-elle en me voyant. Et puis elle remarque mes ongles et reprend :

— J'aurais dû m'en douter. Regarde dans quel état tu es, ma pauvre fille.

— Elle n'a pas arrêté de monter dans la salle de bains, dit Mémé sans tourner la tête.

Maman me prend par le bras et me tire hors de la pièce.

— Viens ici, ordonne-t-elle en me traînant vers la salle de bains. Regarde-toi. Mais regarde !

Dans le miroir, je ne vois rien de nouveau.

— Je suis mortelle.

— Tu as l'air d'une traînée, oui ! crache-t-elle.

Je fais semblant de rien, je remets mes cheveux en place.

— Carmen, ma chérie, tu ne comprends pas.

Elle s'assoit sur le bord de la baignoire pour m'expliquer que Lisa essaye de se venger d'elle en se servant de moi.

— Qu'est-ce qu'elle t'a dit, sur mon compte ? Hein ? C'est des mensonges, Carmen. Elle vit sur une autre planète. Depuis toujours. Elle cherche à te ridiculiser pour se venger de moi. Tu ne vois donc pas ?

Elle se tait, le temps de reprendre son souffle.

— En plus, je parie qu'elle ne t'a même pas prévenue… (Petite pause malveillante.)… mais ce haut te grossit.

Elle m'ignore tout le long du chemin du retour, jusqu'à ce qu'on soit rentrées.

– Tu sais pourquoi j'ai quitté ton père ? Je m'ennuyais. Je m'ennuyais, je m'ennuyais, je m'ennuyais, je m'en-nuy-ais ! (Elle me regarde en biais.) J'ai pensé qu'on pourrait peut-être passer la soirée en tête à tête. Rien que nous deux. On prendrait un repas tout prêt et une cassette.

– Mais Maman, t'as dit que je pouvais y aller !

– Bon, mais je viens avec toi, alors. (Elle reste plantée devant moi, les bras croisés.) Tu crois que je m'en sortirais ? Il y aura d'autres adultes ?

– Mais Maman, tu as dit…

– C'est pas facile pour moi, de rencontrer des gens de mon âge. Tu as beaucoup plus de chance que moi. (Soupir.) Je pensais qu'on serait comme des sœurs.

– Ça ne te plairait pas.

– Pourquoi pas ? C'est pas le bal des débutantes, quand même ? Tu serais pas habillée comme ça.

– C'est une soirée de filles, dis-je en haussant les épaules.

– Ah bon, je ne suis plus une fille, alors ?

Je ne réponds pas.

14

Paisley habite une vieille maison. C'est un pavillon victo-rien divisé en deux résidences mitoyennes, avec un grand perron en pierre et une marquise. Maman se gare devant, impressionnée.

— Regarde-moi ça, s'exclame-t-elle. On dirait que tu fré-quentes la haute, ma parole. Je savais bien que j'avais choisi le bon collège. Ils font quoi, ses parents ?

— Chais pas.

— Eh bien, renseigne-toi.

Elle reviendra me chercher à onze heures et demie.

— Puisque tu as tenu à t'habiller comme ça, je n'ai pas le choix.

Elle reste assise dans la voiture, le moteur tournant à vide, en attendant que Paisley m'ouvre la porte.

— Ouah, Carmen, t'es cool !

Paisley est impressionnée ; elle serre les yeux, les ferme presque.

– C'est bientôt prêt.

Maxine est dans le salon, elle boit une bouteille de 20/20 au pamplemousse rose ; un mégot de pétard s'éteint dans le cendrier. Paisley dit que ses parents la laissent fumer.

– C'est des hippies, explique-t-elle. Ils font ça tout le temps, eux aussi.

Chez elle, c'est une vraie maison, c'est bien tenu. Canapés douillets, tapis en applique et plancher bien ciré.

– T'es allée où, pour tes ongles ? Ils sont hyper top, sans blague.

Paisley touche mes cheveux, mes tatouages. Je lui parle du stand de Lisa.

– Oh, tu m'emmèneras ? S'te plaîîît.

Maxine, elle, me lance un regard avant de reprendre une gorgée et de larmoyer :

– Faut que j'aille me changer, je suis à chier par rapport à Carmen.

– Mais non, proteste Paisley.

– Déconne pas, lui dis-je à mon tour.

Mais je sais bien que, quand elle fait la grimace comme ça, d'un air mesquin et jaloux, elle n'est pas jouasse.

– Monte avec moi, tu vas m'aider à me maquiller, me dit Paisley en me prenant la main pour gravir le grand et large escalier qui mène à sa chambre.

Une fois la porte fermée, elle ronchonne sur Maxine, me confie en chuchotant que celle-ci est collante et qu'elles ne s'amusent plus du tout ensemble.

– Je préférerais être amie avec toi.

La chambre de Paisley est encombrée de trucs de fille. Sur sa coiffeuse, une collection de Barbie : Barbie-rollers, avec des patins minuscules et un collant qui brille ; Barbie-écuyère, avec un jodhpur et une veste en tweed ; Barbie-ballerine, en tutu rose et escarpins en soie, et Barbie-en-ville, équipée d'un téléphone portable et d'un sac à main scintillant.

En voyant que je les regarde, Paisley se met à rire :

— Je fais collection.

Je saisis Barbie-rollers et je lui rabats les jambes derrière les oreilles. Je la montre à Paisley :

— Barbie-yoga.

— Oh, t'es trop marrante, Carmen, dit-elle en hurlant de rire.

Pendant qu'elle met son mascara, je déshabille sa Barbie-en-ville. Un corps en plastique rose parfait : gros nichons, hanches fines. Je voudrais bien être comme ça. Je prends un collier en petites perles dans le fatras des accessoires de Paisley et l'enroule autour du long cou de Barbie.

— Barbie-suicidaire, dis-je en la faisant balancer au bout du collier comme un pendu.

Paisley est troublée.

— Carmen, c'est malsain…

Les garçons débarquent avec un groupe de copains. Trev, Rich, Dunc, Matt et Pete. Je ne sais plus qui est qui. Paisley met un CD de Craig David et éteint certaines lampes. Elle s'assoit sur le canapé, prend la main de Carter. Dans un coin, Maxine inspecte les amygdales de Dean. Le reste de la bande traîne dans la pièce et décapsule des cannettes, jette des regards furtifs ou s'assoit en écartant les jambes comme s'il y avait entre elles un objet douloureux.

— Je suis venu avec des potes, dit Carter. Ça te dérange pas, j'espère. Y en aura d'autres un peu plus tard, après la fermeture du pub.

Mal à l'aise, je me pose sur le canapé à côté de Paisley.

– C'est qui, elle ?

– Carmen, répond Paisley, la nouvelle.

– Ouah, salut, hé, je t'avais pas reconnue !

Il me tend la main en regardant ma poitrine.

– T'es à tomber.

Il me serre la main à me briser les os.

Quelques copines du collège arrivent à leur tour. Carter met une compilation des années soixante-dix pour qu'on se décide à danser, mais on n'a pas encore assez picolé. Il nous propose des cachets.

– Allez, quoi, sinon la soirée va virer tristoune.

Paisley en prend un, mais je refuse. Il hausse les épaules.

– Tant pis pour toi, dit-il avant d'en poser un sur sa langue et de l'avaler avec une gorgée de bière.

Carter, c'est le genre de mec qui aime les filles bien en chair. Il m'explique ça en me passant la main sur les seins. Dans le couloir, plantée devant la salle de bains grand style de Paisley, je me retiens de pisser dans ma culotte. La maison s'est remplie d'un coup. Des tas de gens que personne ne connaît ont débarqué, venus du pub en bas de la rue. Le samedi soir, le bouche à oreille fonctionne à plein.

– Dégage, lui dis-je en agitant un bras.

– Allez, quoi. (Il avance les lèvres et les pose sur ma joue.) Laisse-toi aimer.

J'entends la chasse d'eau et la porte qui s'ouvre. J'essaye de me dégager, mais je suis saoule, j'ai le vertige et je ne fais que m'appuyer plus fort contre lui.

Ses mains remontent le long de mon jean. J'ai des frissons là où il me touche. Il tente de passer sa main entre mes jambes.

– T'es belle comme tout. On te l'a jamais dit ?

Il m'écorche la joue avec son menton ; un peu de strass est resté collé sur ses poils de barbe.

Un autre mec, Dunc ou Matt, sort en titubant. Carter tend le bras pour le soutenir et lui éviter de s'effondrer dans l'escalier la tête la première. Je saisis ma chance et me jette dans la salle de bains, fermant à clé derrière moi.

Quelqu'un a vomi dans les toilettes et le rideau de douche est par terre, les crochets arrachés. Les parents de Paisley vont piquer une crise. Tout à l'heure, j'ai vu quelqu'un écraser une cigarette sur le tapis. Je m'assois pour faire pipi, penchée en avant, j'ai envie mais j'y arrive pas. J'ai trop bu, j'ai encore un peu de 20/20 poisseux autour des lèvres.

– Magne-toi, tu veux, j'explose.

C'est Carter.

– Allez, vite, sinon je vais pisser dans un pot de fleurs.

L'une de mes mèches de cheveux se dénoue. Je la rattache devant le miroir, la barrette bien serrée.

Au moment où j'ouvre la porte, il me prend par surprise, me force à reculer en me mettant la main sur la bouche. Il frotte son autre main sur mes seins.

– Allez, ma jolie, râle-t-il en s'attaquant à la braguette de mon jean.

Soudain, une tempête de cris et de bras mêlés. Je reçois une gifle. Je lève la tête, c'est Maxine, le visage déformé par un méchant sourire.

– Espèce de pute !

Face à moi, elle respire fort par le nez. Elle me fiche une claque sur la tête, m'arrache une poignée de cheveux.

– Sale pute !

Les yeux exorbités, les joues rouges, on dirait bien qu'elle plane à l'ecstasy.

—Je vais le dire à Paisley.

Carter est adossé contre le mur, les mains en l'air comme si quelqu'un le braquait.

—J'y suis pour rien, dit-il. Elle m'a sauté dessus.

Assise sur le mur du jardin, j'attends Maman. Il fait un froid de chien. J'ai oublié ma veste en jean, mais pas question de retourner la chercher.

—C'est ici, la soirée ?

Deux mecs à dreadlocks, tatouages et piercing me regardent.

—Ouais.

Ils prennent l'allée d'un pas traînant, l'un d'entre eux appelle ses copains sur son portable.

—C'est juste au bout de la rue, mec… La grande baraque à droite. Musique de merde, mais bon. Ouais, ouais, on a des cassettes.

Quelqu'un leur ouvre la porte, le battement de la musique s'échappe dans la rue.

Emmène-mouaaaah au pays de la jouaaaah…

Il arrive encore quelques groupes, en provenance du pub de la butte. La musique s'arrête un instant puis reprend : du heavy metal, cette fois. Il y a des cris, des bruits de verre brisé et le hurlement de guitares trash. Ça continue comme ça une minute, puis ça cesse. Un silence d'une seconde, comme si tout le monde reprenait son souffle, et le battement reprend de plus belle, encore plus fort. Le *poum poum poum* de la basse montée à fond.

On sort sur le perron. Des mecs viennent pisser dans les buissons derrière moi. Une voiture de police passe, au pas. J'allume une cigarette. Je voudrais bien que Maman se ramène.

Quand Maxine lui a dit ce qui s'était passé avec Carter, Paisley a ri, elle m'a regardée d'un air lointain. Et c'est Maxine qui m'a fichue dehors ; elle m'a poussée jusqu'à la porte en me disant d'aller me faire foutre. De toute façon, j'avais pas envie de rester. Tas de nuls.

– Carmen ! Monte immédiatement !

Je m'assois, elle me dit de me regarder dans la glace. Mes cheveux sont défaits, ils tombent sur mes épaules en mèches désordonnées, et j'ai du rouge à lèvres sur le visage et le cou.

– Pas la peine de demander ce qui t'est arrivé, hein ? demande-t-elle d'un ton triomphant.

Installée à l'avant, je l'écoute débiter son discours.

– Je croyais que les parents seraient là.

Je mens :

– Moi aussi.

Une fois passé le coin de la rue, elle se gare le long du trottoir et appelle la police.

– Ça leur apprendra, déclare-t-elle en refermant son combiné. Franchement, si j'avais su que ça tournerait comme ça, je ne t'aurais pas laissée y aller.

15

Couchée sur mon lit, j'écoute le vent raser la tour. Il siffle méchamment, se faufile dans les brèches des fenêtres et fait battre les rideaux. Je sens toujours la pression des mains de Carter sur ma poitrine et sur mes jambes. Je serre le poing à m'en faire mal. Si seulement je n'étais pas aussi grosse. Si j'étais mince et belle, Carter n'aurait pas osé me toucher.

Alors que je l'ai déjà lu mille fois, je me mets à feuilleter un numéro de *More!* que Maman m'a acheté. La rubrique «Courrier des lectrices» est remplie de lettres de filles qui se sont fait piquer leur mec par une copine. Lundi, je dirai à Paisley que je ne cours pas après Carter, que c'était un malentendu. Faudra bien qu'elle me croie. Toutes les réponses disent qu'une amie, c'est plus précieux qu'un petit copain.

En bas de la page, l'une des lettres dit :

J'ai toujours eu un problème de poids. Il y a quelques mois, j'ai pris l'habitude de me faire vomir après les repas et j'ai beaucoup maigri, mais je ne peux plus m'arrêter et je vomis même quand je ne le veux pas. Que dois-je faire ?

La réponse dit qu'il faut qu'elle en parle à quelqu'un, qu'elle appelle un service d'aide par téléphone ou qu'elle écrive à une association de soutien.

Je lis et relis la lettre. Je ne vois pas de quoi elle se plaint. Au moins, elle a maigri.

Papa a appelé pour dire que je peux aller chez lui pendant les vacances. Je ne reviendrai pas, je veux rester là-bas pour toujours. Quand il aura pris l'habitude de m'avoir à la maison, tout ira bien. J'en suis sûre. Il dit qu'on pourra jouer à Gran Turismo et à Tekken.

Mentalement, je fais mes valises, même s'il reste une semaine à patienter. Je demanderai à Lisa de me faire les ongles tout spécialement, pour lui montrer.

Maman dit qu'elle est contente.

– Ça ne me fera pas de mal d'avoir un peu de temps à moi.

– Salope !

Maxine a lancé ça comme un crachat.

Je tourne le coin pour prendre le couloir qui mène aux vestiaires. Mais Maxine est déjà devant moi et Paisley me suit, comme le jour où elles sont tombées sur Kelly. Elles ont toutes les deux des emmerdes : la maison de Paisley était dégueulasse et la mère de Maxine a su qu'elle avait pris de l'ecstasy. En plus, elles sont sous surveillance au collège jusqu'à la fin du trimestre pour avoir fumé dans les toilettes.

– Sale pute.

Douleur sur le flanc, quelque chose me pique le dos. Maxine a un compas à la main. Je serre les poings. Je jette à Paisley un regard éploré.

– Je veux pas de lui, j'ai jamais voulu.

– Menteuse ! ricane Maxine. Je t'ai vue, t'essayais de l'emballer !

Paisley fuit mon regard et me lance :

– Gros bide. Geignarde.

– Ouais, grosse vache.

– Carter dit que t'es une garce.

– Avec lui, t'as pas ta chance, de toute façon.

– Comment t'as pu y croire ?

– Salope ! concluent-elles.

Nouveau coup : cette fois, la pointe du compas me fendille la peau en une longue écorchure, qui laissera une cicatrice irrégulière sur le dos de ma main.

Maman dit qu'on ne doit pas jouer les allumeuses si on ne sait pas éteindre le feu.

– Tu n'as que quatorze ans, assène-t-elle. Il faut que tu apprennes à rester raisonnable. Et je t'interdis de revoir Lisa. Tu m'entends ? Je te l'interdis.

Elle m'a acheté une robe. Genre peau-rouge, avec des plumes, des franges perlées et une bordure brodée. Comme celle du catalogue, sauf que, vu de près, le tissu est rugueux, transparent et facile à déchirer, comme le papier crépon qui nous servait à faire des décorations de Noël à la maternelle.

– Elle est horrible.

– Allez, essaye-la.

À contrecœur, je retire mon haut tandis qu'elle déballe les sacs et étale la robe sur le lit. Je tremble alors que je n'ai pas vraiment froid. J'enroule mes bras autour de mon torse, je tente de me tenir derrière elle en attendant qu'elle se retourne et me voie.

– Pfff! (Elle souffle entre ses dents serrées.) Tu n'as pas rétréci, dis donc. (Elle fouille dans ses sacs.) Si tu mets ça en dessous, ça va te donner du maintien, affiner ta silhouette.

Elle me tend une boîte « Gaine de maintien ».

C'est de l'élastique dur et brillant.

– C'est un peu comme un muscle supplémentaire, explique-t-elle. Et c'est insoupçonnable. Viens, je vais t'aider à la mettre.

Je passe les pieds dedans tandis qu'elle la brandit ouverte devant moi, comme un filet à papillons.

– Cesse de remuer, dit-elle en remontant l'engin qui me colle aux cuisses. Voilà.

Elle le lâche et l'élastique me claque sur l'estomac.

– Ouille !

Je me tortille, mal à l'aise dans ma nouvelle peau. Mon estomac est transformé en trampoline.

– On pourrait y faire rebondir des pavés, maintenant, annonce ma mère, comme si elle lisait dans mes pensées.

Pour aller avec la robe, elle m'a acheté une paire de chaussures style mocassins. En daim marron, arrondis à l'extrémité et sans talons. Elles sont plutôt tendance, mais sur moi, ça ne donne rien. Je me regarde dans le miroir ; mes jambes, déjà raccourcies par la robe, s'achèvent sur deux moignons mal fichus que dominent des troncs d'arbres pâteux. Je remets ma casquette de base-ball, histoire de couronner le tout.

– Serre un peu les jambes, voilà. Tu n'es pas en pantalon, là, et enlève-moi cette casquette. Je vais te brosser les cheveux. Et puis, il va falloir qu'on s'occupe de tes ongles. Ils ne sont pas du tout dans le ton.

Mes cheveux sont trop longs. Je veux les couper, mais Maman soutient que je le regretterais. D'une main ferme, elle passe une brosse en nylon sur un nœud.

– Aouille! Maman, ça fait mal!

Mais elle est en mission. Le strass tombe sur mes épaules comme des pellicules.

– Tant pis si ça fait mal. Tu es ma fille, et je vais te faire une beauté. Tu n'auras plus l'air d'une garce des faubourgs, comme ma sœur.

– Qu'est-ce qui est arrivé à ta main? me demande Lisa en caressant ma croûte du bout de son pinceau.

– Je suis tombée.

– Alors, cette soirée, c'était bien? Tu as fait un malheur, je parie?

Je hausse les épaules, puis j'annonce que je vais passer les vacances chez Papa.

– Il vient me chercher demain.

– Brian va faire tout ce chemin? demande-t-elle, étonnée.

J'acquiesce.

– Je voulais que tu me fasses les ongles, pour que je lui montre.

– Ah. Je vois.

Elle retire le vernis beige que Maman m'a mis et me demande:

– Alors, à ton avis, qu'est-ce qui lui plairait? Je ne le connais pas très bien, tu sais. Ta mère n'a jamais voulu nous le présenter véritablement. Elle pensait probablement que sa famille était un tas de ringards.

– T'es pas ringarde!

Je suis indignée. Je ne vois pas pourquoi Maman est remontée à ce point contre Lisa, qui est pourtant si sympa. Elle sourit et reprend:

– T'inquiète pas, elle est dans une période difficile, c'est tout. Le jour où elle nous reviendra, on sera tous là pour l'accueillir.

Elle peint sur mes ongles un camouflage scintillant avec des tourbillons vert olive et argentés.

– Na, dit-elle enfin. Comme un petit soldat.

16

Premier jour de vacances. Il pleut. Ça pisse dru, comme a dit Pépé avant d'aller au pub. Je suis allée faire mes devoirs chez Mémé, je regarde la télé en même temps. Papa a tout annulé hier après-midi. Il a reçu une commande urgente, qu'il dit. «Je vais passer la semaine au boulot. J'aurai pas une minute pour toi, je regrette.»

– Tu vois, a dit Maman, encore un coup de cette Moira. Il ferait n'importe quoi pour elle.

Pendant que j'étais au téléphone, Maman est restée plantée derrière moi à se tordre les mains, le menton pratiquement posé sur mon épaule.

– Qu'est-ce qu'il dit? Qu'est-ce qu'il dit? chuchotait-elle si fort que j'entendais à peine Papa.

– Alors, comment va mon adolescente préférée? a-t-il demandé.

– Pas mal, ai-je répondu d'une voix serrée, sur le point de pleurer.

– C'est vrai? (Il n'était pas convaincu.) Je vais passer te voir dans une quinzaine de jours. Je t'apporterai quelque chose de

chouette. Je suis désolé. Ça ira, mon petit canard au sucre ?
Tu gardes le sourire, hein ?

Maman m'a arraché le combiné.

– Je ne supporterais pas que tu lui donnes de faux espoirs,
Brian. Tu avais promis que tu la prendrais pour les vacances.
Et maintenant, c'est ma mère qui va devoir s'occuper d'elle.
Tu sais l'âge qu'elle a.

Il a répondu un truc, mais je n'ai pas entendu et ma mère
a éclaté d'un rire puissant et sarcastique.

– Tu veux que je te dise ce qui ne va pas, Brian ? T'es qu'un
sale menteur !

La haie est devenue un fléau pour tout le quartier. Un
conseiller municipal est passé demander de la tailler. Pépé lui
a répondu :

– Je paie mes impôts, comme tout le monde. J'ai des droits,
moi aussi. Des droits.

Mémé a arrêté de l'enquiquiner avec ça parce que ça ne
mène à rien.

– Il va bien falloir qu'il se décide, un de ces jours. C'est
obligé.

À la télé, c'est la semaine spéciale *Dynasty*. Toute la série
rediffusée en intégrale.

– Je l'adore, ce feuilleton, clame-t-elle en croquant un bon-
bon à la menthe. J'ai pensé qu'on pourrait peut-être aller en
ville, faire les boutiques.

Elle se trémousse sur son siège, ses cuisses bloblotent sous
le tissu léger de sa robe. Elle remonte ses lorgnons et se
penche pour être plus près de l'écran ; elle attrape un sac de
bonbons et le pose sur ses genoux comme s'il s'agissait d'un
chat.

Au bout de la rue, il y a quelques commerces. Un marchand de journaux, un traiteur indien, un magasin de vins et spiritueux, une supérette. Mémé a emporté son chariot et sa canne. Quand elle marche, elle respire en sifflant et la lumière du soleil fait virer au brun le verre de ses lunettes.

– Ouh là, je ne sors pas assez souvent, dit-elle en s'arrêtant au coin de la rue pour reprendre son souffle.

Dans la petite supérette, les rayons sont pleins à craquer. Des cageots de pommes, d'oranges, de poivrons, de champignons, d'oignons, de pommes de terre sont alignés sur le trottoir. Mémé passe devant comme si elle ne les voyait pas. À l'intérieur, ça sent drôle. Je fronce le nez.

– C'est du curry, explique Mémé en se tournant vers moi. C'est ça, ce que tu sens.

Les articles sont empilés jusqu'au plafond. L'allée est à peine assez large pour que Mémé puisse s'y faufiler.

– C'est où, les gâteaux au chocolat ? me demande-t-elle.

– Devant toi.

Elle se penche pour regarder par-dessus son bide.

– Ah oui, tiens, prends donc deux paquets comme ça, t'es mignonne. Je crois que je pourrai pas les attraper.

En vérité, si elle se penchait pour les saisir, elle renverserait l'étalage de papier toilette, de couches et de Tampax qu'il y a derrière elle.

– Et si on prenait de ça, pour ce soir ? Pendant que Pépé n'est pas là ?

Elle montre une pyramide de nouilles en sauce précuites. Je hausse les épaules.

– Bof, ouais.

– Curry ou poulet ?

– M'en fiche.

Elle en prend deux de chaque.

– Comme ça, pas de regrets.

Tout est coloré au néon et emballé dans du plastique. Dans la vitrine réfrigérante, elle prend quelques sachets de rondelles de fromage reconstitué et une barquette de saucisses précuites. Plus loin, dans les packs de jus de fruits à quatre sous, il y a toute une rangée de bouteilles fluorescentes de Sunny Delight.

– Tu veux quel arôme ?

Je hausse une fois de plus les épaules et elle pose deux bouteilles de saveur fraise dans le panier plastique du magasin.

Il n'y a pas d'autres clients dans la boutique, mais j'ai honte quand même. Sous les néons, la peau de Mémé semble marbrée et flasque. Ses doigts sont des bananes épaisses, comme sur un dessin d'enfant. Elle touche à tout, regarde les descriptions sur les emballages : « Riche en calcium, bon pour les enfants ! Format poche, prêt en trois minutes ! Rapide et pratique ». Quand elle se met à palper les pâtés en croûte et la viande, je regarde plus loin.

Le caissier fronce les sourcils.

– Mettez tout ça sur mon compte, hein, monsieur Mahmood ? Je viendrai vous payer quand j'aurai reçu mon virement.

– Vous me devez déjà vingt livres, répond-il, le regard sombre.

– C'est ma petite-fille, clame-t-elle en se tournant vers moi. En vacances.

Pendant un instant, il me semble que l'épicier va dire non.

– Du moment que vous venez régler ça la semaine prochaine… Je suis commerçant, moi, pas banquier.

– Allons, allons. Je vous ai toujours payé, pas vrai ?

M. Mahmood baisse la tête et passe les articles à la caisse avant de les rendre à Mémé pour qu'elle les mette dans son chariot.

– Ça nous fait treize quarante-deux, dit-il après avoir passé le dernier paquet de Maltersers. En tout, vous me devrez trente-trois livres quarante-deux.

Il regarde Mémé quelques secondes, comme s'il attendait qu'elle lui tende un billet. Mais il finit par sortir un carnet où il note la somme.

– Signez ici, demande-t-il en tapant sur la page du bout du stylo.

– Lundi, annonce Mémé, les cils vibrant derrière ses verres. Promis, juré.

On rentre et elle dépose le tout sur la table basse, dans des bols.

– Sers-toi, ma jolie, dit-elle en saisissant la télécommande pour commencer à zapper.

Je mange un Smarties, très lentement, laissant le chocolat fondre sur ma langue. Mémé plonge dans un tube de Pringles. Elle est absorbée par son émission, son visage tremblote tandis qu'elle mâche. Rien qu'à la regarder, j'en ai la nausée. Je suis comme ça, je me dis. C'est à ça que je ressemble.

– Je m'ennuie.

– T'as pas des devoirs à faire, ma puce ?

Elle entame un Sunny Delight à la fraise.

J'écris dans mon cahier de sciences nat' en appuyant bien fort sur la pointe du feutre. *Faire un effort pour pas manger.* Car c'est bien là l'origine de tous mes problèmes, c'est sûr. Pas Maman et Papa, ni Mémé ni Kelly, Maxine ou Paisley, non, c'est : ma grosse bouille, mes gros seins, mon gros bide. Si j'étais belle, j'aurais tout ce que je veux. Je pourrais vivre avec Papa, et Maman ne me haïrait pas.

Je me pique le bout du doigt, j'enfonce mon ongle jusqu'à laisser dans ma chair une trace en forme de croissant. Je te hais, me dis-je à mi-voix, je te hais.

J'arrache la page, mais les mots sont gravés dans le papier mou. Je passe le bout de mes doigts sur les creux. Le «f» de *Faire* a fendu la feuille d'en dessous.

Le temps de monter dans le bus pour rentrer à la maison, il fait déjà sombre. La pluie arrose les fenêtres du bus qui descend la colline en grinçant. J'ai mal au cœur, mais pas la nausée. Une espèce de goût acide dans la bouche. En contrebas, les phares des grues de la Rotunda scintillent sur fond de ciel noir. Ces grues sont comme un monstre, une araignée qui mastiquerait la ville au ralenti. Si je ferme les yeux, j'entends pratiquement ses mâchoires qui croquent, les gravats qui s'éboulent sur le côté de sa bouche en longs filets de béton et de poussière.

17

– On déménage, dit Maman. J'ai trouvé notre nouvelle maison, aujourd'hui.

Elle a sorti des catalogues de peinture, elle regarde les couleurs.

– Qu'est-ce qui te plairait pour ta chambre ? Je me disais que du rose ou du vert, ce serait pas mal.

– C'est où ?

– Pas loin. C'est tout neuf. Ils s'occupent de la déco avant l'emménagement. On ira voir ça bientôt, si ça te dit. Cette fois, c'est définitif, promis.

– Mais on est bien, ici.

– Tu as changé de refrain, ma parole, dit-elle sans lever la tête.

Et elle ajoute, d'un souffle :

– Ah, les ados…

En plus d'une nouvelle maison, Maman a une nouvelle copine. Une collègue, Victoria. Mince comme un fil et très belle. Elle monte de Londres plusieurs fois par mois pour jeter un coup d'œil dans la boutique. Elle a les cheveux blonds et luisants, ses ongles sont vernis de rose pâle et elle a ce que ma mère appelle de la classe.

On la rejoint au bar qui vient d'ouvrir en face de notre immeuble. Maman ne veut pas qu'elle monte chez nous, elle trouve que c'est trop miteux. Elle a insisté pour que je mette ma nouvelle robe et, avant qu'on parte, elle s'est échinée pendant une demi-heure pour me faire deux grosses nattes.

– Maria, quel plaisir de te revoir, franchement, dit Victoria en se redressant sur sa chaise métallique. Et là, c'est sûrement Carmen, ajoute-t-elle en me soufflant au visage sa fumée de cigarette. Quel joli nom, vraiment. C'est mon opéra préféré, littéralement.

À part ses bottes, qui sont noires, Victoria est dorée. Veste en cuir dorée, bijoux dorés, pantalon en peau beige et corsage moulant doré qui révèle son nombril, lui-même orné d'un clou doré. On dirait qu'il a fallu la tordre comme un cure-pipe pour la faire asseoir. Je dois faire deux fois son poids, et elle a probablement plus de deux fois mon âge. Elle reprend :

– Tu es absolument ravissante.

– Merci, dis-je.

– Oh, je parlais de ta mère ! (Elle se tait le temps de reprendre une bouffée de cigarette.) Mais tu es à tomber. Ce look Indien d'Amérique, c'est très tendance, en ce moment. Je suis contente d'avoir persuadé les boutiques d'en mettre en rayon. L'année dernière à Milan, il y avait des plumes et des mocassins à tous les coins de rue, et là, on a du mal à répondre à la demande. Il a fallu rappeler l'usine pour leur dire de prendre du monde. C'est pas merveilleux ? (Elle joint les mains.) On a donné du travail à des villages entiers, en

Papouasie. Grâce à nous, ces communautés peuvent vivre dignement, c'est tout simplement fabuleux.

Maman lui adresse un sourire d'approbation.

– Alors comme ça, tu déménages, Maria? Raconte-moi tout.

À la regarder, je me rends compte que Victoria souffle plus qu'elle ne parle.

Le garçon de café approche. Il est jeune et plein de boutons, un tablier noué en biais autour de sa taille. Il demande :

– Vous voulez voir le menu ?

– Oui, s'il vous plaît, répond Maman.

– Pas pour moi, dit Victoria exactement en même temps. J'ai passé la journée à bâfrer. (Elle sourit à pleines dents.) Je prends juste une bouteille d'eau minérale. Mais que ça ne vous empêche pas de commander.

Maman a un peu rougi.

– Non, en fait, je vais prendre une eau minérale, moi aussi, avec une rondelle de citron.

Sans me laisser le temps de protester, elle conclut :

– Pour toutes les deux.

– Alors, Maria, dis-moi, reprend Victoria en se penchant d'un air conspirateur, son épaule dorée au ras de mon visage. Tu viendras aux défilés de mode de Londres, cette année ?

– Elle est adorable, déclare Maman tandis que nous slalomons entre les flaques dans le passage souterrain. Elle est invitée à des soirées où il y a aussi Kate Moss et Meg Matthews.

– Mmm.

Je me demande si on va manger quelque chose, ce soir, mais je songe avec soulagement que, une fois rentrée, je vais pouvoir enlever ma robe. Apparemment, Maman n'a pas noté que

Victoria avait passé la soirée à lui poser des questions sans prendre la peine d'écouter les réponses.

— Si j'étais jeune et célibataire, je serais comme elle, déclare-t-elle.

Il faudrait réparer la lampe de notre palier. Le tube néon clignote plus vite qu'un battement de paupières et rend trouble tout ce qu'on a devant les yeux. Il règne là une forte odeur de tabac frais et j'aperçois vaguement une silhouette étendue par terre, dans le couloir qui longe notre porte d'entrée.

— Ça va, Maria ?

C'est Billy.

— Qui t'a laissé entrer dans l'immeuble ? Qu'est-ce que tu fais ici ?

Maman parle si vite que ses questions se bousculent.

— J'ai encore la clé, t'sais… Je suis toujours proprio. T'as changé la serrure, sinon je serais entré. Pourquoi t'as fait ça ? Y avait pas besoin de changer la serrure, quoi.

— Je ne savais pas si quelqu'un d'autre avait la clé, figure-toi. Je tiens pas à voir débarquer les guignols que tu fréquentes.

La voix de Maman a baissé d'un ton ; elle est plus plate, plus grasse que quand elle parlait à Victoria.

— Arrête, Maria, fais pas ta snob.

— Ça n'a rien à voir. Je suis responsable de Carmen, réplique-t-elle en roulant le « r » de mon prénom.

— Justement, c'est pour elle que je suis venu. Pas pour toi.

Une fois levé, Billy occupe toute la largeur du couloir. Il porte un costume bleu et luisant, dont la veste est soulignée d'une bordure en velours sombre, ainsi que des chaussures à semelles de crêpe.

– C'est quoi, cette panoplie d'Elvis ? demande Maman.

– C'était soirée Hollywood au restau. Tout le monde était habillé à la façon de son idooole…

Tout en parlant, il trébuche vers nous ; une cannette de Stella est posée contre le mur où il était adossé.

– Tu es saoul, Billy ?

– P'têt'bien, répond-il en souriant. Tu m'offres une tasse de thé, alors, ou quoi ?

Tandis que Billy va pisser, Maman m'envoie dans ma chambre.

– Il est ivre, ma chérie, tu n'as pas envie de l'entendre divaguer. Va donc faire tes devoirs.

Je m'allonge sur mon lit et je les écoute parler dans le salon. Je ne comprends pas ce qu'ils disent parce que Maman a mis de la musique : *Nuit de folie à Ibiza*, une compil' qu'elle a achetée la semaine dernière. Elle dit qu'elle va aller en Espagne avec ses collègues, l'année prochaine ; moi, je passerai une semaine chez Mémé. « Cheryl et Denise ont des enfants, et pourtant, elles y vont tous les ans », a-t-elle ajouté comme si je lui reprochais quelque chose.

Je crève de faim, j'ai l'impression que mon estomac rétrécit. Je le frotte pour voir s'il est plus plat. J'ai même pas un paquet de chocolat en réserve : j'ai tout fini hier soir.

Je feuillette le numéro de *Elle* qui traîne par terre depuis des semaines. Il grouille de femmes comme Victoria : des femmes dorées, des femmes minces, des femmes qui ont faim à longueur de temps.

Je me regarde dans la glace, histoire de voir si j'ai maigri. Je rentre les joues pour me faire des pommettes à la Kate Moss. Bon, c'est mieux.

J'écris dans mon carnet :

Une tranche de pain grillé, jus d'orange, thé, eau minérale, déjeu-
ner : RIEN, dîner : RIEN.

Je souligne « RIEN » en rouge pour que Maman voie bien.

18

Je suis sur le pèse-personne, dans la salle de bains. La fenêtre, rendue aveugle par du verre dépoli et un rideau vert crasseux, donne sur le couloir. C'est le seul coin de l'appartement où l'on n'entende pas la circulation et le hurlement du vent sur la tour.

Je baisse les yeux, les dents serrées. Cinquante et un kilos. Plus que la semaine dernière. Je m'entends marmonner d'un ton malheureux, désespéré :

– Grosse vache.

Je regarde le miroir. Mon visage est brûlant et rouge, j'ai l'impression que je suis sur le point d'exploser.

– Grosse vache.

Tout ce gras grouille sous ma peau, en plusieurs couches jaunâtres qui me font enfler, me poussent hors de mon corps, me rendent énorme.

– Le métabolisme, dit la prof. Métabolisme. Quelqu'un sait ce que ça veut dire ?

Paisley et Maxine pouffent de rire.

—C'est quand on est très gros ?

Mlle Burton fronce les sourcils.

—Je ne suis pas sûre de comprendre ce que tu veux dire.

—Ben, comme Kelly, quoi.

Nouveaux ricanements. Près de moi, Kelly est tendue.

—Paisley Harries et Maxine Miles, vous viendrez me voir à la fin du cours. Bon. Le métabolisme. Qu'est-ce que c'est ?

Je griffonne sur mon cahier. Pas moyen de me concentrer. J'ai rien mangé de la journée. Je dessine des bonshommes et des bonnes femmes en petits bâtons. *Minceur*, j'écris dessous en grosses lettres noires. *Minceur*.

Mon estomac se rétracte. J'ai mal à la tête. Je descends du bus. Et là, tout m'échappe : alors que j'étais sur le point de rentrer à la maison, je me retrouve en train de commander une part de tarte, des frites et un chocolat chaud à la camionnette du marchand ambulant.

Je bâfre à toute allure, comme pour me forcer à oublier que je m'étais juré de ne rien manger aujourd'hui.

Je bois aussi le chocolat. Au point où j'en suis.

Je me regarde dans une vitrine ; mes joues pleines de taches de rousseur ressemblent à des ballons. Je suis stupide, pathétique, débile, comme Kelly.

Je veux vomir.

Au moment où je rentre, Maman est dans la salle de bains.

—Je prends un bain, dit-elle en m'entendant frapper à la porte. C'est pas urgent, si ?

Si, me dis-je, si !

—Non.

Je regarde des dessins animés. Je sens grandir mon estomac, il enfle jusqu'à devenir une montagne gonflée et molle. C'est la dernière fois. Demain, je ne mangerai rien. Je pense à la fille dans le courrier des lectrices. « J'ai pris l'habitude de me faire vomir après les repas et j'ai beaucoup maigri. »

Maman entre dans le salon, enroulée dans une serviette. Les os de ses épaules ressemblent à des portemanteaux.

—Je sors avec Victoria, ce soir. Tu vas te débrouiller toute seule, hein ?

Elle me regarde, la tête penchée.

—Ouais.

Je reste rivée sur la télé.

La salle de bains a gardé l'odeur de Maman. Parfum, plus antiseptique. La pièce est humide, le miroir est couvert de vapeur, au point de réduire mon reflet à une forme brumeuse. J'ouvre les robinets pour qu'elle n'entende rien.

Ma bouche se remplit de salive quand j'y enfonce mes doigts. Un haut-le-cœur, mais rien ne sort ; mes yeux ruissellent.

Je recommence et le chocolat remonte le premier. Ensuite, des miettes de tarte et de frites. Ça me brûle la gorge, la langue, ça me fait pleurer, ça me pique le nez.

Il n'y a plus rien, je tire la chasse, je me lève en m'appuyant sur le lavabo, je bois de l'eau dans le verre à dents taché de dentifrice. Mon ventre va mieux, maintenant. Il est plus plat. Mais j'aurais dû faire ça plus tôt, avant d'avoir absorbé tant de calories.

En m'asseyant pour faire pipi, je vois que ma culotte est tachée de sang ; je me sers de papier toilette parce que Maman n'a pas de Tampax.

– Ça fait des lustres que je n'ai pas acheté ces trucs-là, me dit-elle un peu plus tard d'un air vague tout en me donnant trois sous.

Avant de sortir, elle s'examine dans le miroir, arrange ses cheveux, efface une tache imaginaire sur sa joue. Son visage est couvert d'une fine couche de duvet. Elle porte la main à son cou, d'un air un peu gêné :

– On dirait un poussin.

Elle tourne sur elle-même et se regarde de profil. Là où devraient être ses fesses, il n'y a que ses hanches osseuses.

– Regarde-moi. Regarde. Une vieille bique.

Plus tard, une fois au lit, je l'entends rentrer. Avec quelqu'un : il y a une voix plus profonde, une voix d'homme. Je me demande si c'est Billy. Je m'assois, je remonte mes genoux contre ma poitrine. Quelqu'un bute sur la table basse, il y a un fracas, un rire et Maman qui fait chut.

Ils passent à l'action. Maman pousse des petits cris de chaton qui miaule. Le lit craque, un homme grogne. J'allume une cigarette et je fume dans le noir, je jette les cendres dans une cannette de Coca vide et je regarde le bout incandescent devant mon nez.

Au moment d'aller me brosser les dents, je le croise dans le couloir, une serviette nouée autour de la taille. Il a des bagues dorées à tous les doigts et une lourde chaîne au poignet. Les yeux rivés sur la moquette, les bras croisés sur la poitrine, je passe devant lui de force, comme s'il n'était pas là. Il renifle et retourne dans la chambre de Maman en traînant des pieds. En verrouillant la porte, j'entends les ressorts du matelas qui grincent tandis qu'il se recouche.

Le lendemain matin, j'attends qu'il soit parti pour me lever. Maman fait couler un bain. Elle a l'air fatiguée, ses yeux sont cernés de lignes violacées.

– Commence pas, hein, dit-elle en me voyant traînasser dans le couloir. Quand on a été mariée, on s'habitue à avoir un homme à la maison. Tu comprendras plus tard.

19

Billy nous a invitées à dîner. Quand je lui demande pourquoi on y va, Maman répond qu'elle ne veut pas se fâcher avec lui, vu que notre nouvelle maison ne sera pas disponible avant un mois.

— Je ne tiens pas à ce qu'il nous flanque dehors avant la fin des travaux, me dit-elle. Ne mange pas trop, hein. Contente-toi d'un hors-d'œuvre en guise de plat principal, et PAS de dessert. Compris ?

On descend en ville, on prend le bus vers le quartier de Ladywood. Maman a mis son nouveau pantalon de cuir et une veste dorée, comme celle de Victoria. Cette semaine, elle est allée au centre de bronzage, elle a la peau un peu orange ; elle s'est aussi fait épiler les sourcils, qui forment désormais une ligne ferme et droite, soulignée d'un trait de crayon.

On arrive au Buffle. Billy nous attend dehors.

— On va en ville, annonce-t-il.

— Je croyais qu'on déjeunait là.

— Je vais pas te faire manger ici, Maria, pour qui tu me prends ? Pour un radin ? Tu mérites ce qu'il y a de meilleur, toi qui montes (il lève les yeux vers le ciel) dans le beau monde. Votre attelage vous attend.

D'un geste, il montre une voiture argentée, garée non loin sur le gravier.

– Même qu'on a un chauffeur, pour cette grande soirée.

Un gros bonhomme court sur pieds secoue la main derrière le pare-brise et crie :

– Ça va, Maria ?

Maman semble prise de court.

– Dickie. Je savais pas que tu étais toujours dans le paysage. (Et elle ajoute à l'intention de Billy :) Fallait me prévenir, on vous aurait rejoints en ville.

– C'est ça, et tu m'aurais privé du plaisir de te gâter un peu ? De fêter ton retour ? Ça te plaît pas, qu'on te traite comme une princesse ?

Maman rougit, gênée. Elle lui donne un petit coup sur la joue.

– Une Jaguar métallisée, hein ?

On s'installe sur le siège arrière, tous les trois, Maman au milieu. Dickie porte un uniforme, une casquette bien chic et tout.

– Alors, alors, qu'est-ce que je vois ? demande Maman en désignant le chauffeur à travers la vitre intérieure. Monsieur a les moyens de se payer du petit personnel, maintenant ?

On va au restaurant à Brindley Place. Les accessoires brillants trahissent une certaine classe : tout n'est que marbre, verre et chrome. Sur les tables figurent des bouquets de fleurs séchées et de brindilles, il y a des tableaux abstraits aux murs – des étendues de nuances sourdes de bleu et de vert.

Les clients, nombreux, parlent tout bas. Certains se taisent pour nous regarder entrer.

– Si j'avais su qu'on viendrait ici, j'aurais mis autre chose, me souffle Maman. On est dans les cent livres par personne, ici. Choisis quelque chose de bien cher.

Le serveur nous mène à une table dans un coin, et Maman insiste pour avoir le siège qui donne sur la salle.

– Je ne supporte pas de ne pas voir les gens. C'est bien pour ça qu'on dîne en ville, non ?

Elle se recoiffe d'un air affecté et regarde Billy droit dans les yeux.

– Alors comme ça, tu as les moyens de nous offrir ce genre de gâterie ? T'as braqué une banque ?

– Non, répond Billy en riant, j'ai juste gagné de l'oseille. (Il tapote son paquet de cigarettes.) La bouffe, Maria. La bouffe. C'est la poule aux œufs d'or.

Il nous explique qu'il gagne plus qu'il ne peut dépenser. Que son restau est complet jusqu'à Pâques.

– Les gens croient qu'ils font une affaire. Buffet à volonté ? Pour dix livres seulement ? Pas possible ! Ils s'imaginent qu'ils se remplissent la panse pour rien. Faut dire que c'est pas des rations de demoiselle comme ici. Non, c'est de l'étouffe-bougre, en belles portions. Génial.

Malgré la température raisonnable, presque fraîche, qui règne dans le restaurant, Billy transpire.

– C'est dingue, dit-il. Dingue. J'ai jamais eu tant de pognon de ma vie.

Une serveuse nous apporte le menu et la carte des vins. Billy commande quelques bouteilles avec un accent français un peu forcé, roulant les «r» de «Corbières». Maman l'observe, la bouche entrouverte, avec à la main une cigarette qu'elle a oublié d'allumer.

–Eh bien, mais c'est merveilleux, dis-moi, dit-elle enfin sans grande conviction.

–Je sais, mais c'est pas ça le plus beau. (Il baisse la voix.) Tu vois, personne n'en prend pour dix livres. Même le plus goulu, le plus glouton, le plus (il gonfle les joues) gras de tous les goinfres ne pourra jamais en avaler pour plus de dix billets. La plupart du temps, les gens en prennent la valeur d'une livre sterling et se retrouvent lestés. Et moi, j'en ai pour quatre sous, Maria, quatre sous. C'est de la merde, de toute façon. De A à Z. La diététique, faut même pas y penser. Rien que du pas cher. De la friture. Que des protéines et des féculents. Et comme c'est salé et que je fais pas de ristourne sur la boisson, j'encaisse un max au bar. La bouffe. T'aurais pas cru, hein ? Ça rapporte plus que le deal. Et c'est légal. (Il regarde le menu.) Qu'est-ce que tu prends ? Leur poisson est très bon.

J'essaye de lire le menu moi aussi, mais il est tout en français.

–C'est quoi, un confit, Maman ?

–Aah. Le confee, reprend Billy avec son faux accent, sans quitter Maman des yeux.

Il sourit comme Joker, dans le film de *Batman*.

–Et toi, Maria ? Je verrais bien le poisson, pour toi, il te faudrait un truc pas trop riche en matières grasses.

Maman lui jette un regard très vif.

–Billy ? T'as pris de la came, ou quoi ?

Il cherche le serveur des yeux, claque des doigts.

–Par ici !

Maman râle.

–Au nom du ciel. Pourquoi faut-il toujours que tu fasses ton numéro à la Jack Nicholson ? On nous regarde.

–Garçon, continue Billy.

Le serveur s'amuse, il tient son carnet, prêt à prendre commande.

– Pour ces charmantes dames, nous prendrons un poisson et un poulet, et, pour moi, un steak à point.

– Bien monsieur.

Une fois le serveur parti, Billy nous regarde.

– Il était en classe avec le frère de Dave. Le petit Peter, tu te souviens ?

– Non.

Maman a les bras croisés. Je m'attends presque à ce qu'elle s'en aille.

– Allez quoi, Maria, je croyais que t'étais revenue pour ça. Pour trouver un peu de classe, de sophistication. Tout ce qui, à tes yeux, nous manquait, à Birmingham.

– Fais pas chier, Billy, siffle Maman. Pas devant la petite.

– Oh, veuillez me pardonner, madââme.

Billy renifle, sort un mouchoir sale de sa poche et se mouche bruyamment.

– Je ne vois pas pourquoi tu te crois obligé d'être si odieux, voilà tout.

Après avoir examiné le contenu de son mouchoir, il roule celui-ci et le fourre dans sa poche.

– Je croyais que c'était le but du jeu, justement. Les bonnes manières, tout ça, on s'assoit dessus. Être infréquentable, c'est rock'n'roll, Maria.

– Pour toi et Lisa, peut-être. Pas pour moi, Billy, jamais. Je ne suis pas de votre bande.

– Tu l'as toujours pas vue, hein ?

– Pourquoi ? demande Maman, soudain raidie. Elle en est toujours à me tailler des costards, c'est ça ?

– T'as pas pensé qu'elle avait peut-être envie de te voir ?

– Elle sait où me trouver.

Maman serre les lèvres bien fort, soulignant le contour de sa bouche. Elle a l'air d'une vieille teigne.

– Fais gaffe, Maria, si y a un coup de vent, tu vas restée figée comme ça.

Maman grogne et ouvre la bouche. Mais elle voit venir le serveur, qui se faufile entre les tables, tenant les plateaux en équilibre à la manière d'un acrobate. Notre dîner est disposé et paré comme sur une photo de livre de recettes. Le poisson de Maman a encore sa tête ; dans l'assiette, il la fixe d'un œil bleu acier. Elle le pique du bout de son couteau.

– Je peux pas, dit-elle.

20

Elle a jeté ma casquette de base-ball et il fait froid et humide. Dans ma poche, je touche le billet de dix, plié et replié, que Billy m'a donné. J'ai mal au ventre. Il a fallu que je vomisse deux fois, hier soir, parce que Billy a insisté pour que je prenne un dessert.

Je refuse d'y penser et je monte la colline vers le centreville ; je passe devant l'arrêt de bus. Les commerces ne sont pas encore ouverts, le bruit des balayeuses qui retirent les feuilles mortes des caniveaux résonne dans toute la ville.

J'achète un paquet de dix cigarettes Silk Cut chez un marchand de journaux, dans le passage souterrain. Je regarde l'étalage de chocolat. Les emballages scintillants, le goût des bonbons un peu collants qui revêtiraient ma bouche d'une couverture apaisante. Je tourne le dos avant d'être tentée.

Blottie devant l'entrée du cinéma Odéon, je regarde la foule qui se presse ; c'est une longue rangée de gens dont les talons claquent tandis qu'ils se dépêchent d'aller au travail. Je m'adosse contre la vitrine. Un homme qui tient son chien attaché à une laisse miteuse s'accroupit près de moi, étale son manteau par terre, devant lui, et y entasse une pile de magazines *Big Issue*.

– Biii-guichou! crie-t-il.

Son chien vient me renifler les chevilles. Je fais semblant de rien.

Maman prétend que seuls les drogués et les fous finissent à la rue. Elle ne donne jamais un sou à ces gens-là, pas plus qu'elle ne leur achète leurs magazines. «Ça rend leur situation encore plus difficile,» soutient-elle. Je regarde le bonhomme du coin de l'œil, la main serrée autour de mes sous, des fois qu'il veuille me faire les poches. Quand enfin il se tourne et me sourit, révélant ses dents cassées, je baisse la tête et m'enfuis dans la foule mouvante, laissant le courant m'emporter loin dans la rue, en direction de Victoria Square.

Je reste assise un moment près de la fontaine, je regarde les pigeons qui se chamaillent pour ramasser des restes de nourriture autour des poubelles. La femme dont la statue couronne la fontaine est grosse. Elle est allongée, ses jambes épaisses croisées à la hauteur des chevilles, une main sur les genoux. Maman trouve ça grotesque, à notre époque. «La graisse n'est plus à la mode. Si toutes les filles étaient des baleines, on n'aurait plus qu'à fermer boutique.» Comme je ne comprenais pas son raisonnement, je lui ai demandé: «Vous pourriez pas faire des vêtements plus grands, tout simplement?» Elle m'a répliqué: «Bien sûr que si. Mais on ne veut pas. Les gros, ça fait fuir la clientèle. C'est vrai, quoi, on n'est pas comme Evans ou Étam. On vend des vêtements haut de gamme, et les femmes haut de gamme sont minces. Désolée, Carmen, mais c'est la pure vérité. Tu verras.»

Je regarde les femmes qui se pressent d'aller au travail. Des pantalons moulants et brillants, des vestes en cuir bien propres, des ensembles habillés. Elles marchent d'un pas doucereux, d'un mouvement élégant, comme si elles avaient toutes le même corps. Je me blottis dans la veste Adidas que mon père a bien voulu m'acheter et j'allume une nouvelle clope. Maintenant, j'aime bien leur goût; elles me donnent l'impression de ne plus avoir faim.

Une fois passé le mouvement de foule du matin, la bruine tourne à l'averse. Ma cigarette s'éteint en crépitant; l'eau ruisselle en filets sous mon pull, le long du col de ma chemise d'uniforme. Je fourre les mains dans les poches de ma veste et je redescends New Street. Je vais aller voir Lisa, lui demander une tasse de thé. J'aurai qu'à dire que les profs sont en formation, je verrai bien.

Je me perds sur le chemin du centre commercial. Ils ont fermé les passages souterrains et posé partout des panneaux «Attention travaux de démolition». J'essaye de prendre un raccourci vers la place Saint-Martin, mais tous les accès sont condamnés.

Les pancartes expliquent que les commerces ont été déplacés, mais je ne vois pas comment y aller. Maintenant, il pleut à verse, des grosses gouttes qui font des flaques sur les trottoirs graisseux. L'eau est brunie par la poussière de brique et la boue. Mes baskets prennent l'eau et mes pieds font un bruit de ventouse.

La climatisation rejette de l'air chaud dans la rue. La boutique de Maman est étroite, il y a une haute vitrine où les robes sont pendues aux cintres, comme si elles flottaient pour s'envoler vers l'étage. Maman est debout près du comptoir, elle parle à une fille qui est derrière la caisse et dont le visage est rouge comme du Babybel.

Elle me voit et se fige sur place.

– Carmen ? C'est toi ? Qu'est-ce que tu fais ici ? Regarde dans quel état tu es.

Elle rabat la capuche de mon blouson.

– Je me sentais pas bien, dis-je.

– Fais voir ta bouille. Pourquoi tu as tes baskets ? Je croyais que tu avais mis tes chaussures, ce matin ? Celles-là sont percées. J'aurais dû te dire de les jeter. Qu'est-ce que tu fais ici ?

– Je me sens pas bien.

– Ah.

Un peu troublée, elle sourit à mam'selle Mimolette.

– Tu m'excuses une minute, Theresa ?

Elle me prend par la taille, me pousse vers la porte, me fait traverser le rayon des manteaux d'hiver et des tenues de fêtes scintillantes. Vu de dos, ça doit donner l'impression qu'elle m'a prise dans ses bras.

– Va-t'en. Faut pas venir ici, siffle-t-elle.

– Mais j'étais pas bien, dis-je une fois de plus.

Je voudrais tomber dans les pommes. J'essaye de chanceler, de m'effondrer contre elle. Dehors, la pluie gargouille goulûment sur le trottoir.

– Quel temps pourri, dit-elle.

Son bras me serre la taille.

– Il va bien falloir que tu attendes que ça se calme.

Elle regarde le ciel, sceptique.

– À supposer que ça puisse se calmer… Pourquoi tu m'as pas dit que tu te sentais mal, ce matin ?

– Ça m'a pris quand j'étais dans le bus.

Elle me touche le front. Elle a les mains glaciales.

– Au moins, t'as pas de température. Allez viens, tu vas t'asseoir dans mon bureau.

Comme si elle surgissait de nulle part, une bonne femme déboule d'un coup, marchant comme un canard, une capuche en plastique nouée sur ses cheveux grisonnants. Elle porte des sacs de courses de chez Tesco, Sainsbury, Marks & Spencer, Asda, tous déchirés par leur contenu. Le côté gauche de son visage est enlaidi par une tache de naissance violette, qui couvre toute sa joue et descend dans son cou.

– Scusez-moi, dit-elle en se frayant un chemin parmi nous.

Je perçois une odeur de pisse et de frites rances.

Maman émet un son, une sorte de coassement aigu. Je me retourne : après avoir entassé sur son bras deux manteaux d'hiver, la bonne femme a traversé la boutique pour gagner les cabines d'essayage.

– S'il vous plaît ! S'il vous plaît !

Maman lui fait signe, mais en vain : elle disparaît dans la cabine sans s'arrêter.

Maman veut que Theresa y aille. Deux femmes sortent de l'essayage, rendent les vêtements et quittent la boutique.

– On perd des clientes, là, râle Maman.

– Je crois qu'il faut appeler la police, affirme Theresa.

Elle est bronzée de chez Nivéa. Sa nuque est littéralement striée.

– Mais non, mais non. Je vais m'en occuper. Carmen, ma chérie, rends-toi utile. Va voir ce qu'elle est en train de faire.

Maman et Theresa me regardent. Je remue les doigts de pied dans mes chaussures inondées. Maman remonte ma capuche.

– Vas-y.

Le rideau cache une petite pièce froide, divisée en cabines. Dans un coin, il y a un miroir en pied, un fauteuil et quelques numéros de *For Him Magazine*, pour les accompagnateurs de ces dames.

La bonne femme est campée devant le miroir ; elle se fiche bien de l'intimité d'une cabine d'essayage. Ronde comme un ballon, elle se débat pour sortir ses bras des manches de sa robe rose. Il y a plein de sacs par terre.

– Aah, mam'selle, dit-elle en me voyant arriver.

Elle sourit, ses joues se transforment en pommes.

– Z'allez bien me donner un petit coup de main, pas vrai ? demande-t-elle en me tendant l'une des manches de sa robe. Tirez donc là-dessus, bien droit devant moi, là. (Elle tire son poignet de la manchette un peu étroite.) Merveilleux, merci. Ils font pas vraiment dans les grandes tailles, de nos jours, hein ? Y a rien pour les demoiselles qui s'arrondissent, comme vous et moi. Moi, mon problème, c'est que j'ai arrêté de grandir en hauteur, mais pas en largeur ! (Elle rit tout en tirant sa robe vers le bas.) Venez donc défaire ma fermeture Éclair, dit-elle en se retournant.

Elle se redresse, abandonnant sa robe en tas par terre, pour s'approcher du miroir en dandinant. Elle est d'une saleté répugnante, ses mains sont crasseuses, ses jambes tachées de boue. Elle a la peau flasque, veineuse, ses seins lui pendouillent presque jusqu'à la taille. Sa tache de naissance paraît violacée sur sa peau blanche. Je ne sais plus où me mettre.

– Un régal pour les yeux, pas vrai ? dit-elle. Qu'est-ce que vous en dites ? C'est-y beau ?

Je ne sais pas quoi dire.

– Oui, bon, reprend-elle, pas de quoi faire peur à Miss Monde.

Elle éclate d'un rire d'asthmatique.

Elle saisit l'un des manteaux et s'enroule dedans. Comme elle n'arrive pas à le fermer, elle se met à marmonner je ne sais quoi ; j'entends les mots « poupée » et « une honte ».

Elle parvient tout juste à boutonner le second manteau et se met à se tortiller devant la glace. C'est une longue redingote à ourlet plombé, du genre qui danse autour des jambes.

– Ravissant. Je le prends, annonce-t-elle. Je vais pas m'enquiquiner à l'enlever. La caissière aura qu'à se débrouiller.

Elle ramasse ses sacs et laisse sa robe rose par terre.

– Ça, ce sera pour la bienfaisance.

La voix de Maman passe à travers le rideau :

– Carmen ! Carmen ! Qu'est-ce qui se passe, là-dedans ?

– Écoutez… dis-je à la bonne femme.

Ma voix n'est qu'un murmure.

– Cynthia, pouvez m'appeler Cynthia. Bon, ben, faut y aller. Elle m'attend, la patronne. (Elle farfouille dans son sac et en tire une poignée de billets de cinq livres.) J'ai ce qu'il faut.

À la caisse, Maman demande à Cynthia d'ôter le manteau pour en retirer l'antivol magnétique.

– Désolée, ajoute-t-elle.

– Pourquoi donc ? demande Cynthia, perplexe. J'ai de quoi payer.

Elle jette sur le comptoir un tas de billets aussi froissés que des mouchoirs en papier.

– Je vais pas m'embêter à retourner dans c'te salle. Ça me déprime. Tous ces miroirs. Je l'enlève ici, si vous voulez.

Elle se met à défaire les boutons.

-Non! hurle Maman avant de se reprendre. Non. Ça ira.

Elle demande à Theresa de saisir le prix, cent quatre-vingt-dix-neuf livres, et de passer tous les billets au détecteur ultraviolet.

En sortant de la boutique, Cynthia déclenche toutes les alarmes et Maman passe une éternité à les éteindre.

Elle revient enfin à la caisse en secouant la tête.

– Bon sang, elle était horrible. De nos jours, quand même, il y a la chirurgie esthétique. Et toi, Carmen, tu aurais pu te retenir de la regarder comme ça. Pauvre femme.

21

—Bon, dit-elle en consultant la balance. J'aime mieux ça.

Ses doigts sont comme des brindilles. Elle a les mains noueuses, osseuses, la peau presque transparente. Elle tremble légèrement. Elle se dévisage dans le miroir et fronce les sourcils.

—Regardez-moi ce menton, dit-elle en se pinçant la peau sous la joue. C'est bizarre, c'est là qu'on grossit en premier et qu'on maigrit en dernier.

Mon corps est truffé de défauts. Je les ai notés dans un carnet pour me souvenir de ce que je dois faire, pour soupeser la tâche colossale qui m'attend.

Cheveux : trop longs, trop crépus
Visage : trop de taches de rousseur, trop gras
Menton : GRAS
Épaules et bras : GRAS
Poitrine : trop grosse, trop GRASSE (les vêtements tombent mieux sur une poitrine plate)

Ventre :

Là, je dois m'arrêter pour le faire rentrer d'un coup de poing. Il dépasse trop, il fait masse, il me donne l'air d'être enceinte. Il devrait être plat.

Ongles : défraîchis (besoin d'une manucure)

Maman frappe à la porte.

– Dépêche-toi, ma chérie, sinon on va être en retard.

On va chez Mémé. Selon Maman, celle-ci se plaint qu'on ne va plus la voir et elle veut qu'on s'organise pour Noël.

– Je vois pas pourquoi, vu qu'on est seulement en novembre. Je parie qu'elle a commencé à acheter de la bouffe, cette idiote.

– Pourquoi tu ne la tailles pas, si c'est ça ? demande Maman. Tu ferais venir quelqu'un pendant qu'il est au pub.

Mémé hausse les épaules et regarde ses chaussures orthopédiques. Maintenant, la haie dépasse la maison, les pointes des branches se balancent sous le vent, bien au-dessus des cheminées. Le cyprès de Leyland, ça pousse plus vite que du chiendent, même l'hiver.

– Une petite douceur, ma jolie, propose Mémé en tendant un plat garni de parts de gâteau.

Maman la repousse d'un geste.

– Non merci, maman, on sort de table.

Mémé repose le plat. Tandis qu'elles discutent, je regarde le gâteau. Je meurs de faim. J'imagine le goût qu'il aurait, sa texture, la crème, le sucre, le cacao. J'ai le corps creux. Juste une bouchée, une toute petite bouchée…

– Carmen ! Qu'est-ce que tu fais ?

– J'ai pas mangé la part entière, dis-je.

Maman me foudroie du regard.

– Reprends-en une miette, ma belle, dit Mémé.

Il ne vient qu'un filet de bile. Un tourbillon de purée chocolatée. En retirant ma main, je me frotte les dents avec mes doigts repliés.

Je me regarde dans la glace. Comme j'ai les larmes aux yeux, je m'assois sur les toilettes, le temps de me reprendre.

On sonne. On parle dans le couloir. La voix de Maman, d'abord lointaine, résonne maintenant juste devant la porte.

— Carmen, Carmen, dépêche-toi. Il faut qu'on y aille. Tout de suite.

J'ouvre le robinet, je mets mes mains sous l'eau. Je tire la chasse une fois de plus, au cas où il y aurait des restes.

Quand j'ouvre, Maman est sur le seuil ; Lisa, devant Mémé, regarde dans le couloir. Elle porte un ciré rouge et un sac à carreaux assorti.

— Alors, Maria, c'est bien toi. Je me demandais si j'allais te reconnaître. Salut, fillette, ajoute-t-elle en me faisant un clin d'œil.

— Allez viens, on s'en va, m'ordonne Maman sans se retourner.

— Tu ne pourras pas m'éviter éternellement, lui lance Lisa. On habite dans la même ville, maintenant. D'ailleurs, tu me croiras si tu veux, mais en ce moment, on est dans la même maison.

— Pas de ça devant la gamine, coupe Maman, toute tremblante.

— Je suis pas une gamine.

— Commence pas, Carmen, réplique Maman en me jetant un regard enflammé.

— Enfin, Maria, on peut pas se faire la bise et se réconcilier ?

Lisa croise les bras sur sa poitrine. Les yeux de Maman sont terrifiants.

— Si le vent tourne, tu vas rester comme ça toute ta vie, Maria.

— Si tu n'as rien d'autre à me dire que des insultes, alors, je ne te réponds pas.

Lisa se mord la lèvre et demande :

— Qu'est-ce qui t'est arrivé, enfin ?

— J'ai grandi, moi, répond Maman d'un ton féroce. Je suis devenue adulte.

— Tu pourrais au moins venir à ma réception.

Elle nous tend à chacune un carton d'invitation, une belle carte en bristol écru entourée d'une ligne brillante.

— J'inaugure mon nouveau salon. Billy sera là, Annmarie aussi. Toute la bande, quoi.

Je prends mon carton, mais Maman retire sa main et me pousse vers la porte. Comme je passe devant Mémé, celle-ci me fourre un paquet de gâteaux dans la main.

— Pour plus tard, ma jolie, chuchote-t-elle.

— On se calme, lance Lisa d'un ton sarcastique.

L'atmosphère s'alourdit.

— Les filles ! implore Mémé. Voyons, c'est pas raisonnable.

— Oh, la ferme, espèce de vieille conne ! Qu'est-ce que tu sais de tout ça ? rugit Maman. Allez viens, Carmen.

Elle me tire pour que je sorte, à m'en faire mal au poignet. Une fois devant la voiture, elle saisit le paquet.

— Donne, exige-t-elle. Donne !

Elle s'installe sur son siège et fourre les gâteaux dans son sac à main. Elle se regarde dans le rétroviseur et essuie une ligne de rouge, au-dessus de sa lèvre supérieure.

— Cette bonne femme, je te jure !

Alors qu'elle s'engage sur la route, je lui demande :

—Maman ? Pourquoi tu détestes Lisa ?

—Pas pendant que je suis au volant, ma chérie.

—Mais Maman, elle est gentille.

—C'est un loup déguisé en agneau, Carmen. Pas question d'aller traîner avec sa troupe de camés et de vauriens. Le problème de cette bande, c'est qu'ils n'ont pas su dire stop et passer à l'âge adulte.

Au rond-point, elle s'arrête net pour éviter une voiture à laquelle elle vient de couper la route. Je suis projetée en avant, la ceinture me retient juste avant que je percute le tableau de bord. Les sacs de Maman tombent du siège arrière et leur contenu se répand un peu partout autour de mes pieds.

—Branleur ! hurle-t-elle en faisant un doigt d'honneur en direction de l'autre voiture.

D'autres conducteurs donnent des coups de klaxon. Maman grogne et coince l'embrayage.

—Oh, fais pas chier, murmure-t-elle.

Elle accélère violemment, propulsant la voiture d'un coup. Un tube de rouge à lèvres roule jusque sous mon pied.

—De toute façon, reprend-elle en redémarrant enfin, on ne va pas moisir ici. Dans un ou deux ans, je monte en grade. Prochaine étape : Londres. C'est là qu'il y a les vraies gens.

22

Notre maison est dans un lotissement neuf du quartier de California. Maman trouve ça hilarant. « Quand je vais dire à ta grand-mère que j'habite en Californie ! »

Les pavillons sont en brique rouge, de la couleur d'un thé trop fort. Le châssis des fenêtres est en plastique blanc et brillant ; les carreaux sont striés de lignes en relief, pour faire vieux. La porte se referme derrière nous avec un bruit d'aspiration ; c'est comme si on était rangées dans un Tupperware.

L'employée de l'agence a de gros mollets charnus. En la suivant dans l'escalier, Maman les montre du doigt et chuchote : « Regarde-moi ça : du jambon à l'os. »

– Voici la chambre principale.

La dame nous fait entrer. C'est une pièce carrée, exiguë, dont les minuscules fenêtres donnent sur le tas de gravats et de goudron couleur réglisse qui sera un jour le jardin.

– C'est ravissant, dit Maman. Exactement ce qu'on cherche.

On emménage le mois prochain. Juste avant Noël.

Je fais un album. J'y colle des photos découpées dans les magazines de Maman. Et j'y écris tout ce que je sais concernant la beauté, pour ne pas oublier ce que j'ai à faire.

Je tiens deux listes : OUI et NON.

Sur la liste NON, j'ai écrit :

Cheveux fourchus.

Ongles sales.

Dents jaunes.

Mauvaise haleine.

Boutons.

Mauvaise posture.

Poil aux jambes.

Poil au visage.

Poil sous les bras.

Cellulite.

Et, sur la liste OUI :

Cheveux brillants.

Ongles vernis.

Dents blanches.

Haleine fraîche.

Peau claire.

Position droite.

Jambes et aisselles rasées.

Minceur.

J'écris : *Tout ça, c'est oui. OUI.*

La télé est allumée, mais elle ne la regarde pas. Elle s'agite nerveusement, joue avec ses cheveux, sa jambe sautille comme si elle était posée sur un ressort.

−Je ne sais pas, dit-elle. Je ne sais jamais si je prends la bonne décision.

Elle se tourne vers moi. Elle attend que je dise quelque chose.

−Tu ne trouves pas que j'ai bien fait ? Pour ma carrière, je veux dire ? Je pouvais pas rester avec Br… avec ton père. C'était pas possible. Je sais que ça a tout remis en cause, mais ça valait la peine. (Un silence.) Pas vrai ?

Je la dévisage. Je serai bientôt plus mince et plus belle qu'elle. Je vais bientôt l'envoyer chier. Je me mords la lèvre et hausse les épaules.

−Eh bien, dis quelque chose. Pourquoi tu dis jamais rien, bon sang ?

Je fais semblant de regarder la télé. C'est une émission touristique. L'animatrice déambule sur une plage tropicale. Ses jambes sont de la couleur d'un beurre de cacahuètes bien lisse.

−Tu sais, avec la vie que j'ai eue, je n'avais pas vraiment le choix. L'âge que j'avais à ta naissance. La plupart des femmes n'ont leur premier enfant qu'à mon âge, maintenant. J'ai renoncé à beaucoup de choses, pour toi.

Je roule des yeux.

−Ben voyons.

−Qu'est-ce que tu dis ?

Je hausse les épaules.

−Ne sois pas ingrate envers moi, tu veux ?

Elle a la voix qui tremble. Vas-y, chiale un coup. Comme ça, j'aurai gagné. J'ai rien mangé depuis hier et j'ai si faim que je pourrais tomber dans les pommes.

−Tu ne te rends pas compte de ce que ça veut dire. Toutes ces responsabilités. (Elle se racle la gorge.) Je m'occupe de toi. Qu'est-ce que tu deviendrais, si je te laissais te débrouiller toute seule ? Hein ? Où en serais-tu, si je n'étais pas là ?

Elle se tient devant moi, elle m'empêche de regarder le poste. Ses joues sont comme des lames de rasoir. On dirait que sa tête est trop grande pour son corps.

– Je sors. Si Son Altesse est d'accord.

J'ai la tête de plus en plus légère. Des petits points flottent devant moi, des épingles de lumière qui deviennent encore plus claires quand je ferme les yeux. J'avale un verre d'eau, mais ça me gonfle le ventre et ça me laisse un goût métallique dans la bouche.

Il n'y a rien à manger. On n'est pas allées au supermarché depuis des semaines. J'ouvre le frigo. C'est un Electrolux petit modèle avec un minuscule freezer ; ça sent bizarre, là-dedans. Il y a quelques bouteilles d'eau et une pomme, mais pas de lait. Je prends la pomme, je la frotte sur mon pantalon mais, dès la première bouchée, elle s'avère aigre et farineuse. Elle me donne un haut-le-cœur. Je la jette à la poubelle, où elle s'écrase mollement au lieu de faire un bruit sourd.

Je glisse ma main dans la poubelle, avec prudence au cas où il y aurait quelque chose de poisseux. Mes doigts s'ouvrent et se ferment comme une main mécanique de fête foraine. Je touche la surface cireuse de la pomme et le bord humide de l'endroit où je l'ai croquée. Puis le sac. Il est là depuis avant-hier. Ça sera encore mangeable.

Je m'assois par terre et je l'ouvre prudemment. Le glaçage s'est un peu figé au milieu, je vois l'endroit où il s'est desséché en une petite croûte fêlée, mais peu importe. J'avale les deux parts de gâteau en trois grosses bouchées.

Dix minutes plus tard, après avoir bu un nouveau verre d'eau et percé un bouton d'acné devant le miroir, je vomis tout.

Vers minuit, elle n'est toujours pas rentrée. Je mâche un che-wing-gum, ça me fait roter mais ça efface le goût que j'ai dans la bouche. Je touche la cicatrice sur ma main. Il reste encore une vague ligne rougeâtre là où le compas a entamé ma peau. Je la frotte avec l'ongle de mon pouce en appuyant bien fort pour la raviver et la faire remonter. Mon ongle laisse des traces en forme de croissant. Sur l'une de ces lignes, il y a même un peu de sang.

23

La carte est encadrée de motifs en forme d'ongles.

Vous êtes cordialement invité à l'inauguration de
La Lime à Ongles de Lisa
Manucure professionnelle à l'américaine, soins et extensions
RSVP

Je caresse les bords brillants. Je vais répondre, ça c'est sûr. J'irai la voir pour lui dire que je serais contente de venir.

Je regarde quel chemin prendre dans le guide de Maman. C'est de l'autre côté du centre-ville, à des kilomètres, dans le quartier de Handsworth. Je déchire ces quelques pages et les glisse dans mon cahier de sciences naturelles.

C'est encore plus loin qu'il n'y paraissait sur le plan. Il fait brumeux, mais il ne pleut pas. Je rabats ma capuche sur ma tête et j'enfonce les mains dans mes poches, pour tendre le tissu. Je marche en zigzag sur le trottoir, la mine sombre, comme Ghostface dans *Scream*.

Le cabinet de Lisa se trouve dans une petite rue qui donne sur Soho Road. Il n'est pas ouvert, mais je la vois, à l'intérieur, perchée sur une échelle, en train de faire de la peinture. Elle porte une salopette flottante en jean et des chaussures défraîchies. Elle a enroulé ses cheveux avec un foulard à carreaux bleus. Je l'entends chanter plus fort que la radio, alors que je suis dans la rue.

– *La honte de ma vie*, articule-t-elle à travers la vitrine.

Elle retire ses gants de caoutchouc jaune vif avant de m'ouvrir la porte.

– Tu m'as surprise en pleine imitation de Doris Day.

Le cabinet est plus grand que son ancien stand ; il y a deux niveaux, reliés par un petit escalier en colimaçon, dans le fond. Elle peint les murs en rose lilas, l'escalier en gris argenté. Elle a des traces de peinture sur le visage.

– Qu'est-ce que tu viens faire dans mon quartier ? demande-t-elle en souriant. C'est la semaine prochaine, ma petite fête.

Elle montre son pinceau :

– Je pourrais te faire les ongles, si ça te chante. Mais ça sera peut-être pas impeccable. Tu veux me donner un coup de main ?

Elle me fait visiter les lieux. À l'étage, il y a une petite pièce avec un coin cuisine et un fauteuil près de la fenêtre.

– Comme ça, si je veux m'isoler un peu, je n'ai qu'à monter. Il y a probablement un risque d'incendie à installer ça ici, mais je m'en fiche.

Elle me tend un pinceau et me recommande d'ôter mon blouson pour ne pas le tacher. Elle regarde mon uniforme.

– J'ai jamais rien appris à l'école, déclare-t-elle en me tendant un vieux pull noir trop grand. Tiens, mets donc ça. Faudrait pas que tu aies des ennuis à cause de moi.

Il fait chaud et la radio rugit de la musique pop. Lisa bavarde et m'explique qu'elle va se mettre à faire du piercing « mais seulement les oreilles, attention » et du henné, maintenant qu'elle a plus de place. Elle me montre ses sachets de henné.

– Comme Madonna.

Il y a des paquets un peu partout. Du vernis à ongles dans des cartons à chaussures, chacun portant en légende la couleur qui s'y trouve. Six cartons marqués *ROUGE*. Cinq, *ROSE*. Quatre, *VIOLET*. Et une gamme de *VERT*, *ARGENTÉ*, *DORÉ* et *BLEU*. Tout ça de marques et de tons différents. Maybelline, Max Factor, Chanel… Dans certains flacons, il ne reste plus que quelques gouttes.

– Il ne faut jamais rien jeter, me dit-elle, me voyant en brandir un devant la lumière pour voir quel ton de vert il contient. On ne sait jamais, ça peut servir à préparer un mélange.

Les couleurs elles-mêmes ont des noms étonnants. Pêche écrasée, Lune miroitante, Rose poupon, Soda pétillant, Corail givré, Bordeaux glacé, Bombe cerise – un peu comme des bonbons, mais en mieux.

Des valises d'accessoires traînent ici et là. Des bagues, des bijoux, des rubans, des fils de soie, des feuilles d'or, des transferts, des pochoirs, et une boîte pleine de faux ongles. L'un des paquets contient des centaines de minuscules lunes, étoiles, palmiers, coccinelles ou hippocampes. Pas plus gros que la pointe d'un doigt.

– C'était comment, les vacances ? demande Lisa au bout d'un moment.

Je remets soigneusement en place le couvercle d'une boîte de paillettes.

– Il s'est décommandé.

– Ta mémé me l'a dit. Oh, ma pauvre chérie !

Je sens monter mes larmes mais je les ravale :

– Ça va.

Et là, tout sort d'un coup : et que je veux quitter Birmingham, et que Maman est une teigne.

Elle descend de son échelle.

– Ta mère… Oh, Carmen… Je suis vraiment désolée.

Elle a rapporté de chez elle un vieux canapé, pour l'arrière-boutique. Nous voilà installées sur les housses de protection, à souffler sur une tasse de thé brûlant. Elle me raconte que, quand Billy jouait dans un groupe et que la boîte de nuit Power House existait encore – ça fait longtemps –, Maman et elle étaient inséparables.

– C'était une vraie petite star, ta mère. On était comme des jumelles. Avant même qu'elle n'ouvre la bouche, je savais ce qu'elle allait dire. Si je te dis ça, c'est pour que tu saches qu'elle n'a pas toujours été si… si nerveuse. C'est à cause de ses régimes, tu comprends, ça l'a rendue paranoïaque. Quand on était ados, elle avait déjà de drôles d'habitudes, mais après ta naissance, elle a dérapé… Elle a suivi un régime draconien. Pire que jamais. Elle ne mangeait carrément plus rien. Et elle s'est mise à dire de moi des choses qui n'étaient pas vraies.

Une grosse larme s'échappe et roule sur sa joue.

– Je l'aime toujours, tu sais. Si seulement elle voulait bien me parler !

Je me mets à pleurer moi aussi, incapable de me retenir.

– Holà, holà ! dit-elle en prenant ma tasse de thé pour la poser par terre. Viens là. À quoi ça sert de se ronger les sangs comme ça, hein ?

Serrée entre ses bras musclés, je perçois une odeur de peinture, de parfum et de tabac. Je sanglote tant que je me crois sur le point de vomir.

– Excuse-moi.

Je m'aperçois que j'ai laissé une grosse tache gluante sur le devant de sa salopette.

– Mais non, mais non, dit-elle en me tendant une feuille de Sopalin. Tiens. On fait une pause-déjeuner ? Je parie que tu meurs de faim, après tant de travail. Tu es maigre comme un clou.

La panique me fait l'effet d'un coup de poing dans la poitrine.

– J'ai pas faim.

Je ne veux pas manger. Quand je mange, les choses ne font qu'empirer.

– Eh bien, moi, je mange, dit-elle. Faire de la peinture, ça m'ouvre l'appétit.

Un peu plus tard, elle revient du restaurant indien du coin de la rue avec plusieurs sacs.

– Regarde, dit-elle en retirant les couvercles des boîtes en alu. J'ai pris du naan, des pois chiches, des panirs, des beignets aux légumes et quelques barfis au chocolat comme dessert.

Un parfum épicé qui me met l'eau à la bouche envahit la pièce. Je parie que c'est bourré de calories.

– Allez viens, sers-toi, insiste-t-elle en me tendant une assiette. Pense un peu à toute l'énergie que tu viens de brûler.

Elle sourit et sa bouche se marque de petites rides. Je vois bien qu'elle est plus âgée que Maman.

– Vas-y, quoi, je dirai rien à personne.

Elle me raconte qu'elle se mettait souvent au régime, dans le temps, comme Maman ; mais elle, elle a arrêté.

– C'est un cercle vicieux. Une fois qu'on s'est lancé là-dedans, c'est très dur de reculer. Mieux vaut manger quand on a faim. Tu ne crois pas ?

Je me sers une cuillerée de chaque plat et je déchire un petit bout de pain. C'est délicieux, toutes ces saveurs et textures différentes. Mon ventre gargouille bruyamment.

—Alors, rit Lisa, tu vois bien que tu avais faim.

—Tu m'as l'air bien contente de toi, on peut savoir pourquoi ? demande Maman.

À peine rentrée, je viens d'apprendre qu'elle s'apprêtait à sortir : « On va prendre un verre entre nanas, les collègues et moi. »

J'invente un mensonge :

—Mes devoirs étaient bons, j'ai eu A.

—Vraiment, ma chérie ?

Avant de partir, elle m'embrasse et me laisse sur le front une tache grasse de rouge à lèvres.

En regardant la télé, je pense à ce que j'ai mangé avec Lisa ; je me sens coupable parce que je n'ai pas vomi. Je vais probablement prendre des kilos. Je me gratte le bras avec l'anneau de ma cannette de Coca, je trace des lignes sur ma peau comme si je jouais au morpion. J'appuie plus fort, plus profond, jusqu'à ce qu'un peu de sang apparaisse. Je ne sens rien.

Elle revient avec quelqu'un. Ce n'est pas la même voix que l'autre fois. Pas si profonde, ni si grave. Il fait encore plus de bruit quand il passe à l'action. Il fait ah-ah comme s'il était hypersensible.

Il est encore là le matin. Assis dans le salon, une tasse de thé à la main.

—Ma chérie, dit Maman, voici Bob.

Il a des favoris et des cheveux trop longs. Il ressemble au chanteur d'Oasis.

– Bob joue dans un groupe, pas vrai, Bob ?

Il me jette un regard creux.

– C'est qui, ça ?

– Carmen, ma fille.

– T'as dit que t'avais quel âge, déjà ? demande-t-il à Maman. C'est pas un perdreau de l'année, dis donc.

Se tournant vers moi, il explique :

– Sans insulte, hein, mais ta mère m'a dit qu'elle avait vingt-cinq ans.

Préparer un magasin avant l'ouverture, c'est beaucoup de boulot. Même quand c'est tout petit, comme chez Lisa.

– Faut que ce soit joli. Les gens viennent ici pour se faire bichonner. La tendresse, précise Lisa, c'est ça qui nous manque aujourd'hui. Je veux dire, c'est pas pour accuser ta mère, mais ces chaînes de vente se foutent complètement du client. Tout est normalisé, tu vois ?

La fête d'inauguration, c'est ce soir ; Billy est venu donner un coup de main. Il pose par terre quelques vieilles chaises de son restau et dispose des casiers le long d'un mur, pour que Lisa puisse y ranger ses vernis.

– Ta mère vient, alors ? me demande-t-il.

Je consulte Lisa du regard sans trop savoir quoi dire. C'est elle qui répond :

– En tout cas, elle est invitée…

– Marrant, non ? demande Lisa en branchant la caisse enregistreuse. On se retrouve toutes les deux à faire du commerce, finalement.

– De quoi ? dit Billy.

– Maria et moi. Après tout ce qui s'est passé.

Ils échangent quelques grimaces pour s'amuser.

– Si le vent tourne, tu vas rester comme ça toute ta vie… récite Billy d'une drôle de voix.

Lisa installe sa table de travail. Une lampe, un aérographe, un pot plein de petits pinceaux, une lampe chauffante pour accélérer le séchage, un panier de coton hydrophile. Elle range dans les tiroirs toutes ses lotions, crèmes, couches d'impression, durcisseurs, dissolvants. Elle a aussi une trousse à outils, une toute petite trousse qui renferme un poinçon pour percer les ongles, des pinces, des grattoirs, un pousse-cuticule en bois d'oranger, une minuscule lime.

– Jamais de lime en métal, annonce-t-elle. Ça ne sert qu'à fendre les ongles. Il faut toujours en prendre une en émeri, il y a plusieurs grains. Tu sens ça… (Elle passe une lime sur le dos de ma main, ça gratte.)… C'est fait pour raccourcir les ongles. Et ça… (Cette fois, ça chatouille à peine.)… C'est pour les mettre en forme.

Elle accroche des photos au mur du fond. Sur l'une d'elles, on voit Annmarie et Patti, habillées chic, les cheveux torsadés, le visage peint en argenté.

– C'était à Berlin, explique-t-elle en voyant que je regarde l'image. Annmarie habitait là-bas, à l'époque.

Au-dessus, elle met une photo de Debra. Elle la touche doucement, du bout des doigts, et murmure :

– Mon trésor… J'ai retrouvé un portrait de ta mère, reprend-elle. Regarde, elle était pas superbe ?

Ça ne ressemble pas à Maman. Elle a les cheveux tombants, en grosses tresses sur les épaules. Ses ongles sont longs et scintillants, et elle regarde droit vers l'objectif, radieuse.

– C'était un vrai boute-en-train, ta mère. Mais faut croire que ça s'est évaporé…

Avec un soupir, elle pose la photo près de celle d'Annmarie.

– Elle reviendra peut-être parmi nous, un jour.

Tout est propre et rangé, elle m'a fait monter les cartons vides à l'étage et a su persuader Billy de se laisser faire les ongles avant le match de foot.

– Tu veux toujours me donner des allures de fille, râle-t-il.

Lisa baisse les yeux et sourit.

– Dans le temps, tu adorais te pomponner.

– C'était quand j'étais jeune et joli garçon. Personne n'a envie de reluquer un gros mec poilu maquillé comme une voiture volée.

– Je vais pas te maquiller, je te fais les ongles. (Lisa allume son aérographe, qui souffle bruyamment.) Ça n'a rien à voir. Allez, viens.

Billy pose ses mains sur la table ; ses ongles sont larges, ses doigts longs et épais. Tandis que Lisa les peint en bleu à l'aérographe, il se tient bien droit, raide, sans bouger le cou. Quand cette première couche est sèche, elle trace soigneusement des rayures blanches sur chaque ongle et marque au pochoir le sigle de l'équipe de foot de Birmingham : BCFC. Elle termine par un peu de vernis transparent.

Billy me demande des nouvelles de Maman. Je réponds qu'elle va bien, et il hausse les sourcils :

– C'est elle qui dit ça ?

Lisa lui effleure les ongles pour vérifier qu'ils sont secs.

– Il y a intérêt à gagner le match. Avec des ongles comme ça…

– Ouais, ben, on a besoin de mettre toutes les chances de notre côté pour cette saison.

– Allez, arrête, on remportera les matchs décisifs.

– Décisifs, poil aux tifs, dit-il. Faut pas parler trop vite.

Billy s'en va au stade Saint-Andrew ; Lisa se met à parler de lui. Elle remonte loin dans le temps, quand elle était toute jeune et ma mère plus jeune encore. Quand Billy jouait de la guitare dans un groupe, quand ils vivaient leurs plus belles années.

– Toi aussi, ça t'arrivera, annonce-t-elle. Tu ne t'en apercevras pas, tu seras trop occupée à passer du bon temps, mais plus tard, tu regarderas en arrière et tu comprendras que c'était le meilleur moment de ta vie.

Billy était très couru. Il avait des amis célèbres, des musiciens des groupes UB40, Dexy's Midnight Runners, The Specials. On se l'arrachait. Lisa sort une vieille photo : Maman et elle regardent Billy comme s'il était la plus belle créature de tout l'univers. Maman est mince, oui, mais elle sourit avec bonheur. Billy brandit une bouteille vers l'objectif, le visage rougi et luisant, les yeux à demi fermés, d'un air tendre.

– Ta mère et moi, on l'aimait, résume-t-elle simplement. Je l'aime toujours. C'est une star.

Lisa a fait fabriquer des panneaux, pour exposer ses travaux en vitrine. Je l'aide à les garnir. Elle tient à présenter à part les ongles aérographiés et ceux qu'elle a peints à la main. Les premiers sont peints au pochoir, il y en a toute une série : Ongles Festifs pour Noël, Halloween, Pâques, Feux d'artifice, 4-Juillet, Thanksgiving, Saint-Patrick, Saint-David, et même une série de petits dragons pour la Saint-Georges. La collection Ongles du Soir est rehaussée de pendentifs, de diamants fantaisie, de vernis scintillants ; quant aux Ongles Urbains, ils déclinent le thème des animaux et du camouflage.

Sur le panneau des ongles peints à la main ne figurent que des pièces uniques. Créées par Lisa. Par exemple, elle a réalisé plein de personnages Disney et de stars du cinéma : James Dean, Marilyn Monroe, Humphrey Bogart, Lauren Bacall. Plus quelques modèles à l'effigie de la princesse Diana.

– Je les ai faits sur commande, une semaine avant sa mort, dit-elle. La cliente n'est jamais revenue les chercher. Bizarre, hein ?

Ce que je préfère, c'est les décors abstraits à l'aérographe. Les flammes qui tourbillonnent, les ondulations scintillantes, les étoiles bleues et les cœurs rouges.

– Je pourrais en avoir des comme ça ?

– Commence par apprendre à t'occuper de tes ongles à toi. À ton âge, c'est trop tôt pour les ongles artificiels. Sois patiente. Les ongles, c'est une affaire de patience. Il faut savoir opérer lentement. Pas à pas.

Elle fait le tour de la boutique, les mains sur les hanches, et me demande si tout me paraît prêt pour la fête. Je lui réponds qu'on dirait une galerie d'art.

– Alors, attendons le vernissage, répond-elle avec un sourire.

– Non. J'ai dit NON, tu n'iras pas.

Elle frotte le devant de sa nouvelle jupe en cuir.

Je tente de forcer le passage en protestant :

– Tu pourras pas m'empêcher.

– Je peux toujours appeler la police, réplique-t-elle en me foudroyant du regard, plantée pile devant la porte. Ne me pousse pas à bout, parce que j'en suis capable. Je leur dirais que je ne peux plus te tenir.

Je ronge mon frein : je voudrais bien qu'elle tente le coup, tiens. Parce que là, je ferais ce qui me plaît.

– Je ne veux pas que tu fréquentes cette bande. Tu es trop jeune. Billy, ça va encore, mais les autres, c'est de la vermine.

Ils ne savent pas mener une vie correcte. Le rock'n'roll, ça va tant que ça reste un look, Carmen, mais faut pas que ça devienne un mode de vie.

Elle ne va pas se coucher. Elle écoute une compilation de Paul Oakenfold avec le son à fond. Je me regarde dans mon miroir à main, je souligne mes yeux de lignes sombres avec un bâton de khôl que j'ai piqué dans son sac. J'en mets tellement que ça fait des pâtés, mais je m'en fiche. Mon visage, je le déteste. Je voudrais pouvoir le supprimer d'un coup de couteau.

Annmarie est la première cliente officielle de Lisa. Elle fait envelopper ses extensions de soie dorée, de rubans, de bijoux. La totale, à cinq livres pièce. Cinquante livres pour les dix ongles.

– Salut, Carmen.

Annmarie pose un baiser dans les airs à quelques centimètres de mon visage.

– Y a urgence, Lisou, j'en ai fait sauter un, dit-elle en brandissant un sac en plastique transparent qui contient un ongle rose. J'ai l'impression de m'être cassé une dent.

Lisa sourit et ronchonne tout en tenant le doigt d'Annmarie pour y coller un nouvel ongle.

– Dis donc, c'est chouette ici, Lisou, sans blague. Épatant. (Elle se tourne vers moi.) Et ta soirée, c'était bien ? Tu les as tous tombés ?

– C'était correct.

– On s'est bien marrés pendant ta fête, Lisou, reprend Annmarie. Ça t'ennuie si je fume ?

Elle gigote impatiemment, lisse sa jupe, se tortille pour essayer de regarder par la fenêtre qui se trouve derrière elle.

Si Lisa ne la tenait pas par le bout du doigt, je crois qu'elle s'envolerait droit vers la porte.

– Carmen, ma belle, fais-nous donc un thé, tu seras mignonne.

Je monte à la cuisine et je passe de longues minutes à contempler les carreaux poussiéreux de l'entrepôt d'en face. Les sacs pleins de déchets et de bouteilles vides, souvenirs de l'inauguration, sont encore là. Il y a même la moitié d'un gâteau marqué *Meilleurs Vœux*. Au rez-de-chaussée, Annmarie et Lisa sont en train de rigoler, de papoter et de tousser, avec de temps en temps un accès de fou rire. J'en ai marre d'avoir quatorze ans.

J'accomplis l'exploit de descendre l'escalier en spirale sans renverser de thé, et, au moment où j'arrive en bas, Annmarie me lance :

– Tu veux que je te dise ? Ça t'irait bien, les cheveux courts.

– Annmarie est coiffeuse, précise Lisa.

Je regarde ses ongles, incrédule.

– Si, si, c'est vrai, affirme Annmarie. Même avec des ongles comme ça, on peut utiliser ses doigts, faut juste apprendre. Une coupe au carré, ça t'irait vachement bien, tu sais.

Et puis le silence s'installe dans la pièce, on n'entend que la radio, un air de reggae. Pour me faire la main, je décore un faux ongle : une fleur sur un fond rose, avec une pointe violette. Je peins les fleurs en rouge et les feuilles en vert. J'essaye de penser à essuyer le pinceau sur le bord du flacon pour que le vernis ne tombe pas en grosses gouttes, comme me l'a expliqué Lisa.

Celle-ci couvre tous les ongles d'Annmarie d'un carré de soie dorée qu'elle découpe en arc de cercle avec un petit cutter.

– T'as pas intérêt à éternuer, Annmarie, parce que sinon, je tranche dans le vif.

Annmarie se pince les lèvres et observe Lisa. Ensuite, une fois que tous ses ongles sont doublés, elle doit rester sans bouger en attendant que la colle sèche.

– Allume-moi une clope, Lisou, demande-t-elle en montrant son sac à main argenté. Il doit y avoir un fume-cigarette là-dedans, au fond.

En effet, Lisa sort et garnit un long fume-cigarette noir. Annmarie le prend entre deux doigts, loin des ongles, tout près de sa paume. Elle se regarde les mains avec fierté.

– Une petite lubie qui me revient cher, dit-elle, mais je ne sais pas m'en passer. Je devais être une princesse dans une vie antérieure, mais, au fil du temps, mes richesses et mes bijoux se sont dilapidés et mes ongles restent le seul signe de celle que j'étais jadis. Ou que j'aurais pu être. Quand je serai morte, Lisa, je veux que tu me fasses les ongles.

– Quoi, dans ton cercueil ? dit Lisa en grimaçant. Beuh, je sais pas si je suis cap'.

– Parce que comme ça, quand les archéologues me déterreront, ils trouveront mes ongles et les mettront au musée. Je t'assure, tu mérites une place dans une galerie d'art, c'est tellement génial, ce que tu fais.

– Allons, allons, souffle Lisa en rougissant.

Une fois achevés, les ongles d'Annmarie sont devenus des serres recourbées et dorées, enroulées de ruban rouge et ornées de petites mines de diamants fantaisie. Ils sont magnifiques. Sur l'un d'eux, il y a un petit transfert de dragon chinois ; sur un autre, un scorpion.

—C'est mes porte-bonheur, explique-t-elle. Je suis scorpion et je suis née l'année du dragon. Je suis une créature qui crache du feu et qui a un aiguillon au bout de la queue.

—Je pourrais avoir de l'argent de poche ?
Maman me regarde.
—Pour quoi faire ?
—Je veux me faire couper les cheveux.
Son visage se ferme.
—Ils sont très bien, tes cheveux. Si tu les tressais plus souvent, il seraient moins enchevêtrés. Et puis, tu pèses déjà assez lourd sur mon budget, ma très chère petite.

Le téléphone sonne pendant qu'elle est sortie. Au beau milieu du feuilleton *Eastenders*. D'abord, je ne bouge pas, mais ça sonne pendant des heures.

—Allô ? Est-ce que je peux parler à Maria Wiley, s'il vous plaît ?
Je reconnais cette voix. C'est Mlle Burton, du collège.
—Mauvais numéro, dis-je avant de raccrocher violemment.
Ça se remet à sonner, mais je débranche la prise.

Dans le miroir de la salle de bains, mes cheveux sont une grosse boule crépue, hérissée de bouts fourchus. Quand j'étais petite, Maman me lavait la tête tous les week-ends : elle me massait avec du démêlant, elle brossait bien pour supprimer tous les nœuds. Elle retirait un tas de cheveux morts aussi gros qu'un nid d'oiseau.

—Tu as de beaux cheveux, disait-elle après avoir terminé, et ma chevelure tombait sur mon crâne, lisse et droite, bien soignée.

Je vais chercher les ciseaux dans la cuisine, ceux qui ont une poignée orange, et je me coupe une mèche juste derrière l'oreille. Une fois que c'est commencé, il faut continuer, mais c'est pas facile de faire l'arrière, alors j'y vais au toucher et quand je me regarde dans la glace, c'est tout simplement affreux. Que des mèches inégales, certains bouts plus longs me pendouillent au-dessus des épaules. Je coupe encore plus court. Des petites longueurs ici et là, au hasard, jusqu'à ce que ce soit court partout. Ça fait un drôle d'effet.

Je prends des poignées entières de brillantine, celle qui est apparue dans la salle de bains après une de ses sorties nocturnes, et j'en tartine mes mèches afin de les hérisser bien droit dans tous les sens.

Si c'était bleu, ce serait pas mal.

24

– Bon sang, qu'est-ce que tu as fait ?

Elle pose sa main sur sa bouche.

– Tu vas pas aller au collège comme ça.

La voilà qui fait les cent pas dans le salon. Je bois mon thé à petites gorgées. Elle me touchera pas. Pas question.

– Regarde-moi ça. Tu es ridicule. Ri-di-cule.

Elle vibre de colère.

– Tu as le visage trop rebondi pour ce genre de coupe. On dirait… (Elle fait la grimace.) On dirait un bébé.

– Et alors ?

Elle me flanque une, deux gifles, si fort que je renverse ma tasse en voulant lui échapper. Je la repousse vivement, elle trébuche et tombe à la renverse dans le fauteuil. Je prends mon sac, j'enfile mon blouson et je remonte la capuche.

– Où tu vas ?

– Au collège.

Je n'oublie pas de claquer la porte.

Je traverse le couloir à toute allure, mes chaussures grincent sur le carrelage. Arrivée devant l'ascenseur, je l'entends m'appeller dans le couloir : « Carmen ! Reviens ! » Mais je fais la sourde oreille, je dévale l'escalier sans lui laisser une seconde.

Dehors, pour changer, il pleut, des petites gouttes froides et grisâtres. Je tire encore plus sur ma capuche pour abriter mon visage et je noue les tirettes sous mon menton ; je cours vers la rue qui mène à la boutique de Lisa. Comme mes Nike sont sur coussin d'air, ça me donne l'impression que je suis montée sur ressorts, que je pourrais passer toute ma vie à courir, à battre le pavé. Je traverse le centre-ville d'un coup, j'atteins la banlieue opposée après un passage dans les ruelles souterraines, je fonce dans le jardin public, je prends le pont en direction de Hockley, je me faufile parmi la foule de costumes-cravates qui vont au bureau au pas de charge. Arrivée à Soho Road, il faut que je m'arrête. Le vent s'est levé et il envoie dans les airs des tourbillons de feuilles trempées. Je suis mouillée, j'ai trop chaud, je n'ai plus de souffle. Mes jambes tremblent, mes côtes me font mal. En m'essuyant le visage d'un revers de la manche, je m'aperçois que je suis en larmes.

– Mon Dieu, Carmen, qu'est-ce qui t'est arrivé ?

Une chaleur étouffante règne dans la boutique. Lisa a allumé son radiateur électrique. Il y a là une femme un peu âgée, une cliente qui se fait faire une manucure et un vernis.

– Qu'est-ce qui est arrivé à tes cheveux ?

– Je les ai coupés.

– On dirait plutôt que tu t'es battue avec une cisaille à haie, remarque la vieille. Pourquoi tu n'es pas à l'école ?

– Tout va bien, madame Denby. C'est ma nièce. Elle a congé, aujourd'hui. Tu veux bien aller te reposer un peu là-haut, Carmen ? Sèche-toi. Je te rejoins dans une minute, le temps de finir. Mets de l'eau à chauffer, ma puce.

Quand elle monte, elle ne me regarde pas en face. Elle me demande si c'est Maman qui m'a coupé les cheveux.

– Tu peux tout me dire, tu sais.

Je lui dis que c'est moi. Moi toute seule.

– Je les déteste, mes cheveux, lui dis-je.

Elle les touche, en soulève quelques mèches qu'elle laisse retomber.

– J'ai une tondeuse, en bas. Tu veux pas que j'essaye d'arranger un peu ça ?

La tondeuse court sur mon crâne et me chatouille. Lisa me raconte qu'un jour, quand elle avait mon âge, elle s'est rasé les sourcils, juste pour voir ce que ça donnait.

– C'était une catastrophe. J'étais comme avant, mais sans sourcils, voilà tout.

Elle a fini ; mes cheveux sont très, très courts. Je vois ma peau blanche derrière les racines. Je suis pratiquement tondue. Sur le devant, elle a laissé une frange qui me couvre le front :

– Ça fait plus soigné comme ça.

Elle se met à tresser ma frange divisée en fines mèches. C'est très cool. Elle attache une petite perle peinte au bout de chaque tresse.

– Là. Une vraie meneuse. Attends, je vais te faire les sourcils pour aller avec. Bouge pas.

Avec de petites bandes de cire froide, elle donne à mes sourcils une ligne très soignée. Mais ça fait mal quand elle arrache les bandelettes.

– Aouh !

– Désolée, ma belle. Ça picote, hein ?

Pour conclure, elle me tend un miroir et dit :

– Tu es mignonne comme tout.

Mon visage a changé, il est plus effilé. Quand je fronce les sourcils, ils se rapprochent et me donnent un air féroce, méchant.

Elle n'est pas là, mais dans le salon, il y a un vélo d'appartement flambant neuf, encore emballé.

—J'ai toujours adoré cette vue, dit Lisa en se précipitant vers la fenêtre. J'adorais venir ici pour voir Billy.

Elle a insisté pour me raccompagner : « Je voudrais parler avec ta mère cinq minutes. » Elle a même fermé boutique en avance. Pendant tout le trajet en bus, je n'ai pas arrêté de trembler. Maman va piquer sa crise, je le sais.

Lisa furète dans l'appartement.

—Elle fait jamais de provisions ? demande-t-elle en ouvrant le frigo. Y a même pas de lait.

—On déménage la semaine prochaine, lui dis-je, un peu gênée. Pas la peine d'entasser des trucs avant de partir.

—Qui dit ça ? Ta mère ou toi ? Écoute, Carmen, dit-elle en me regardant en face, ça ne peut plus durer. On se fait du souci pour toi. Si ça va pas, faut que tu nous le dises. Billy et moi, on tient à toi. Si… (Elle s'éclaircit la voix.) Si ta mère…

Mais elle n'achève pas sa phrase. Un homme en survêtement bleu entre comme une bombe, suivi de Maman. Il porte un banc de musculation.

—Posez-le là, ça ira, lui indique Maman en montrant la place qui reste à côté du vélo.

Elle nous regarde et me décoche un regard qui signifie : « Attends un peu, tu vas voir. »

—Qu'est-ce que tu fiches ici, toi ? Vous vous liguez contre moi, c'est ça ? J'aurais dû savoir que tu n'étais pas pour rien dans cette coupe de cheveux de petite folle. C'est vraiment pas le moment. Je dois m'occuper d'une livraison.

– Pas grave, répond Lisa en s'asseyant. J'ai tout mon temps.

Ma mère rappelle à Lisa que je suis sa fille et que c'est à elle de m'élever comme elle l'entend.

– Il faut qu'elle sache à quoi s'en tenir, Lisa. Le monde est cruel pour celles qui ne sont pas dans le camp des beautés. Elle doit apprendre à se mettre en valeur.

Maman m'a envoyée dans ma chambre, mais j'entends ce qu'elles disent : j'ai laissé ma porte entrouverte. Dehors, le vent souffle en rafales sur le pignon de la tour, au point de la faire trembler.

– Elle sèche les cours, Maria, elle est venue traîner dans ma boutique.

Ça, c'est dégueulasse. Elle m'avait dit que je pouvais aller lui rendre visite. J'ai envie de hurler, mais je me mords la lèvre à m'en faire saigner.

– Il fallait me prévenir qu'elle t'empêchait de travailler, alors.

– C'est pas ça ! Je m'inquiète pour elle, c'est tout. Elle est toute maigre. (Un instant de silence, le son du briquet de Maman.) Comme toi.

– Lisa n'a pas le droit de se mêler de ça, déclare Maman.

Elle se tient debout devant la porte, sa silhouette évoque un oiseau tout en serres et en os. Elle continue à expliquer qu'elle se sent humiliée. Que je l'ai trahie.

– Je n'admets pas que tu ailles te plaindre ailleurs, que tu racontes des bobards. Tu ne feras plus ta petite rapporteuse, Carmen. Maintenant qu'on a de quoi faire de la gym à la maison, tu vas prendre de bonnes habitudes.

Plus tard, c'est elle qui s'y colle : j'entends le sifflement des roues qui tournent en vain tandis qu'elle pédale dans le vide. Elle remet *Nuits de folie à Ibiza*. Elle ne descend qu'après avoir écouté deux fois le CD.

Le lendemain, elle prend le bus avec moi pour m'accompagner au collège. Elle me mène jusqu'au portail.

– Dieu sait ce que tu vas entendre à propos de ta coupe de cheveux, dit-elle en roulant des yeux.

À la fin du cours, Mlle Burton me retient.

– Est-ce que tout va bien, Carmen ? J'ai essayé d'appeler chez toi, l'autre jour, mais la personne qui a répondu m'a dit que j'avais fait un faux numéro. Tu as déménagé ?

– Oui, mademoiselle.

– Et tes cheveux… C'est assez surprenant, je dois dire. Ça va contre le règlement, tu le sais ?

– Oui, mademoiselle.

– Est-ce que tu es consciente que je vais devoir en parler à tes parents ?

– Oui, mademoiselle.

– Tu veux peut-être me donner ton nouveau numéro ?

Je lui donne le numéro de portable de Papa.

Je les vois après la pause, devant la cantine. Kelly est avec elles. Enfin, je crois que c'est Kelly. Elle a changé. Elle n'a plus de lunettes et on lui a enlevé son appareil. Ses cheveux sont plus courts, tenus en arrière par des barrettes roses.

– Regarde qui est là, dit Maxine.

– Qu'est-ce qui est arrivé à tes cheveux ? demande Paisley. T'essayes de te la jouer cool, ou quoi ? Parce que c'est plutôt comique.

– Ça fait un peu gouine, raille Maxine.

– Tordu, quoi, ajoute Kelly, qui a même appris à recourber les lèvres comme elles.

Je leur montre mes dents en soufflant comme un chat en colère.

Elles se serrent les unes contre les autres en faisant semblant d'avoir peur.

– Oh, je crois qu'elle a pété! s'écrie Paisley.

Elles se tordent de rire. Je me jette sur elles en hurlant, je flanque un coup de poing à Paisley et je griffe Kelly.

– Salopes! Salopes!

D'autres filles nous séparent et me retiennent. Tout le monde se met à scander: «La baston, la baston, la baston!» Kelly serre le poing et me fiche un coup sur la bouche. J'entends ma lèvre craqueler. Le sang chaud ruisselle sur mon menton. Je le lèche et l'aspire, je l'entoure de salive et je crache le tout à la figure de Kelly. Ça lui fait une tache luisante et molle sur le cou. Avant qu'elle ait le temps de répliquer, la mère Burton débarque et met fin au combat, elle-même rouge de colère.

Maman tire sa jupe sur ses jambes d'un geste nerveux.

– Je n'arrive pas à y croire, dit-elle. J'ai l'impression d'être redevenue petite fille.

Nous sommes assises dans le secrétariat de la principale. Une des secrétaires apporte à Maman une tasse de thé; Maman la pose sous sa chaise sans y toucher, parce qu'il y a du lait entier dedans.

La principale parle à Maman comme à une gamine.

– Aux yeux de la loi, les absences répétées de votre fille constituent un délit, madame Wiley. Carmen est déjà en retard sur le programme, il va falloir qu'elle se rattrape.

— Nous sommes conscientes de vos difficultés familiales, madame Wiley, ajoute la Burton.

Je vois bien qu'elle prend son pied, elle adore ça, fourrer son nez dans la vie privée des autres. J'ai pas l'impression que sa vie à elle soit palpitante. Vieille garce.

— Nous avons déjà parlé de tout ça à votre, euh… au père de Carmen. Il serait contraire à nos principes de nous mêler de votre vie privée, madame Wiley, mais nous sommes très inquiètes pour Carmen.

Maman plisse les yeux et, l'espace d'un instant, j'ai l'impression qu'elle va péter un plomb. Mais elle adopte une autre tactique.

— Je sais. Tout ça, c'est ma faute. Mais nous avons conclu un pacte, n'est-ce pas, Carmen, pour essayer d'arranger les choses.

— Euh, oui, dis-je.

— Madame Wiley, reprend la principale, n'allez pas croire que vous êtes seule. Je le répète, nous sommes ici pour vous aider.

— Vous aider, répète Mlle Burton en hochant vivement la tête.

Elle se régale, la salope. Elle se tourne vers moi.

— Nous comprenons, assure-t-elle. L'adolescence est un âge difficile.

Voilà qu'elles veulent monter Maman contre moi. Je lui prends la main et elle se redresse — jambes croisées, bras croisés, les coudes posés sur les genoux, comme si elle avait du mal à se tenir droite.

— Je ne regrette rien, dis-je, c'est elles qui m'ont provoquée.

Mlle Burton et la principale se regardent.

— Eh bien, la prochaine fois, tu devrais peut-être inspirer profondément et compter jusqu'à vingt, déclare Mlle Burton.

Les voilà qui se mettent à parler de nouveau départ et de passer l'éponge. Maman regarde par la fenêtre d'un air distrait, tandis qu'elles martèlent que je dois faire un effort pour rattraper mon retard ; je serai sous surveillance jusqu'aux vacances de Noël.

– En cas d'absence, il faudra absolument fournir un certificat médical. C'est bien compris ?

– Oui, répondons-nous d'une seule voix.

– Je suis une mauvaise mère, Carmen.

Elle est étendue sur le canapé, les yeux fixés sur le vélo d'appartement. Paraît qu'elle est trop vannée pour en faire ce soir.

Je ne dis rien, je sais bien que c'est vrai. Je sais que les autres ont une gentille maman, une maman comme Lisa.

– La semaine prochaine, puisqu'on déménage, on pourrait repartir à zéro ?

– OK, dis-je.

Elle se met à pleurer, d'abord sans bruit, puis de plus en plus fort, jusqu'à sangloter et vibrer de tout son corps.

– Je suis nulle en tout, dit-elle. J'aurais jamais dû t'emmener ici avec moi.

Et puis elle se tait. Elle se roule en boule, les mains serrées autour de la tête, les yeux posés sur le vélo et l'écran nu de la télé.

– Maman ? Ça va ?

Ses paupières tremblotent comme si elle était sur le point de s'endormir. Elle grogne :

– Mmm ?

– Ça va ?

– Tout va bien, ma chérie, tout va très bien.

Sa voix est aussi lointaine que si elle était à l'autre bout d'une ligne téléphonique.

— T'as besoin de quelque chose ?

— Non, ma chérie, va donc te coucher. Je vais rester ici, je regarde la télé.

— Mais elle est pas allumée.

— Quoi ?

— La télé. Tu veux que je l'allume ?

— Non, non, t'es mignonne. Va te coucher, va.

Le lendemain matin, quand je me lève, elle est toujours au même endroit, les yeux grands ouverts, à fixer l'écran vide.

Papa téléphone.

— Ton collège m'a appelé. Tout va bien, ma puce ?

Je lui raconte que tout va bien, qu'on déménage la semaine prochaine pour s'installer dans une maison neuve. J'essaye de parler gaiement, joyeusement. Pendant ce temps, Maman me regarde en s'essuyant les yeux avec du papier toilette.

Il dit qu'il va peut-être venir nous aider à déménager. Qu'il est content que Maman s'en tire si bien.

— On dirait qu'elle se débrouille, dis donc, je suis impressionné.

Sans pouvoir m'en empêcher, je m'entends lui dire d'une voix idiote :

— Tu me manques.

— Toi aussi, mon petit canard au sucre.

Il parle d'une voix lointaine, presque distraite. J'ai honte pour lui. Je sais bien qu'il a dit ça comme ça. C'est pas vraiment mon père.

Une fois passé le week-end, il rappelle pour dire qu'il est désolé, mais qu'il ne pourra pas venir. Trop de travail.

– Tu vois ? dit Maman. Tu vois à qui on a affaire ?

Je vais au collège. Je fais signer mon carnet par la principale tous les matins à huit heures et demie. Paisley, Maxine et Kelly me traitent de tous les noms dès que j'arrive. Je fais la sourde oreille. Le midi, je mange des pommes et je bois du chocolat chaud, puis je vais dégueuler un peu plus tard, avant que sonne la cloche de rentrée en classe.

Je m'installe au fond de la salle et je ne réponds à aucune question. J'écris *Merde* sur la couverture de mon cahier de maths, j'ajoute *Tous des tarés* alors qu'il faut faire des fractions. En sciences nat', on étudie le corps humain ; j'ai loupé le cœur, les poumons et le foie. Ils en sont au squelette et au système nerveux. Mlle Burton me montre le gros tas de pages que j'ai raté.

Elle me donne des feuilles de QCM.

– Je suis bien contente qu'on ait pu arranger les choses, déclare-t-elle. Je suis sûre que tout va aller mieux pour toi, maintenant.

Lisa me propose une manucure. Un fond noir avec des brillants argentés sur chaque ongle.

– Pas la peine, lui dis-je, je sais le faire toute seule.

– Il fallait que je lui parle, Carmen. C'est ta mère, et puis tu ne voudrais pas que les services sociaux viennent mettre leur nez là-dedans.

– Ce serait mieux que d'aller au collège.

– Non, Carmen, tu te trompes, dit-elle d'un ton agacé. Quand les services sociaux débarquent, on ne sait jamais où ça finit. Je suis de ta famille et je tiens à toi.

Ben voyons. C'est sûrement pour ça que t'as voulu te débarrasser de moi.

– Je voulais pas t'embêter, lui dis-je.

– Oh, ma chérie…

Elle me soulève le menton du bout des doigts pour me forcer à la regarder dans les yeux.

– Tu ne m'embêteras jamais. J'adore ça, quand tu viens me voir. Mais il faut que tu ailles au collège, point final. C'est la loi. Une dure loi, peut-être, mais la loi. Tu ne voudrais pas être placée, quand même ?

Je secoue la tête.

– Rien ne t'empêche de venir me voir le samedi, ou le soir, après les cours.

– C'est vrai ?

– C'est vrai.

Je lui tends mes deux mains.

25

Billy arrive avec sa camionnette. Je l'aide à charger les cartons tandis que Maman prépare les paquets et les valises. Il faut naviguer entre les averses ; il pleut depuis l'aube. On n'a pas grand-chose à emporter. Les seuls meubles qui nous appartiennent, c'est le vélo d'appartement et le banc de musculation. Tout le reste, c'est à Billy.

Sa camionnette, c'est celle qu'il a utilisée pour vider la boutique de Lisa. La moquette est encore couverte du strass qui s'est répandu ce jour-là, quand un des cartons s'est éventré.

— Pas moyen de laver cette cochonnerie. À chaque fois que je prends le volant, je me retrouve décoré de petites étoiles. Je vous jure, les bonnes femmes et leurs trucs qui brillent…

Je lui montre mes ongles.

— Ouais, exactement, reprend-il. Des trucs qui brillent. (De peur que je ne le prenne mal, il ajoute :) Mais bon, ça te va bien, à toi.

Le coffre est plein de sacs de provisions. Des pizzas surgelées, du lait, de la margarine, des œufs, des fruits et des légumes, du thé en sachet, du papier toilette et même un paquet de KitKat.

– Lisa est allée faire des courses, hier, explique-t-il. Mais tu dis pas ça à ta mère, hein. Je vais lui dire que c'est moi qui régale, sinon, elle va tout jeter. Tu la connais.

Maman a si peur d'oublier quelque chose qu'elle en devient parano.

– Je vous jure, je serais capable d'oublier ma tête si elle n'était pas bien vissée.

Elle monte trois fois dans l'appart' pour vérifier et re-vérifier avant d'accepter que Billy démarre. Pourtant, il lui a bien dit qu'elle pourrait revenir quand elle voudrait s'il lui manquait quelque chose.

– Personne ne va emménager, tu peux même garder les clés, si ça te chante, assure-t-il.

Après sa troisième vérification, elle redescend avec une boucle d'oreille. Une larme en argent que Papa lui a offerte à Noël.

– Vous voyez ? dit-elle en la brandissant. Si j'avais perdu ça, j'aurais eu des remords.

Billy met de la musique dans la camionnette – *Les Grands Succès des Buzzcocks* – et se met à chanter comme un chien qui hurle à la mort.

– *C'est toi que je veux, c'est toi que j'attends…*

– On est obligés d'écouter ça ? proteste Maman en se bouchant les oreilles.

– Tu les adorais, dans le temps, dit Billy en baissant un peu le son avant de se remettre à marteler le volant avec sa chevalière. Toute cette soupe que tu écoutes maintenant, c'est la fin de la vraie musique, ça gâche tout.

– Au moins, il y a une mélodie.

— Et ta mère veut savoir d'où viennent ces taches sur ton jean,
Espèce de branl…

— Franchement, Billy, râle Maman en se penchant pour appuyer sur le bouton d'éjection de la cassette. On n'est plus des ados, quoi.

— Ah bon ? demande Billy.

Il ouvre grand les yeux et lui jette un regard en coin.

— Moi, je donnerais n'importe quoi pour avoir l'âge de Carmen.

On arrive à la nouvelle maison. Maman essaye de soulever son carton de livres de régimes, mais c'est trop lourd pour elle. Elle chancelle en se tenant la tête.

— Reste avec nous, Maria, dit Billy.

— Me parle pas comme ça, lui lance-t-elle, prise de colère. Arrête de te foutre de ma gueule.

Il fait la sourde oreille et entre dans la maison.

— Maman, il disait ça sans méchanceté.

Elle se frotte vigoureusement le front.

— Je sais pas ce que j'ai, marmonne-t-elle. T'as pas des pastilles de menthe, ma puce ? Des Polos, je sais pas ?

— Je vais demander à Billy.

Je le trouve devant la fenêtre.

— Maman dit qu'elle a besoin de sucre. Je suis désolée.

— Une sale égoïste, ça se refait pas. Je sais que c'est ta mère, mais franchement… (Il tire de sa poche un paquet de pastilles de menthe forte à moitié vide.) Dis-lui de pas tout avaler d'un coup.

La maison me fait éternuer. Quand Maman allume le chauffage, l'air se charge de poussière et d'une odeur de moquette neuve.

Billy a commencé à taper dans les provisions : il a pris des KitKat et deux ou trois tartines de margarine. Le séjour est vide, à part la télé, quelques cartons et les trucs de gym de Maman. Elle a commandé un salon avec un crédit à zéro pour cent sur cinq ans – « D'ici que j'aie fini de payer, tu auras quitté la maison. » – mais ce ne sera pas livré avant demain.

– Une fois aménagé, ce sera pas mal, dit Billy. Douillet et tout. Le chauffage marche bien, en tout cas.

Le soir tombe déjà. Les camions de chantier rugissent et klaxonnent. Le bruit des marteaux, un peu étouffé par le double vitrage, n'a pas cessé de la journée. Les derniers pavillons ne seront pas finis avant Noël. Derrière le nôtre, il y a une pelouse toute neuve, une clôture bien propre et un parapluie à linge dernier cri.

Une fois Billy parti, elle regarde tous les sacs de courses.

– Il aurait pas dû acheter tout ça. Qu'est-ce qui lui a pris ?

Elle saisit le paquet de KitKat et se mord la lèvre en m'adressant un regard fuyant.

– Évidemment, on pourrait se faire une gâterie, hmm ?

Elle remplit la théière, les mains tremblantes. Un peu d'eau tombe à côté en fumant.

– Oh, bon sang, mes nerfs…

Elle coupe un KitKat en deux, m'en donne la moitié et pose l'autre près de sa tasse.

Elle le mange miette par miette, elle sépare de tout petits bouts de chocolat et de gaufrette de la pointe de ses ongles. Elle suce chaque morceau les yeux fermés.

– Hum, dit-elle, une vraie goinfre !

Je ne mange pas le mien, je voudrais voir comment elle va réagir ; je le pose sur le bras de mon fauteuil. Elle le remarque immédiatement.

– T'en veux pas ?

– Pas faim.

– Ah.

Le temps de me retourner, le KitKat n'est plus là et Maman a la bouche pleine de chocolat. Quand elle comprend que je l'ai vue, elle manque de s'étouffer. Elle le recrache dans un mouchoir en papier, le menton ruisselant.

– Je voulais juste avoir le goût dans la bouche.

Plus tard, elle flanque à la poubelle toute la bouffe que Billy a apportée, sauf le café et le thé.

– Pas la peine de garder ça. Ça nous ferait perdre nos bonnes habitudes.

Mémé débarque en taxi.

– Oh, c'est bien clair ct spacieux ! dit-elle en ouvrant toutes les portes. Dis donc, tout va bien pour toi, hein ?

Elle me passe la main dans les cheveux.

– Alors, c'est ça la mode, maintenant ? Notre Lisa aussi, elle était coiffée comme ça, dans le temps.

Je me caresse la tête à mon tour, mes cheveux ne sont plus aussi drus, ils ont repris un peu de longueur.

– On dirait un balai à chiottes, oui, raille Maman. Lisa a des comptes à rendre, elle donne à Carmen des idées pas possibles.

Mémé nous offre une boîte de chocolats.

– Pour étrenner la maison. C'est trois fois rien.

Maman la pose le long du canapé, cachée sous un coussin, sans même dire merci.

Je mange comme un ogre. J'arrive à m'en fourrer deux dans la bouche et à les avaler presque entiers. Il fait trop chaud dans cette maison, l'air me pique le nez. Je ne sens pas le goût du chocolat, seulement l'odeur de la moquette neuve et les vapeurs de peinture. En deux minutes, je vide la boîte, y compris les biscuits qui sont durs au milieu.

La salle de bains et la chambre de Maman sont contiguës. J'ouvre le robinet à fond pour que ça siffle et j'essaye de ne pas faire trop de bruit. Je commence à prendre le coup. La boîte de chocolats remonte en silence, sans résister.

Elle a acheté un tableau pour décorer le salon. Une grande reproduction encadrée. *Le Pont brisé du rêve*, de Salvador Dalí. D'une curieuse couleur jaune moutarde, c'est un paysage désertique chargé de débris avec, au milieu, un pont qui ne mène nulle part. Sur ce pont, des silhouettes fines, squelettiques ; des femmes tristes drapées de tissu bleu. Plus elles s'éloignent, plus elles deviennent minces, simples ombres et enfin pâles silhouettes flottant dans le ciel.

Maman le regarde après l'avoir accroché juste derrière la télé ; il est si grand qu'il occupe presque tout le mur.

— C'est à ça que je voudrais ressembler, dit-elle en touchant l'une des silhouettes. À une bulle d'air.

26

Victoria vient coucher chez nous. Maman m'a chargée de faire mon lit. Des draps tout neufs, à peine déballés et encore marqués de plis bien droits. Elle a appelé un taxi pour que j'aille passer la nuit chez Mémé, mais Victoria est arrivée avant.

– Oh, Victoria, quel plaisir de te revoir ! s'exclame Maman en la voyant. Carmen est sur le point de partir.

Enroulée dans mon blouson, je m'assois sur le canapé acheté au rabais tandis qu'elles vont papoter dans la cuisine autour d'une tasse de tisane aromatisée. Ginseng et vanille, plus deux pastilles de Canderel. Je mets ma capuche pour que Victoria ne fasse pas de remarque à propos de mes cheveux.

– Bonjour, me dit-elle.

Un peu gênée, elle se tient devant la porte du salon et me parle sans me regarder. Je lui réponds d'un hochement de tête tout en faisant semblant de lire un magazine de Maman.

Elle monte sur le vélo d'appartement et donne deux ou trois coups de pédalier.

– Ta mère en fait souvent ?

– Trois fois par jour.

Elle reste bouche bée et se met à pédaler plus vite, après avoir ôté ses chaussures pour avoir une meilleure prise.

– En général, j'en fais quatre fois, moi, annonce-t-elle fièrement.

Les os de ses hanches percent son pantalon, ses articulations se heurtent les unes contre les autres.

Au bout de quelques minutes, elle s'arrête net, s'appuie sur le guidon, les bras croisés, et baisse la tête.

– Ouh! dit-elle, à bout de souffle. Tu veux bien m'apporter un peu d'eau?

Alors que je me lève, on sonne à la porte.

– Désolée, dis-je, mon taxi m'attend.

Le chauffeur va à toute allure, il fonce sur la quatre-voies. Il ne dit pas un mot, mais il me regarde dans son rétro. Je voudrais que ce trajet dure pour toujours, que ça continue encore et encore, qu'il m'emmène n'importe où, nulle part, loin d'ici.

Mémé regarde *Blind Date*. Elle adore Cilla Black, l'animatrice.

– On a eu une soirée comme ça au village-vacances, raconte-t-elle. Les candidates avaient des voix à vous crever les tympans, elles étaient toutes fines et bondissantes, et tout le monde les a adorées parce qu'elles ont chanté plein de chansons.

Sans retirer mon blouson, je me laisse tomber sur le canapé; peu importe que la cheminée à gaz soit allumée plein pot et qu'il fasse une chaleur à crever.

La municipalité leur a encore envoyé quelqu'un à propos de la haie.

– S'il ne la coupe pas, ils vont coller à ton grand-père une amende de plusieurs milliers de livres, mais il ne veut rien savoir.

Il est au pub du matin au soir, elle ne lui parle plus du tout.

–Tu sais, je me demande si je ne vais pas divorcer. Pourquoi je m'enquiquine à moisir avec lui, maintenant? À quoi bon? Personne ne vient plus jamais nous rendre visite.

Je suis assise derrière elle, mais je vois tressauter ses épaules. Elle renifle.

–Il y a un paquet de biscuits fourrés, dans la cuisine. Va nous les chercher, mon trésor, tu veux?

Pendant le tirage de la loterie, on sonne à la porte. Mémé est figée sur son siège, ses tickets à la main. Elle y laisse dix livres par semaine. Elle dit que si elle gagne, la première chose qu'elle fera c'est d'appeler quelqu'un pour tailler la haie.

–Va ouvrir, d'accord? Si c'est les témoins de Jéhovah, t'as qu'à leur dire qu'on est des impies.

J'ouvre la porte: deux hommes, l'un nettement plus jeune que l'autre. Père et fils, je suppose. Ils se ressemblent, ils ont les mêmes oreilles et le même sourire inquiétant de lèche-bottes.

–On habite à côté, annonce l'aîné. On vient pour la haie. T'es toute seule? On veut juste parler à tes grands-parents. Pour la haie.

–Y a personne.

Ils ronchonnent et tendent le cou pour regarder derrière moi, d'un air suspicieux.

–T'es sûre?

Ils disent que la semaine prochaine, ils viendront tout tailler à ras avant d'envoyer la facture. Paraît que ça rend tout le monde fou. Ils ont même écrit à une équipe télé.

J'explique à Mémé qui c'était et ce qu'ils voulaient; elle soupire.

–Si au moins on passait à la télé, ça serait toujours ça de gagné.

Quand Pépé revient, je suis déjà couchée, mais je les entends s'engueuler dans l'entrée.

– Le gars d'à côté, c'est un taré. J'ai entendu dire des trucs sur lui, Joyce.

– C'est des bêtises ! crache-t-elle. Des potins de bistrot, Ray, ni plus ni moins. C'est peut-être une raison pour qu'on vive dans le noir, hein ? Je t'ai dit et répété que ce truc poussait trop vite pour être taillé. Seulement, tu ne m'écoutes jamais !

Pépé ronchonne et Mémé reprend, furieuse :

– Comme tu voudras ! Mais ne compte pas sur moi pour te soutenir quand ils te traîneront en justice !

Le lendemain, ils se font la gueule. Pépé fait semblant de lire le journal et Mémé prépare le petit déjeuner en râlant. Elle passe ses nerfs sur moi en constatant que je n'ai mangé que les tomates en boîte.

– Depuis quand tu fais la difficile comme ta mère, toi ?

Il n'y a presque plus de vernis. Je suis en cours de maths, je décolle les derniers éclats de noir. Ça fait longtemps que j'ai enlevé les brillants. La maison de Mémé imprègne mes vêtements : ça pue la clope et la friture, comme si ma peau et mes cheveux en étaient eux-mêmes saturés.

Il arrive quelque chose à Maxine. Elle n'est pas venue de la semaine. Paisley m'a glissé un petit mot dans la main, ce matin. *Salut Carmen, Je ne te déteste plus, je sais que t'es pas une gouine.* Elle se retourne toutes les trois secondes pour croiser mon regard. Je fais semblant de rien voir.

Je la retrouve aux toilettes pendant la pause. La voilà qui me pousse dans une cabine et je sens mon cœur trembler. C'était un piège, je me dis. Je vais me faire massacrer.

– Non, non, chut, souffle-t-elle en voyant que je me débats. Je vais pas te faire de mal, juré.

– Bah alors, qu'est-ce tu veux ?

– C'est Maxine, débite-t-elle à toute allure. Dean a pris des photos d'elle et il les a mises sur Internet, regarde.

Elle tire de sa poche un bout de papier froissé. Une page Web imprimée. Au milieu, il y a Maxine à poil, en train d'envoyer un baiser à la caméra. On voit même sa chatte.

– Les garçons de Camp Hill ne parlent plus que de ça.

Sous la photo, la légende annonce : «Une minette prête à tout». Je suis contente que ce ne soit pas moi. À l'idée d'être ainsi exposée, mon bide, mes nichons et tout, je grimace.

– Y en a des encore pires, précise Paisley, les yeux écarquillés. On les voit même en train de passer à l'acte.

– Sans blague ?

Elle m'explique que Maxine devra probablement changer de collège. Que ses parents ont mis les flics sur le coup.

– Ils vont poursuivre Dean pour abus sexuels sur mineure.

Je repousse sa main. Je ne veux plus voir Maxine qui fait sa grimace stupide devant l'appareil photo.

Paisley craint que sa mère ne la retire du collège pour lui faire suivre des cours à domicile.

– À cause de la soirée de l'autre fois.

Elle remet la photo de Maxine dans sa poche et m'adresse un sourire nerveux.

– Pour Carter, je t'en veux pas. Y a plus rien entre lui et moi. C'était juste de l'intérim.

Je lui demande de quoi elle parle ; elle m'explique qu'elle a lu ça dans *Cosmopolitan* :

– Une relation intérim, c'est quand tu fréquentes un mec comme ça, en attendant une relation plus solide. Je te laisse Carter, si tu veux.

– J'ai jamais voulu de lui. C'est lui qui m'a sauté dessus, ce jour-là.

À la fin des cours, il fait noir. Toutes les feuilles sont tombées des arbres et le trottoir n'est plus qu'une bouillie glissante et humide. Je monte dans le bus numéro 11, mais il met pas loin d'une heure pour faire le tour de la ville et aboutir à Handsworth.

Pas de lumière. Sur la porte, un papier explique que c'est ouvert jusqu'à cinq heures et donne un numéro de portable, en cas d'urgence. Je tape à la porte, des fois qu'elle soit là quand même, mais personne ne vient. Je veux lui parler de Maxine et de Dean.

Je griffonne un petit mot sur l'envers d'un paquet de cigarettes vide.

Chère Lisa, où es-tu??? Je suis passée te voir mais tu n'étais pas là. Rappelle-moi. Carmen.

Je le glisse dans la boîte aux lettres.

Il faut pousser fort pour ouvrir la porte, elle coince déjà.

« C'est comme ça, les maisons neuves, a expliqué Maman comme si elle récitait une brochure de constructeur. Le temps que la maison se fixe. »

Comme si c'était un chien qui tressaute dans son panier avant de s'endormir pour de bon.

Il fait tout noir, mais je sais qu'elle est là, j'ai vu ses affaires près de la porte. Le chauffage carbure à fond, je me mets à transpirer après avoir eu froid dehors.

– Maman ?

Je monte. Sa chambre est fermée, mais quand je frappe, elle grogne.

Elle a la même allure que quand elle était malade, quand il avait fallu la brancher sur une telle quantité de machines et de goutte-à-goutte qu'elle avait eu une chambre pour elle toute seule.

Je lui demande si j'ai eu un coup de fil.

– Pourquoi ? T'as un petit ami ?

Elle dit qu'elle est un peu patraque et roule sur le côté pour me regarder. Ses yeux lui sortent des orbites quand sa peau se tend, la pression les pousse vers l'avant.

– Ça va, Maman ?

Gros soupir.

– Je suis juste un peu fatiguée, ma chérie.

Il y a des mouchoirs en papier par terre, près du lit. Elle a dû pleurer. Je m'assois près d'elle, je pose la main sur sa hanche. Elle grimace.

– Me touche pas, mon cœur.

Elle me prend la main et me serre les articulations.

– Et toi, ça va ?

– Ouais.

Elle a laissé ses cigarettes sur l'accoudoir du canapé. Elle n'en a plus que six. Tout en regardant les infos, je les grille toutes, l'une après l'autre, à m'en rendre malade.

Lisa n'appelle pas. Elle doit en avoir marre de moi. Je sors les allumettes de la boîte et je les frotte l'une après l'autre, jusqu'à ce qu'il y ait un vrai feu de joie dans le cendrier. Je roule des bouts de mouchoir et je les glisse en dessous, puis je les enflamme avec la dernière allumette.

Un bruit assourdissant retentit soudain. Un bip-bip sans fin qui fait vibrer la maison. Maman paraît dans l'entrée, les mains sur les oreilles.

– Éteins ce truc ! crie-t-elle. Éteins-le ! Éteins-le !

Elle trépigne comme un jouet mécanique. Je ne veux pas la regarder plus longtemps. Je ne veux plus voir son menton, les muscles de ses joues, son crâne énorme. Elle ressemble à une sucette.

– Je sais pas comment il faut faire, lui dis-je.

Elle me montre l'alarme anti-incendie qui clignote au plafond et crie :

– Retire la pile !

Une fois que c'est fini, elle me fait une scène parce que j'ai fumé, mais sans crier bien fort. Elle est grisâtre, ridée comme si elle était vieille. Mais très, très vieille, genre presque morte.

– Tu sais, dans le temps, dit-elle d'une voix lente et pâteuse, comme si sa langue avait enflé, les hommes tombaient tous pour moi.

Elle secoue la tête.

– Et maintenant, me voilà toute seule…

Elle se met à pleurer.

Mais moi, je suis là, j'ai envie de dire, tu n'es pas toute seule. Seulement, je ne dis rien, parce que je sais bien que ce n'est pas moi qu'elle veut.

Enfermée dans ma chambre, je ne dors pas. Je laisse les rideaux ouverts et je m'allonge au pied de mon lit pour regarder la lune et les étoiles. La vue qu'on avait depuis l'appartement me manque, de même que le bruit du vent et la perspective vers l'infini. Ici, le ciel semble trop proche, comme s'il nous écrasait.

Je ne sais plus si je suis endormie ou éveillée au moment où je la vois debout près de mon lit, pâle comme un linge. Je ferme les yeux très fort.

27

—Je suis passée te voir, mais t'étais pas là. J'ai laissé un mot.

Lisa lève la tête pour me regarder.

—Je n'ai rien trouvé, ma chérie. Ça disait quoi ?

Je hausse les épaules. Plus envie de parler de ça. J'aurais l'air d'une cruche qui fait son intéressante.

—Non, rien, ça va.

—Tu es sûre ? insiste-t-elle. C'était juste comme ça, en passant ?

—Ouais.

Une goutte de peinture verte tombe du pinceau trop chargé et déforme le poisson que j'étais en train de dessiner. Je copie un motif d'aquarium comme celui que j'ai vu dans *Nails*, le magazine de Lisa. J'ai déjà fait un ongle de pouce orné d'un hippocampe, mais je n'arrive pas à faire correctement l'index. Normalement, ça devrait représenter un ange de mer qui nage dans les algues, mais c'est plutôt une tache qui barbotte dans d'autres taches. Je soupire et je balance l'ongle à l'autre bout de la pièce.

—Fais attention, gronde Lisa d'un ton agacé.

Je crois bien que je l'enquiquine. Elle doit pas avoir envie que je m'incruste, aujourd'hui.

– Essaye le motif de Noël, il est plus facile, dit-elle.

Le motif de Noël, c'est du houx avec des baies rouges sur un fond couleur plum-pudding. Une couche de base, une couche de Plum-Pudding, ensuite le pochoir motif houx en vert et le second pochoir en rouge pour les baies. Ce n'est pas aussi réussi qu'avec un aérographe mais, après avoir fini le premier, je le colle quand même sur le plateau d'exposition.

– C'est pas mal pour les petites fêtes au bureau, ça, dit Lisa.

Plus tard, alors qu'il n'y a plus de clientes et qu'on a le temps de prendre un thé, elle me demande :

– Qu'est-ce que tu fais à Noël ? Plus que deux semaines et on y est. J'arrive pas à y croire. C'est arrivé tellement vite.

– On va chez Mémé.

– Ah bon ? s'exclame-t-elle en riant. À quelle heure ?

– Pour déjeuner.

– Alors, on se verra.

– Maman est au courant ?

Lisa secoue la tête.

– Il est temps que ta mère et moi, on se réconcilie, tu ne crois pas ?

Maman dit que la bousculade des achats de fin d'année est bien engagée. Le soir, elle ne rentre pas avant huit ou neuf heures.

– C'est la guérilla, en ville.

Et il y en a pour encore deux bonnes semaines.

Je dessine des cœurs argentés sur fond rose. Ça rend bien, sauf celui où j'ai passé trop de peinture argentée sur le pochoir : ça sèche mal et c'est trop épais. Je crayonne des motifs sur un bout de papier, des tourbillons, des feuilles, des ronds yin et yang. Je voudrais faire quelque chose de vraiment génial pour Lisa, un truc qu'elle n'aurait jamais vu avant. Mais je ne sais pas quoi inventer.

J'efface le camouflage vert olive que Lisa a fait hier; le dissolvant est si fort que j'en ai les larmes aux yeux. À la place, je mets de l'Or Miroitant. J'attends que ça sèche bien sagement, les mains sur les genoux.

En rentrant, Maman ouvre un paquet de chips.

–Tu as dîné, Carmen ? J'ai pas du tout envie de me mettre aux fourneaux, je dois dire. J'ai pas vraiment faim.

Elle ment, parce que de toute façon, elle ne fait jamais la cuisine.

Elle mange deux chips avant de me tendre le sachet, mais je le refuse en lui montrant mes ongles.

–Non, t'es sûre ?

Elle roule en boule ce qui reste.

–J'avais pas vraiment faim, de toute façon.

Elle jette le sac à la poubelle, ouvre le robinet et se sert un verre d'eau.

–Selon Theresa, une cliente a dit que j'étais trop mince.

Elle se tient à l'entrée de la pièce, une main sur la hanche. Elle donne l'impression de rétrécir sur pied, comme un ballon crevé. Elle a un rire creux.

–De quoi elle se mêle, cette vieille grue ? À côté de Victoria, je suis obèse.

–T'as trop de chance, Carmen, ta mère te laisse faire tout ce que tu veux.

Paisley ronchonne parce que sa mère lui a interdit de sortir jusqu'à la fin des vacances de Noël. Les cours sont finis, on va chez elle en passant par les petites rues de Moseley, la clope au bec.

Elle a décidé de se réconcilier avec moi après le départ de Maxine, qui est maintenant inscrite dans une école religieuse où il faut porter un uniforme couleur caca et un chapeau.

— Bien fait pour elle, dit Paisley en me prenant le bras. Sale pute.

La mère de Paisley est assistante sociale. Elle a l'air fatiguée et tracassée. Ses cheveux sont attachés derrière sa tête avec un chouchou et elle a des gros anneaux d'oreilles. Elle me plaît bien. Dans sa cuisine, il fait bon et c'est le bazar, il y a des cendriers, des bouteilles de ketchup, des tasses et des journaux plein la table. Ça sent la bonne bouffe et le désodorisant parfum pot-pourri.

— Alors, tu es qui, toi ? me demande-t-elle. Tu as le teint pâle, on dirait. Tu veux une part de pizza ?

Elle ouvre la porte du frigo le plus impressionnant que j'aie jamais vu. À l'intérieur, c'est un vrai supermarché : des étagères débordant de galettes croustillantes Findus, de bouchées aux pommes de terre Birds Eye, de gâteaux au chocolat Sarah Lee, de pudding façon grand-mère, de frites spéciales four McCain, de croustillants au poisson, de tourtes Captain Cod et de cheesecakes McVitie.

— Man-maan, gémit Paisley en bondissant sur son siège, y en a marre de la pizza.

— Dis donc, toi, arrête de geindre. Tu auras ce que Dieu te donnera.

— T'es pas Dieu, Maman, réplique Paisley en roulant les yeux.

— Je suis son assistante. Allez, choisis quelque chose, Paisley. Je vais choper des engelures, à force.

La salle de bains de Paisley a changé. Il y a un nouveau rideau de douche et un tapis qui cache les brûlures de cigarettes, par terre.

Quelques débris de galette croquante et de frites s'obstinent à flotter dans la cuvette. Je dois tirer la chasse d'eau trois fois pour les faire disparaître.

— Ça va comme tu veux, Carmen ? demande Paisley en me voyant revenir dans sa chambre.

Elle est en train d'épingler un nouveau poster. Le mur est monopolisé par la photo d'un boys band.

— Ils sont sexy, tu trouves pas ?

— Mouais, dis-je en haussant les épaules.

Elle est stupéfaite.

— Tu les aimes pas ?

Je secoue la tête en la regardant sournoisement.

— Ce que j'aime, moi, c'est les Buzzcocks.

Je joue avec ses Barbie, je les tortille pour que Barbie-rollers et Barbie-en-ville se fassent un soixante-neuf. Je dis :

— Regarde, c'est Maxine.

Tout près de chez Mémé, à Stratford Road, il y a un magasin – Prix Cool, un peu de tout pour presque rien. Tout le long du trottoir, c'est une profusion de bacs en plastique pleins de tampons à récurer, de lavettes à vaisselle, de torchons, d'éponges, de pelles à poussière, de brosses et d'essuie-tout. En vitrine, des lampes psychédéliques font des bulles à côté de chiens chinois et d'autres bibelots. Il y a une pomme dorée qui plairait peut-être à Mémé, pour sa collection. Une paire de tasses attire mon attention.

Sur l'une est inscrit : *Meilleure maman du monde.* Et sur l'autre, *Meilleur papa du monde.* Les lettres ornées de boucles sont accompagnées d'un petit dessin : la maman est représentée au milieu d'un tas de repassage et de lessive, le papa est entouré de voitures, de clubs de golf et de cannes à pêche.

J'achète les deux pour les offrir à mes parents à Noël.

28

Il faut que je la laisse entrer, elle est chargée de sacs. Six, non, sept, tous débordants de nourriture.

– Deux-trois achats de fin d'année, ma chérie.

Elle a du mal à porter tout ça.

Des tartes aux fruits secs, des puddings, une dinde, des paquets de chips, des petits pots de noisettes, des saucisses, du bacon, des œufs, de la mayonnaise. Tout le toutim. Le frigo n'est pas assez grand, elle est obligée de laisser la dinde sur la table, avec un torchon dessus.

Elle refuse que je touche à quoi que ce soit. Elle dit que c'est pour Noël.

– Bas les pattes, espèce de goulue, dit-elle tandis que je prends un pot de noisettes au miel pour lire combien de calories il y a dedans.

Elle s'installe au salon et lit à haute voix les recommandations d'une diététicienne à propos du repas de fin d'année. Je me concentre pour appliquer une couche de vernis sur mon pouce un peu écaillé. Ça fait drôle d'avoir des provisions, j'ai l'impression qu'il y a un invité dans la cuisine. C'est une présence inhabituelle, à peine perceptible, qui s'évanouit en un éclair.

–Je croyais qu'on allait manger chez Mémé, ce jour-là.

–Oui, on y va. Mais comme c'est bientôt Noël, il faut remplir le frigo, tu comprends?

Pour le dîner, on mange un repas tout prêt. C'est le top de chez Marks & Spencer, mais c'est quand même pas réjouissant. Je ne mange que la moitié de ma part.

Maman ne touche pas à la sienne. Elle plante sa fourchette dedans, puis pose le plateau sur l'accoudoir du fauteuil. De temps en temps, elle quitte la télé des yeux pour lorgner la barquette. Elle finit par annoncer:

–Je peux pas dire que j'ai vraiment faim.

Elle se lève et emporte les deux plateaux pour les vider dans la poubelle de la cuisine.

J'ai de la bouffe plein la tête. Pas moyen de penser à autre chose. Tout ce qu'elle a acheté. Je n'en mangerai pas un gramme. Pas question. Je serai mince et belle.

Je feuillette quelques magazines. Dans *Mizz*, il y a des tenues aux couleurs d'équipes de sport, voyantes et moulantes. Pantalons argentés, tee-shirts noirs marqués des mots Punk et Rocker en lettres scintillantes. Je voudrais être comme ça, je me dis.

Mais en me regardant dans la glace, je constate que j'ai le teint terreux, que je suis charnue et que j'ai l'air débile. Mes cheveux repoussent en mèches désordonnées. Je ne serai jamais belle. Jamais.

Je m'allonge sur mon lit, je me ronge les ongles. Je racle délibérément le vernis avec mes dents.

Une fois qu'elle dort, je descends chiper quelques sachets de chips et un pot de noisettes. Je me promets que c'est des provisions pour parer aux urgences mais, à peine revenue dans ma chambre, je bouffe tout comme si je ne pouvais pas m'arrêter.

En remontant, une noisette reste coincée dans ma gorge et je m'étouffe. Maman tape au mur.

– Ça va, Carmen ?

J'agite les mains sous le robinet. Du moment que je peux faire disparaître tout ça, ça ira. Du moment que rien ne reste collé.

Le matin, elle inspecte les placards.

– Où sont les chips ?

Je fais la moue sans la regarder. Elle éclate de rire.

– T'as pas pu résister, hein, espèce de goulue ?

Elle paraît plus soulagée que fâchée.

– Arrête de m'appeler comme ça !

– Je t'appelle comme je veux, tu es ma fille.

Elle part au travail.

– J'ai fait l'inventaire, prévient-elle. Je sais ce qui reste.

Je me mets à préparer le cadeau de Lisa : un jeu d'ongles exprès pour elle. J'ai choisi un thème, la plage, et fabriqué moi-même des pochoirs avec une étoile de mer, un hippo-campe, un poisson, une méduse et, pour le pouce, un bernard-l'ermite avec une haute coquille conique et des grosses pinces.

À l'heure du déjeuner, Maman m'appelle pour me dire que je peux prendre deux tranches de pain de mie et un paquet de chips, si ça me chante. J'entends derrière elle les bruits de la boutique, le bip-bip de la caisse, les battements de la dance music. Je lui réponds :

– C'est bon, j'ai pas faim.

On reste assises à regarder la télé jusqu'à huit, puis neuf heures. Pendant les coupures de pub, elle parle de ce qu'on pourrait manger pour le dîner. Un hachis Parmentier, du poulet au curry, des frites, un ragoût à la saucisse.

— Le ragoût… dit-elle. J'adorais ça, quand j'étais gamine.

— On pourrait s'offrir un festin. Par exemple, des coupes de glace au chocolat qui flotte sur un lac de sauce caramel.

— Comme des princesses, dit Maman en souriant.

Mais ni elle ni moi ne nous levons pour aller dans la cuisine.

Au moment où elle annonce qu'elle va boire un verre avec Victoria, il est déjà tard. Pas loin de onze heures. Elle n'appelle pas de taxi et ne met pas de maquillage.

— À tout de suite.

Elle s'enroule dans son manteau et claque la porte derrière elle. Quelques minutes plus tard, on sonne. Je me dis que ça doit être Maman qui vient de s'apercevoir qu'elle n'était pas maquillée.

Mais c'est Papa. Je ne sais pas quoi dire.

Il me fixe intensément. C'est sûr, je dois lui sembler différente, avec mes cheveux courts et tout.

— Bonjour, ma chérie, dit-il en me caressant les épaules. Je peux entrer ?

Dehors, il commence à neiger, de gros flocons collants qui fondent en arrivant au sol.

— Il fait chaud, ici. Ta mère n'est pas là ?

— Elle est sortie.

Je l'observe. Il est plus doux, plus en forme qu'avant. Bronzé, vêtu d'un manteau d'hiver assez chic.

Il regarde un peu autour de lui dans le salon.

— Ça va bien, alors ? demande-t-il en s'attardant devant la reproduction de Dalí. Ça me donne la chair de poule, ce tableau.

Je lui montre les faux ongles que j'ai fabriqués pour Lisa.

– C'est pas tout à fait fini.

Il sourit.

– Tu as du talent, dit-il simplement.

Pour Noël, il m'a acheté une PlayStation. On s'assoit sur la moquette devant la télé et il branche la prise, exactement comme avant. On joue à WipEout III, mais je ne suis pas très bonne à ce jeu-là. Je finis toujours dans les bas-côtés et je perds du temps. Papa gagne à chaque coup.

– Tu as perdu la main, on dirait ?

Il dit qu'il ne peut pas rester très longtemps. Qu'il ne fait que passer.

– Où est ta mère ? Elle m'avait dit qu'elle serait là. Il faut qu'on parle, elle et moi…

Il tapote sa sacoche.

Il me regarde tant, que ça finit par me mettre mal à l'aise.

– Tu as dîné ? demande-t-il enfin.

Je réponds d'un haussement d'épaules et il va voir à la cuisine. Je reste dans l'embrasure de la porte, je le regarde ouvrir le frigo. J'ai envie de lui dire d'arrêter de fouiner comme ça. Cette bouffe, c'est à nous, à Maman et à moi. Il passe un doigt sur le couvercle en plastique – intact – du pot de mayonnaise.

– Si on se faisait un petit quelque chose, vite fait ?

Il sort le bacon et les œufs, fait chauffer de la margarine dans une poêle. Je m'assois sur le comptoir pour le regarder. Il me demande si Maman va bien, je lui dis que oui, et là, il me répond qu'elle est capable d'aller très mal alors même qu'elle semble en forme.

– Il faut rester sur ses gardes, elle a ses petites astuces. T'es pas obligée de suivre le même régime qu'elle, tu sais.

253

Je donne un coup de talon sur le meuble. Je voudrais qu'il s'en aille. Il est condescendant.

– Tu la connais même pas, lui dis-je.

– Tiens donc ?

D'un geste soudain plus tendu, il pose une tranche de bacon dans la graisse chaude. Je persiste :

– Ouais.

Il pose la nourriture dans mon assiette en faisant celui qui s'en fiche. Du bacon, des œufs, des saucisses, du pain et des tomates.

– Mange, dit-il en attaquant sa propre assiette.

Je le regarde avaler goulûment ; il mâche à peine et engloutit des bouchées entières.

– Vas-y, quoi, insiste-t-il.

– J'ai pas faim.

Je jette tout le contenu de l'assiette, encore fumant, dans la poubelle.

Là-dessus, il remet son manteau d'un air pressé.

– Tu diras à ta mère de m'appeler. Sans traîner.

Une fois qu'il est parti, je m'aperçois que j'ai oublié de lui donner son cadeau. « Meilleur papa du monde ». Je ne vois plus pourquoi je lui ai acheté ça. C'est même pas lui mon vrai père. J'enfouis la boîte tout entière, avec son emballage cadeau et son bolduc torsadé, dans la poubelle, sous la bouffe.

Dix minutes plus tard, j'entends le bruit d'une clé dans la serrure. Maman est roulée dans son manteau, frigorifiée. La neige s'est transformée en pluie, elle est trempée.

– Maman… Où t'étais ?

Elle me dit qu'elle n'est pas allée voir Victoria, qu'elle a raconté des bobards et est allée se planquer dans la cabine téléphonique du coin de la rue.

—J'ai cru qu'il ne partirait jamais.

Elle s'assoit sur le canapé et se frotte les mains. Sa peau est bleue.

—Je ne trouve pas le courage de le revoir, Carmen, dit-elle d'une voix lointaine et perdue. Je suis lâche.

29

On part vers midi. Maman tient à ce que je mette ma jupe Pocahontas, mais je ne veux pas. Elle, elle porte juste un pull flottant et un jean qui ne tient qu'avec une ceinture. Je passe des heures devant la glace, à mettre du khôl et à me lisser les cheveux. En me voyant revenir, elle demande :

– Tu tiens absolument à te rendre ridicule ?

L'ambiance n'est pas vraiment celle de Noël ; les rues sont vides et les commerces fermés. On n'a pas encore déballé un seul cadeau.

La haie s'est affalée sur le trottoir, toujours plus épaisse, et des tiges jaillissent autour du pied, pressées de s'étendre et de monter vers la lumière.

Mémé est dans la cuisine, elle prépare le repas. Pépé est au pub. On ira le rejoindre plus tard, «pour boire un petit coup en attendant que ça finisse de cuire».

Dans le salon, le sapin est un peu nase, appuyé sur la télé et pas beaucoup plus grand que le poste. Mémé a enroulé une guirlande autour, mais n'empêche, on voit bien que personne n'a eu envie de se casser la tête. La télé hurle, il y a des boîtes de gourmandises ouvertes sur la table basse : des bonbons aux fruits, des Quality Street, des bocaux de noisettes aux fruits secs, des biscuits au chocolat.

– C'est quoi, ce sapin ? demande Maman. C'est un débris de la haie, ou quoi ?

– C'est ton père, il l'a eu pour pas cher au pub.

On s'installe dans la cuisine avec Mémé, qui prépare la dinde.

– J'espère que tu l'as décongelée correctement, dit Maman en la piquant du doigt.

Mémé coupe la ficelle qui tient les pattes de la bestiole et sort un sachet plastique plein d'abats.

– Tu vas en manger un peu, hein, Maria ?

– Beurk, fait Maman, incapable d'en dire plus. Beurk.

Mémé retrousse ses manches et fourre des boulettes de farce dans la dinde, à mains nues. Ça fait un peu obscène. Je regarde par la fenêtre les branches vert mat du cyprès qui se balancent au vent. Une fois que la dinde est farcie, elle tartine la peau de beurre et pose du bacon dessus.

Maman tripatouille sa cigarette, dont elle examine attentivement le filtre.

– Ça y est, je peux regarder ? Elle est au four ?

Pendant qu'on regarde le discours de la reine, Lisa arrive. Au début, je ne l'ai pas remarquée mais, en jetant un coup d'œil derrière moi, je m'aperçois qu'elle est là, silencieuse, et qu'elle observe Maman. Elle porte une veste imprimée façon dalmatien et ses ongles sont plus rouges qu'un camion de pompiers.

– Tiens, voilà Cruella, persifle Maman.

Lisa ne relève pas, elle m'embrasse sur le front et s'assoit.

– Joyeux Noël, lance-t-elle.

Mémé nous dit de prendre nos cadeaux pour aller au pub.

– Vous allez voir ce que j'ai acheté à Ray, nous confie-t-elle avec un grand sourire. Je tiens à ce qu'il déballe ça devant tout le monde.

Je ne sais pas ce que c'est, mais c'est lourd, et il faut trimbaler la boîte jusqu'au pub. On va au Firkin, à quelques pâtés de maisons, vers le pied de la colline. On ne marche pas vite parce que Mémé a mal aux genoux. Elle s'appuie sur sa canne et inspire profondément, son corps graisseux tremblote à chaque pas. Auprès d'elle, Maman a l'air d'une poupée. Elle est penchée en avant, comme si elle portait quelque chose sur son dos ct, sous la lumière du jour, elle semble plus âgée que Mémé.

Le juke-box joue un air de Noël, les cendriers sont entourés de débris de guirlandes fixés avec du scotch. En voyant ça, Maman éclate de rire.

– C'est quoi, ce truc ? C'est pour donner un petit air de fête ?

Pépé est au bar, il parle avec un groupe d'hommes qui lui ressemblent tous : même visage rougeaud, mêmes cheveux jaunis par la nicotine.

– Tiens donc, s'écrie-t-il en levant les sourcils d'un air résigné. V'là les gonzesses.

– Apporte-nous à boire, Ray, ordonne Mémé. Moi, je prends un Advocaat à la limonade.

Maman commande un Baileys sous prétexte que «c'est Noël» et un Diet Coke pour moi. Pépé apporte le tout et Mémé insiste pour qu'on trinque.

– Allez, insiste-t-elle auprès de Maman, on est en famille, comme avant.

Maman et Lisa échangent un bref regard avant de se détourner. Maman me prend la main pour la serrer bien fort. Ses doigts ne sont que des os.

– Allez, Ray, vas-y. Ouvre.

Pépé regarde la boîte, pris de surprise.

– T'aurais pas dû, ma douce. On n'a pas les moyens.

Il arrache le papier à toute vitesse, comme un gamin.

– C'est quoi, ce truc ?

– À quoi ça ressemble ?

Sur la boîte, on peut lire Taille-haie Black & Decker.

– Je l'ai commandé au *Téléachat*, précise Mémé.

Lisa brise le silence par un éclat de rire :

– C'est génial, Maman.

– Faudra autre chose qu'une paire de ciseaux de demoiselle, grogne Pépé.

– C'est bon, Papa, arrête, proteste Lisa. C'est Noël.

Maman berce son Baileys sans vraiment le boire, elle le porte simplement à ses lèvres pour les mouiller d'un film laiteux.

Ensuite, c'est à moi de distribuer mes cadeaux. Mémé est bien contente d'avoir une pomme dorée :

– C'est pour enrichir ma collection. Bonne petite, va.

Maman, elle, éclate de rire en voyant sa tasse.

– C'est d'un mauvais goût ! Mais c'est adorable, ajoute-t-elle aussitôt. Regardez, dit-elle en la montrant à Lisa et Mémé : *Meilleure maman du monde*.

En déballant ses faux ongles, Lisa sourit franchement, pleinement.

– C'est toi qui les as faits ? Ils sont superbes !

Et elle est sincère, je le sais.

– Fais voir, demande Maman en se penchant. Franchement, Carmen, tu aurais pu me dire que tu n'avais plus un sou. T'avais pas besoin de fabriquer des cadeaux, quoi.

Maman m'offre un walkman, Lisa, une trousse pour peindre les ongles avec un livre et Mémé, une grosse boîte de chocolats. Le livre est génial, plein d'idées et d'explications pas à pas.

Pépé n'a rien pour personne, il dit que c'est lui qui paye toutes les boissons.

– Je viens de laisser un billet de vingt derrière le comptoir.

– Espèce de radin, dit Lisa. T'es vraiment un vieux salaud, hein ?

Pépé rit doucement et passe son bras autour de Mémé pour lui déposer un bisou baveux sur la joue.

– Tu voudrais pas que je change, pas vrai, Joyce ?

Mémé fait la grimace, mais en vérité, elle rit.

– Il te plaît pas, ton walkman ? me souffle Maman tandis que Lisa est allée chercher à boire.

– Non. Je veux dire, si.

– Alors, lève le nez de ce fichu bouquin. Tu me fais honte.

Lisa rapporte du bar quelques sachets de chips. Elle en tend un à Maman : arôme crevette.

– On est pas près de se mettre à table, explique-t-elle en me tendant le sachet fromage-oignon.

Maman lit à haute voix la teneur en calories :

– Cent quatre-vingt-dix.

Lisa fronce les sourcils et ouvre son sachet, puis se met à croquer ouvertement.

Maman glisse un doigt dans le plastique.

– J'aime pas ce parfum.

– Passe-le-moi, lui dis-je. On n'a qu'à échanger.

Elle me le tend.

– Non, mange-les, toi, Carmen. Tu dis toujours que tu as faim.

Alors que personne ne me regarde, je laisse tomber le sachet sous la table et je le cache sous mon pied.

On finit par quitter le pub, ou plutôt par en être éjectés, à trois heures.

– Je crève de faim, dit Pépé en se frottant les mains. C'est bien le meilleur repas de l'année, le festin de Noël.

On rentre, il déplie la table à rallonge qui est adossée au mur du salon. Il s'installe au bout pour être pile en face de la télé.

Maman refuse de manger de la dinde. Elle dit que la viande est trop rose, qu'elle n'est pas assez cuite.

– Salmonelle, annonce-t-elle en montrant une petite tache rose sur la cuisse de l'animal. Il y en a partout.

Elle pose dans son assiette quelques choux de Bruxelles et trois dés de carotte.

– Pas dans ma cuisine, je regrette, proteste Mémé, indignée.

– Je t'en prie, Maria, souffle Lisa à mi-voix. Tu nous coupes l'appétit.

Je ne vois ce que j'ai avalé qu'un peu plus tard ; quand reviennent les pommes de terre presque entières, leur surface dure et plissée bien visible, ainsi que les carottes et les morceaux de saucisse à peine mâchés. Je n'ai pas l'impression d'avoir mangé tant que ça. À force, j'ai le nez qui coule, les yeux entourés de rouge. Je remets du khôl pour que ça ne se voie pas.

– Grosse vache, je me dis devant le miroir. Grosse vache.

Quand je reviens dans le salon, Lisa me dévisage, mais j'évite de croiser son regard. Elle n'a rien entendu, quand même ? J'ai fait couler le robinet à fond.

– Ça va comme tu veux, Carmen ? Tu as été malade ?

– Mais non, voyons, proteste Maman sans me laisser le temps de dire un mot.

Un silence plane, qui semble aspirer l'air de la pièce. Lisa se plante les ongles dans la paume des mains.

– Je ne peux plus supporter ça, dit-elle en se tournant vers Mémé. Il va bien falloir que quelqu'un dise quelque chose, quoi !

Maman réduit en bouillie ses légumes, jusque-là intacts.

Mémé et Lisa la regardent.

– Je suis inquiète, Maria. Brian est venu me voir. Il paraît que tu refuses de le voir. Toutes ces histoires de régime, d'alimentation, faut que ça cesse. Tu es malade, Maria. Tu as besoin d'aide.

– Tu dis ça parce que tu t'es laissée sécher sur pied, répond Maman avec un lent sourire.

– Maria, ma chérie… tente Mémé.

– Commence pas, toi, avertit Maman. Qu'est-ce que tu y connais ? Tout ce que tu sais faire, c'est rester scotchée devant la télé et bouffer. Tu rumines toute la journée, on dirait une vache.

Lisa fronce les sourcils et se passe les mains dans les cheveux, d'un air nerveux.

– Pas la peine d'en venir aux insultes, Maria.

– C'est pas moi qui ai commencé. N'oublie pas. Tu peux me dire la vérité, maintenant, Lisa. Après tout ce temps, je mérite bien ça, il me semble.

– Sois pas parano, Maria. D'ailleurs, je crois qu'il y a un petit secret qu'on connaît tous, mais que tu n'as pas confié à une certaine personne. Tu ferais bien de balayer devant ta porte.

Maman pâlit soudain.

– Tu n'oseras pas.

– Ah non ? Peut-être que j'en ai marre de te couvrir, Maria. Peut-être que je trouve que tu gâches la vie de certaines personnes.

– Allons, les filles, proteste Mémé. C'est Noël.

– J'y comprends rien, dis-je. De quoi vous parlez ?

Tout le mode se détourne.

Lisa se mord la lèvre, une larme, une seule, lui roule sur la joue.

– C'est pour Carmen, reprend-elle, pas pour toi. (Elle fait un signe de tête à Maman, qui rassemble les assiettes.) Laisse la vaisselle, je m'en charge.

– Lisa, ma chérie, dit Pépé en se détournant de la télé, le regard pâle et vague, il reste des patates ?

30

Je fais des progrès avec WipEout III. Maman se met derrière moi pour me regarder.

– Réduis un peu le son, ma chérie.

Je fais deux tours complets sans la moindre erreur et je ne m'écrase qu'au troisième ; j'ai quand même réussi à aller assez vite pour monter d'un niveau. Maman a maudit Lisa tout le long de la route du retour.

– Tu sais, quand on était plus jeunes, elle se mettait tout le temps au régime. Je ne vois pas pourquoi elle s'en prend à moi comme ça.

Elle va à la cuisine. Je l'entends qui fait du boucan, qui ouvre et ferme les placards. Je ne m'occupe pas de ça, moi, je franchis l'étape suivante en faisant trois tours de circuit sans faute. C'est plus facile quand on baisse le son, on est moins distrait.

Ça sent le pain qui brûle. Bruits d'assiettes entrechoquées, de ressort de grille-pain. Et puis un autre son. Un petit bruit animal, étouffé. Ça n'arrête pas. Ça fait gloup, gloup, gloup, comme un serpent qui avale un œuf, avec de temps en temps le craquement d'un emballage en cellophane.

J'ai perdu la partie. Je me suis déconcentrée, c'est foutu. J'ai pas envie de bouger. J'ai pas envie d'aller à la cuisine. J'ai pas envie de voir ce qu'elle est en train de faire.

Elle y passe des heures. Je démarre et redémarre le jeu, j'y joue quelques secondes, j'arrête tout et je redémarre, comme si mon cerveau tournait en boucle.

Elle finit par émerger, les yeux vitreux. Elle a des miettes plein les joues et les vêtements. Je la vise du coin de l'œil, elle essaye de gravir l'escalier sans se faire remarquer.

– Il y a de quoi manger à la cuisine, dit-elle, si tu veux dîner.

Elle monte les marches deux par deux. Elle a ouvert le robinet, mais je l'entends quand même vomir. Je remonte le son et je recommence tout à zéro ; cette fois, je fais attention de bien me concentrer.

La dinde est toujours là. À mon avis, elle est en train de se faisander sous son torchon, mais tout le reste a disparu. Il y a des sachets de tartelettes vides par terre, des emballages de biscuits dans l'évier, le pot de mayonnaise a été raclé, la boule de pain n'est plus qu'un croûton et les noisettes ont vécu.

Je range un peu, je mets les papiers à la poubelle. La boîte d'épices pour dinde farcie est vide ; Maman est allée jusqu'à manger la margarine.

La chasse d'eau se déclenche, le robinet s'arrête en grinçant. Elle ouvre la porte de la salle de bains et traverse le couloir d'un pas mal assuré pour gagner sa chambre.

En passant devant sa porte, je m'arrête un moment. Je n'entends rien. Je ne sais pas ce que je comptais entendre. Un

bruit de respiration, peut-être, ou ce murmure de petite souris qu'elle produit quand elle pleure. Je frappe.

– Ça va ?

Elle me lance un vague « Va-t'en » avant de se reprendre :

– Oui, ça va. T'en fais pas pour moi, je te verrai demain
matin.

Dans la maison, ça commence à sentir la pourriture. Maman
dit que c'est la dinde. Que le chauffage central a réveillé les
bactéries. Elle l'emballe dans un sac-poubelle et la jette
dehors. « Pour les rats. »

Elle me demande d'appeler Theresa sur son portable. Il est
neuf heures et demie du matin, on est le lendemain de Noël,
et Theresa a l'air à la fois somnolente et agacée.

– Maman ne peut pas venir travailler aujourd'hui, lui dis-
je en me mordant la lèvre. Elle est malade.

Maman me regarde, le visage luisant sous une bonne
couche de crème de jour.

– Elle se débrouillera, conclut-elle quand je lui rapporte que
Theresa n'a pas apprécié. Les vendeuses sont là pour ça. Et
puis, il n'y aura pas de clients. Tout ce qu'elle aura à faire, c'est
remettre au prix fort les articles qui étaient en promo.

Là-dessus, elle annonce qu'elle restera en congé jusqu'à la
fin de la semaine. Pour reprendre ses habitudes de régime.

– À compter d'aujourd'hui.

Elle lève les bras vers les fenêtres.

– Dehors… dit-elle. C'est dehors que ça va pas. Si on reste
ici, on sera en sûreté.

Elle vérifie que les fenêtres sont bien fermées, déverrouille
et re-verrouille la sécurité.

– Pas question que ça rentre chez nous.

Elle ferme la porte d'entrée à double tour.

Moi, je l'ignore, je joue à la PlayStation. Elle a remonté le chauffage et l'air est maintenant épais, chargé de fumée de tabac. Elle grille cigarette sur cigarette. Au bout de quelques heures, le besoin d'air frais devient insoutenable. Je lui demande :

– On pourrait pas ouvrir un peu la fenêtre ?

– Non, répond-elle. Je ne veux pas que ça rentre chez nous.

– Mais rien n'entrera, Maman.

– Bien sûr que si. Toute cette fumée grasse des marchands de frites, les vapeurs de chocolat. Il y a des calories qui flottent dans l'air, tu sais.

Elle s'installe sur le canapé, en robe de chambre, et sirote du thé sans lait tout en lisant ses manuels de régimes. Elle met au point un plan pour le nouvel an, inspiré d'un bouquin sur la désintoxication. Normalement, ça doit durer que quelques semaines, vu que c'est vraiment radical. Le premier jour, il est conseillé de rester à jeun ; mais, selon Maman, la ville nous intoxique tellement qu'on jeûnera pendant une semaine.

– Ensuite, on se remettra à manger en suivant leurs conseils.

Je l'écoute parler tout en enchaînant les parties de WipEout. J'ai pas envie de la regarder. Quand il y avait de quoi manger dans la maison, c'était plus facile. Au moins, je pouvais faire comme si y en avait pas. Et maintenant, j'ai au ventre une impression écœurante, désespérante, parce que je sais que la cuisine est vide.

Elle a fini d'écrire son planning ; elle plie le papier et le pose sur la télé.

– Comme ça, tu risques pas d'oublier.

Vues de près, ses chevilles sont osseuses et striées de veines, sa peau transparente comme une membrane.

Le téléphone sonne.

—Ne réponds pas, dit-elle. Laisse sonner.

Ça finit par s'arrêter, puis ça recommence. Maman débranche le combiné. Elle l'écrase sous son pied jusqu'à ce que le boîtier en plastique craque.

—Je suis off.

Je crève de faim, mais je ne veux pas lui dire. Plus vite je serai mince, plus vite elle rachètera à manger ; elle monte prendre un bain et je m'installe sur le vélo. Il fait chaud, faut que j'enlève mon pull. Je ferme les yeux, j'imagine que je suis dans WipEout. Je parcours le circuit en pédalant à toute allure, de plus en plus vite, je prends les virages serrés au plus près, jusqu'à ce que les roues se mettent à grincer et mon cœur à battre fort.

J'ai un peu le vertige, il faut que je m'allonge sur le canapé, les poumons en feu. J'entends le bruit sourd du sang dans mes oreilles, le grincement du chauffage central, le ronronnement du frigo dans la cuisine. Comme si j'attendais que tout ça explose. Je rêve d'elle. Elle danse, elle est heureuse, comme sur la photo que Lisa a affichée dans son salon, elle tourne et tourne encore, les bras tendus. Elle a les yeux fermés, elle se concentre, elle se parle tout bas. Elle va de plus en plus vite, à tel point que je n'arrive plus à voir ses pieds tandis qu'elle virevolte, entourée d'une tornade d'air. L'écho rend son murmure assourdissant.

—Minceuuur, professe-t-elle, minceuuur.

Je me réveille en sursaut, je ne peux plus respirer. Je ne sais pas combien de temps j'ai dormi. Le chauffage est toujours allumé, il épuise l'air au point de le rendre fétide. Je vais ouvrir ma fenêtre ; elle est verrouillée. Je m'acharne en vain sur la poignée et m'efforce de dominer le sentiment de panique qui fait battre mon cœur de plus en plus vite. Dehors, le chantier est suspendu pour les fêtes, les briques et les poutrelles des toits sont couvertes de bâches. La maison d'en face est presque finie, elle est vendue. À un jeune couple, selon Maman. «Ils sont dans le management. Des gens de notre milieu. »

On s'assoit ensemble sur le canapé. Je passe mes bras autour d'elle. Elle est gelée. Elle n'arrête pas de divaguer sur la nourriture. Elle dit que c'est une malédiction, que les femmes doivent faire face.

– C'est pour nous mettre à l'épreuve, affirme-t-elle. Mais nous sommes solides. Nous vaincrons.

Selon elle, cette maison est un cocon dont nous sortirons à la fois minces, belles et puissantes.

Vers midi, elle pique du nez et j'en profite pour couper le chauffage en appuyant sur tous les boutons jusqu'à ce que la chaudière cesse de ronronner. J'essaye d'ouvrir la porte d'entrée, mais elle est toujours verrouillée. Faudrait peut-être que je téléphone à quelqu'un.

Je fouille dans tous les placards. Il doit bien y avoir quelque chose de comestible. Mais non, rien, rien à part du thé, du café et du Canderel. Je fourre mon doigt dans le bocal, je lèche les flocons au goût sucré et chimique. J'essaye de remplir la bouilloire, mais j'ai les mains qui tremblent. Je bois deux tasses d'eau, histoire d'avoir quelque chose dans le bide. Je me sens survoltée, hyperactive, camée.

Je la réveille avec un thé. Elle regarde autour d'elle, hébétée :

– Où on est ?

– Je veux sortir.

Je lui tiens la main, je la frotte entre les miennes pour la réchauffer un peu.

– Tu vas me quitter, dit-elle.

Je lui explique qu'il faut manger. Pas grand-chose, un petit rien.

– J'ai trop faim, Maman.

– Je t'ai déjà expliqué. On est en désintox. (Ses sourcils sautillent.) C'est un mauvais moment à passer. On s'en sortira, tu verras, on s'en sortira.

Elle dit ça en grinçant des dents, le visage tendu, les veines à fleur de peau sur ses tempes.

– On s'en sortira.

Elle monte se coucher à six heures. Elle annonce que demain, on pourra manger.

– Cinq jours, ma chérie, il n'y en a plus que pour cinq jours.

Une fois qu'elle est montée, je me mets à chercher les clés. Je ne les trouve ni dans son sac à main, ni dans les poches de son manteau. Elle a dû les emporter là-haut.

Elle tourne en rond dans sa chambre en parlant toute seule. Je rebranche le téléphone et je fais le numéro de Lisa, mais le clavier ne marche pas. Quand j'enfonce les touches, ça fait un drôle de bip-bip. J'essaye d'appeler Mémé. Pareil.

Je vais cogner à sa porte. Désespérée, je crie :

– Laisse-moi entrer ! Laisse-moi entrer !

J'entends du bruit dans la pièce.

– Je vais enfoncer la porte !

J'appuie dessus avec mon épaule.

—Mamaaan! Laisse-moi entrer.

Elle ouvre enfin, une clé à la main.

—Eh bien, vas-y, dit-elle avec un demi-sourire moqueur. Tu peux t'en aller, si c'est ça que tu veux. Miss Piggy va à l'auge.

Je lui arrache la clé et je m'entends hurler :

—J'en ai marre! T'es pas grosse! T'es pas grosse!

—Ma chérie, tu ne comprends pas. Je ne mérite pas de manger.

Il y a une éruption dans ma tête. Un kaléidoscope délirant me défile sous les yeux. J'avale l'air vif de la nuit, à m'en faire éclater les poumons. J'essaye de me concentrer. Autour de la maison, il y a des matériaux partout : d'immenses canaux d'égout, des piles de briques et de bois, des charpentes préfabriquées, des sacs de ciment. Un coin de bâche flotte au vent et me fait sursauter. Je serre mes bras sur ma poitrine et je me mets à courir vers la grande rue. Mes pieds me portent, je file au-dessus du pavé, mon corps est léger et fragile comme celui d'un oiseau.

31

Sur l'étendard, dehors, il y a écrit *Nouvel an – Semaine des haricots. Folie mexicaine.* Le parking est plein de voitures qui brillent sous le gel du soir. Je souffle comme un cheval de course et je manque d'équilibre. Je ferme les yeux pour reprendre mon souffle, mais je les rouvre très vite, j'ai peur de m'évanouir.

Le restaurant est bondé et décoré tape-à-l'œil. Il y a des hôtesses d'accueil à la porte, des nanas en uniforme rayé vert dentifrice, avec une espèce de toque posée de travers sur le crâne. Les gens font la queue devant le comptoir et garnissent leur assiette en se servant dans les plats. Le bar à salades ressemble à ce qui resterait après une bagarre : les bacs de chou râpé et de salade de pommes de terre sont renversés et répandent par terre des taches huileuses.

Je ne vois pas Billy. Dickie est derrière le comptoir à tirer des chopes de bière. En me voyant, il vient vers moi et me prend le bras.

– Qu'est-ce qui t'est arrivé ?

– Billy, je veux Billy.

– Il est à la cuisine.

Il me montre les portes battantes au fond de la salle.

Je ne le vois toujours pas. Dans la cuisine, la lumière éblouissante se reflète sur les surfaces chromées. L'air est chargé de vapeur, de graisse et de bruit. Des paniers pleins de pommes de terre cuisent dans les friteuses, des poulets tournent dans la rôtissoire, les plaques de cuisson crachotent sous les burgers qui attendent qu'on les retourne, les pizzas sèchent dans les fours, les steaks sifflent dans les salamandres géantes : les flammes viennent les lécher comme des langues géantes.

Deux garçons en salopette tachée s'activent entre les fours et le comptoir ; ils remplissent à la pelle des bacs métalliques de frites, arrosent les steaks de fromage fondu gluant, vident des portions préparées dans des sauteuses. Le feu saute sur les gouttes de graisse qui roulent sur le métal.

– Qu'est-ce que vous voulez ? me crie l'un d'eux par-dessus le ronflement de la ventilation.

Il est en train d'essuyer une tache sur une assiette avec un torchon sale.

– Billy.

Il agite son pouce au-dessus de son épaule et répond :

– Il est au fond.

Je me faufile jusqu'à la porte. Par terre, ça glisse et je marche sans lever les pieds pour ne pas tomber. Ils s'immobilisent une seconde pour me laisser passer. Ils sont tous les deux en sueur. Leur tenue blanche est tachée et imprégnée de transpiration. Ils sourient, le visage rouge, brûlant, surchauffé.

Billy est dans l'office, il brosse sa veste. Il y a une grosse tache de gras dessus.

—Un gamin qui balançait de la bouffe, explique-t-il. T'es venue avec ta mère ?

Je secoue la tête et il arrête de frotter.

Il me dit de regarder s'il y a des flics dans les parages, parce qu'il a bu un coup de trop. La maison est à des kilomètres. Je ne comprends pas comment j'ai pu faire ça à pied.

—Tu as marché pendant tout le trajet ? demande Billy.

—Non, j'ai couru.

Il tique.

—Ah, les jeunes.

On entre. La maison est silencieuse. Maman n'est ni au salon ni dans la cuisine. Toutes les lumières sont éteintes.

—Maria !

Billy crie au pied de l'escalier. Pas de réponse.

Il monte quatre à quatre, ouvre la porte de la chambre. Il allume la lumière et inspire profondément. Il murmure :

—Bon Dieu…

Je regarde par-dessus son épaule. Elle n'est pas là. Ses valises imitation Louis Vuitton sont posées sur le lit. Dedans, et un peu partout sur le sol et le lit, des papiers d'emballage. Des vieilles croûtes de pizzas, des sachets de KitKat, des pots en alu, des boîtes et des boîtes de Ferrero Roche d'Or. Ça doit faire des mois qu'elle entasse tout ça.

Elle est dans la salle de bains. Elle a fermé à clé, mais on entend le robinet qui coule. Billy cogne à la porte.

—Maria ! Maria ! Ça va ?

Pas de réponse. Il tourne la poignée, s'appuie contre la porte.

—Je vais tout démolir, je te préviens.

Soudain, la porte s'ouvre, d'un coup, mais ce n'est pas ma mère qui se trouve devant nous.

Elle a les yeux grands ouverts et enfoncés. Elle a mis sa longue chemise de nuit, la rose, béante au-dessus de sa poitrine ; sauf qu'elle n'a plus de poitrine, rien que des os qui lui soulèvent la peau et font comme des rayures. Derrière elle, la baignoire est noircie et bouchée par le vomi marron.

Elle passe entre nous d'un pas flottant, comme un fantôme, en hurlant qu'elle veut qu'on la laisse tranquille. Elle franchit la porte en courant et s'en va dans la rue. Billy appelle les urgences sur son portable.

Le temps qu'ils la rattrapent, elle est à plus d'un kilomètre, presque arrivée à Northfield. L'ambulance manque de la renverser et, pendant une seconde, avant que les infirmiers aient le temps de la maîtriser et de la brider dans des couvertures en lui donnant un sédatif, elle ressemble à la silhouette du tableau de Dalí : un spectre sous la lumière des phares.

Ils nous demandent d'attendre dans le couloir. Billy va chercher du thé au distributeur.

– Je t'ai pris ça, aussi, dit-il en me tendant une barre Mars.

Je la mets dans ma poche, pour plus tard.

Les médecins mettent Maman sous surveillance cardiaque et lui piquent un goutte-à-goutte de glucose dans le bras. Ils nous disent qu'elle est sous-alimentée. Que son organisme vivait de ses réserves depuis des mois, et qu'elle en est arrivée à digérer ses organes vitaux, ses muscles cardiaques, ses poumons.

Le docteur explique ça à Billy, qui paraît bouleversé.

—On n'a jamais su quoi faire pour l'arrêter.

Il serre ma main dans la sienne. On reste assis là un moment, dans la salle d'attente, la main dans la main.

—Je suis désolé, dit-il d'une voix douce.

32

Mémé est dehors, en imper et bottes de caoutchouc. D'une main, elle s'appuie sur sa canne, et de l'autre, elle brandit le taille-haie. Les branches tombent dru autour d'elle.

Ça lui prend des heures : il faut couper le feuillage serré pour atteindre le tronc de chaque pousse, puis sectionner le sommet. Tandis qu'une ramée tombe sur la route, elle s'exclame :

– Gare !

On la regarde faire pendant quelques minutes, puis Billy rentre dans la maison et débranche l'appareil.

– Ray ! Je te l'ai déjà dit, je vais me fâcher ! râle Mémé.

Elle se retourne, pose la machine et nous rejoint d'un pas tremblant.

– Si c'est à propos de ta mère, je ne veux pas en entendre parler.

Il fait déjà plus clair dans la cuisine, où se glissent quelques vifs rayons de soleil d'hiver.

– Quand vous êtes revenues, je savais que ça allait arriver, j'en étais sûre.

Elle refuse d'aller à l'hôpital. Elle demande à Billy de passer prendre Lisa en premier.

Je tapote la barre Mars qui est dans ma poche. Je n'ai toujours rien mangé et, pour une fois, il n'y a rien de sorti chez Mémé. Elle regarde par la fenêtre. Elle s'éclaircit la gorge plusieurs fois.

— J'ai jamais bien su comment parler de ces choses-là, ma puce.

Je déballe la barre Mars, je la pousse entre les lèvres. Le chocolat sucré fond sur ma langue. Je le savoure un instant, puis je mange le tout, presque d'une bouchée.

— Qu'est-ce que je pouvais faire, moi ? Quand elle est revenue, ça m'a fait du souci, ça oui. Je voyais bien ce qui se passait, mais c'est toujours pareil, elle n'écoute personne. C'est comme la drogue. Elle peut pas s'empêcher.

Mémé se tourne vers moi.

— Je ne te laisserai pas suivre ce chemin-là.

— Pas de danger, dis-je en retenant un hoquet.

Elle se remet devant la vitre.

— Tu sais quoi, eh bien, j'avais oublié ce que c'était, de voir loin.

Ils la bourrent de cachets. Ils composent toutes sortes d'assortiments expérimentaux. Des verts pour les troubles mentaux, des jaunes pour les effets secondaires, des bleus pour stimuler son appétit. Elle n'arrête pas d'arracher le goutte-à-goutte. Les médecins sont inquiets, ils griffonnent des notes au sujet de son poids. Trente-neuf kilos. Comme les prisonniers de Bergen-Belsen, pendant la guerre. Tous les jours, les infirmières la font monter sur la balance et vérifient qu'elle prend du poids.

En nous voyant venir, elle se cache les yeux.

– Allez-vous-en. Je veux pas qu'on me voie comme ça. Ils essayent de m'engraisser.

Plus tard, Mémé et Lisa parlent aux médecins dans une salle confidentielle cernée de vitres en verre dépoli. Ils veulent la transférer à l'hôpital psychiatrique.

Alors qu'on attend à l'arrêt de bus, devant l'hosto, je décide de me barrer. J'en suis sûre, ils ont parlé d'assistance sociale et de foyers d'accueil dans mon dos.

Je me perds sur le chemin du centre-ville, je finis près des canaux de Brindley Place. Il y a des tonnes de cafés chic, d'hommes d'affaires en costard qui entrent et sortent discrètement des bars. Certains bistrots ont même une terrasse. Je m'assois devant la vitrine du Café Rouge et j'y reste jusqu'au moment où j'ai si froid que je dois me remettre en marche.

Je retrouve mon chemin en arrivant devant la grande bibliothèque de Paradise Forum. Je me paye un jus de fruits chez Starbucks avec mes derniers sous. Je ne sais plus où aller.

Les femmes qui arpentent New Street ressemblent à des poupées. J'ai envie de leur gueuler : « Des robots ! Vous n'êtes que des robots ! »

Je me mets à balancer les bras, gauche, droite, gauche, droite, toujours plus haut et plus fermement. Les gens me regardent. Je leur crie :

– Vous marchez tous comme ça ! Des robots ! Vous êtes tous des robots !

Au bout de New Street, c'est le bazar, la ville n'est plus qu'un tas de gravats sur près d'un kilomètre. Je m'appuie contre les grillages, je regarde là où étaient le centre commercial et La Lime à Ongles. Ils ont fait sauter pratiquement tout le Bull

Ring, il ne reste que l'église Saint-Martin tristement plantée au milieu de rien.

Lisa me fait une tape sur l'épaule.

—Je savais bien que je te trouverais dans le coin.

Elle a dû me suivre.

Je hausse les épaules.

—Qu'est-ce que tu veux?

—Voyons, Carmen, ma chérie, ta mémé est morte d'inquiétude.

—Dis plutôt qu'elle veut me placer.

J'allume une clope, sans la regarder.

—Personne n'a jamais parlé de ça, proteste-t-elle.

—Non, vous y avez juste pensé.

Elle me lance un regard qui dit: «Sois pas idiote.»

—J'ai une proposition à te faire.

Elle entortille ses cheveux sur son doigt et sourit avant de reprendre:

—Viens chez moi.

Je suis déjà venue ici. Je reconnais la cuisine. Les meubles jaune vif, les rideaux à carreaux bleus.

En rentrant, on s'est arrêtées chez Sainsbury. Lisa a plusieurs sacs pleins de provisions. Elle dit qu'elle va faire de la cuisine.

—Je vais te montrer ce que c'est qu'un hachis Parmentier, un vrai.

En déballant le tout sur la table de la cuisine, elle m'explique qu'il faut d'abord faire revenir les oignons, et ajouter ensuite les légumes et la viande hachée. Et, pour rendre la purée bien onctueuse, il faut mettre du lait et du beurre. Elle me tend un épluche-légumes.

– Allez, attaque les pommes de terre.

On travaille ensemble, en silence. Soudain, je me sens mal à l'aise, j'ai l'impression d'être de trop.

– Je suis désolée, dis-je.

– Désolée de quoi ? réplique Lisa avec un regard aigu. Tu vas pas commencer à faire de la parano, hein. Tu as ta place ici, on est en famille. N'oublie jamais ça.

Une fois que les pommes de terre sont dans l'eau, à feu doux, Lisa ouvre un filet d'oignons.

– J'ai quand même un gros défaut, dit-elle après un moment.

– Quoi ?

– C'est toujours moi qui finis par dire ce que les autres veulent pas lâcher.

– Par exemple ?

Elle pousse un soupir.

– Il est temps que tu sois au courant, à propos de Billy.

Je sais ce qui va suivre, comme si je le savais depuis le premier jour où je l'ai vu, comme si je le savais depuis toujours, alors que je n'y avais jamais pensé avant cet instant précis.

– C'est lui, mon père, hein ?

Lisa essuie sur ses joues les larmes dues aux oignons.

– Qui te l'a dit ?

Je hausse les épaules.

– Ta mère aurait dû t'en parler, reprend-elle. Je suppose qu'elle a essayé. À mon avis, c'est pour ça qu'elle t'a ramenée ici. Oh, Carmen, je suis navrée…

Mon cœur bat à tout rompre, mais je parais calme. Je m'efforce de rassurer Lisa, de lui dire que tout va bien. Seulement, j'ai l'impression que le sol fléchit sous mes pieds et se transforme en sable.

– Quand tu t'es coupé les cheveux, ça m'a fait un choc pas possible, reprend-elle. Tu es son portrait craché.

Elle s'assoit et s'essuie les mains sur son tablier.

– Après ta naissance, ta mère a fait une dépression. Rien à voir avec ce que j'avais vu jusqu'alors. Elle te confiait à Billy et allait s'enfermer dans sa chambre, chez Mémé, pendant des jours et des jours. À l'époque, Billy n'était pas comme aujourd'hui, tu sais, il était encore un peu… disons qu'on ne pouvait pas vraiment compter sur lui. Il venait te déposer ici. Je me suis occupée de toi pendant presque un an, en attendant que ta mère aille mieux.

Elle se tait et regarde ses mains, gratouille un ongle écaillé d'un air distrait.

– Ensuite, quand elle s'est sentie mieux, elle a rencontré Brian et t'a emmenée vivre dans le Yorkshire, du jour au lendemain. Elle nous regardait de travers, elle disait que Billy et moi, on voulait te kidnapper, et aussi que son enfant n'avait pas de père. Elle s'est persuadée que je couchais avec Billy. Ha! Moi, avec Billy! Ça risquait pas.

L'eau des pommes de terre se met à bouillir, de la mousse blanche coule par-dessus la casserole. Lisa tend le bras pour baisser le feu.

– Au fait, je l'ai, euh… invité, ce soir. J'espère que ça ne t'ennuie pas.

La cuisine est pleine de vapeur chaude. Dehors, le ciel est chargé de nuages poudreux, les rideaux battent au vent comme des drapeaux.

– Non, ça ne m'ennuie pas.

Paisley est en train de refaire sa chambre. Elle a décroché tous ses posters et les visages luisants des stars d'hier sont roulés en boule dans la corbeille.

—Je ne suis plus une gamine, annonce-t-elle en rangeant ses Barbie dans un carton à chaussures.

Pour Noël, elle a eu une chaîne hi-fi et on écoute *Never Mind the Bollocks* à fond.

—Papa et Maman détestent ça, dit-elle fièrement. C'est des hippies, tu te rends compte !

Je lui parle de Billy, de Maman.

—Putain, dit-elle en roulant des yeux, c'est un vrai désastre, ton histoire.

Elle a acheté une nouvelle trousse de maquillage dans les tons rouge sombre et argenté. Elle me montre son nouveau rouge à lèvres, d'un noir épais mêlé de strass.

—Ça te plaît ? Essaye, si tu veux.

J'en passe une couche tout en me regardant dans le miroir. Ça me donne l'air cruel.

—C'est trop super…

—T'as qu'à le garder, si c'est ça, dit-elle avec un sourire. Je voudrais bien me faire couper les cheveux comme toi.

—T'as des ciseaux ?

Elle me regarde d'un œil inquiet.

—Tu crois vraiment que c'est une bonne idée ?

—Oh, je pensais pas à toi, dis-je en sortant une Barbie de la boîte.

Pour commencer, on les met à poil. En enlevant le tutu de Barbie-ballerine, je le déchire. Une fois qu'elles sont déshabillées, figées sur leur sourire imbécile, on leur coupe les tifs au point de couvrir la table d'une masse de filasse à bouclettes.

—Elles sont trop connes, dit Paisley tout en traçant des zigzags sur le crâne de sa Barbie avec du khôl.

–Y a qu'à les brûler.

On sort par la porte de derrière, celle qui donne sur le jardin. Les veilleuses clignotent et inondent le terrain d'une lumière blanche et brillante. Au fond, derrière le bassin à poissons et le dallage prétentieux, il y a un barbecue en béton. Arrivées là, on passe à l'action.

–On les découpe, avant ?

–Non, dis-je avec conviction. Elle méritent d'être brûlées vives.

On les dispose sur la motte de cheveux, les unes à côté des autres, leurs bras raides tendus vers le ciel. J'allume les cheveux avec un briquet et les flammes montent d'un coup en faisant « woush ».

Les poupées se tordent et fondent, leur carcasse en plastique rétrécit sur leur corps creux. Elles dégagent une odeur chimique et acide qui nous fait tousser. Le feu s'éteint peu à peu, laissant un tas de pâte poisseuse et molle qui siffle et colle au barbecue, en refroidissant.

–Ouaouh, dit Paisley en y enfonçant un bâton. C'etait radical, ça.

Il reste quelques débris identifiables dans la bouillie noirâtre : des bouts de doigts, des orteils, et même un nez et une bouche, ainsi qu'un œil bleu. Je frémis, mais ce n'est pas parce que j'ai froid ; c'est parce que je sens que ma peau se resserre, comme un film alimentaire tendu sur les contours souples de mon corps.

Illustration de couverture : Macmillan Children's Books

Achevé d'imprimer en France par France-Quercy, à Cahors.
Dépôt légal : 4e trimestre 2004
N° d'impression : 42058/